S級ギルドを離脱した刀鍛冶の自由な
辺境スローライフ1
ブラックギルドから解放されて気ままに鍛冶してたら、伝説の魔刀が生まれていました
錬金王
Illust. syow

Characters
イブキ
市場で出会った商人。シグの刀に目を付け、取引を持ち掛ける。飄々としていて人当たりはよいが、どこか掴めない。
セイア
女騎士。王都で見かけたシグの刀に魅了され、剣からの転向を決意する。シグの居場所を探していて…。
シグ
S級ギルドで鍛冶師をしていたが、理不尽な境遇に嫌気がさし、思うままに刀づくりをするため故郷に帰ることに。

リリアナ
シグの故郷に暮らすお隣さんで、
一緒にご飯を食べたり
農業をすることも。
面倒見がよく狩りが得意。
LILIANA
ネネ
シグへの弟子入りを
熱望するドワーフの少女。
普段は明るく軽快な常識人だが、
刀が絡むと変態に…!?
NENE
カエデ
S級ギルドに所属する
新進気鋭の冒険者。
武士道精神あふれる刀士で、
シグに刀をメンテナンスして
もらっている。
KAEDE

——刀が打ちたい
元より俺が村に戻ってきたのは、
思う存分に刀を打つためだ。
俺は工房内の鍛冶場に移動すると、
炭箱の蓋を開けた。

S級ギルドを離脱した刀鍛冶の自由な辺境スローライフ

ブラックギルドから解放されて気ままに鍛冶してたら、伝説の魔刀が生まれていました

1

錬金王

Illust. syow

目次

1話　刀鍛冶はS級ギルドを離脱する

ここはアルカサール王国にある交易都市ルサールカ。そこにあるS級冒険者ギルド『栄光の翼』の一室にて、俺はギルドマスターであるシュミットに呼び出されていた。

「シグ、今月の注文書だ。この通りに頼むよ」

シュミットはさらりとした金色の髪を指先で払うと、えらそうに一枚の書類を渡してきた。

それはギルドの工房に所属している鍛冶師たちに頼まれた剣の注文書であった。

『栄光の翼』では所属する冒険者からの製作だけじゃなく、外部からの製作依頼も受け付けている。

俺はシュミットから注文書を受け取り、確認する。

「……シュミット、さすがにこの数は無理だ」

注文書に記載された武具の数は膨大で、今月中に作り上げることのできるものではなかった。

「なぜだい？　先月の生産数とそう数は変わらないはずだろう？」

「先月も鍛冶師たちはかなり無理をしたんだ。連続で無理はさせられない」

シュミットからの無茶な発注はいつものことであるが、ここ数か月は特に度が過ぎている。

うちの鍛冶師は皆、腕がいいため外部からの依頼はひっきりなしなので、それを受けたくなるのはわかるが限度というものがある。

過酷な生産ノルマ、突発的に発生する所属冒険者の武具の修繕、強化、改良などによって工房の鍛冶師たちは限界を迎えている。中には精神と身体を壊し、寝込んでいる者もいる。そんな状況で先月以上の生産をこなすことは到底できない。

「はぁ？　何を甘えたことを言っているんだい？　冒険者たちは命を懸けて魔物と対峙しているんだ。鍛冶師なんて安全なところで剣を作るだけだろう？　それくらいは頑張ってもらわないと困るよ」

シュミットの物言いに言ってやりたいことは山ほどあるが、今更俺が言ったところで考えを変える奴じゃない。

「……わかった。なら今月の生産は俺が何とかする。その代わりに俺に刀を作らせてくれ」

シュミットを説得するのを諦めて交渉を試みる。

「そんなマイナーな武器を作ってどうする？　刀なんて刀身が脆《もろ》い上にロクに魔物すら斬ることもできないじゃないか。この間はうちの新人が刀を使ったそうだが、オークの棍棒にへし折られたそうだぞ」

「いや、それはちゃんと扱わないからだ」

刀は斬ることに特化している反面、衝撃には非常に脆い。

オークの棍棒を刀で真正面から受けたらへし折れるのは当然だ。

大体、この男は剣と刀の特性の違いというものを理解していない。

「あー、刀のうんちくなんてどうでもいいよ。刀を扱えるのはカエデぐらいしかいないんだ。そんなものを量産したところで意味がないだろう」

俺が剣と刀の特性の違いを説明しようとすると、シュミットは鬱陶《うっとう》しそうな顔で手を振った。

シュミットの言うことにも一理あることは確かだ。

アルカサール王国で使用する武具は剣が主流だ。刀を使用している者はまったくいないわけではないが、ごくごく少数といったところだろう。

「需要が低いのは理解できるが、そこを何とかするのがギルドマスターの仕事だろう?」

「僕の仕事は『栄光の翼』を王国一のギルドにすることだ。需要のない刀を売ることじゃない」

「しかしだな、俺は鍛冶師ではなく、刀鍛冶としてギルドに雇われたんだが……」

俺の本職は鍛冶師ではない。刀鍛冶だ。

俺が作りたいのは刀であって剣じゃない。

前任のギルドマスターとはギルドにある素材で刀を作っていいことを条件にギルドに在籍し、鍛冶師として力を貸していた。

しかし、二年ほど前に前任者が引退し、ギルドマスターがシュミットに代わってしまってから俺はギルドで刀を作ることを禁止されてしまった。

「確か君を雇ったのは前任のギルドマスターだったか。彼とどのような契約をしたのかは知らないけど、今のギルドマスターはこの僕だ。ギルドの一員なら僕の言うことに従ってもらう」

「あくまで俺に刀を作らせるつもりはないんだな?」

「ああ、必要ないからね」

念を押すように問うと、シュミットがきっぱりと告げた。

このギルドに所属して十年。零細ギルドと呼ばれていた時代から鍛冶師として支えてきたというのにあんまりな言葉じゃないか。

前任者には恩もあるのでギルドのために刀作りを我慢し、言われるままに槌《つち》を振るってきたのにこんな扱いは酷《ひど》すぎる。さすがに我慢の限界だ。

「話は理解できたかな？」

「……ああ、わかった」

「なら、この注文書の通りに剣を――」

「いや、悪いが剣は作らない。今日限りでギルドを離脱させてもらう」

「おい！　そんな勝手なことが許されると思っているのか⁉」

注文書をテーブルに叩きつけると、シュミットが身を乗り出して大声をあげた。

「先に契約を破ったのはそっちだ！」

「いいのか？　個人都合による辞職は退職金が出ないんだぞ？」

「そんなものはいらん！　好きにしろ！」

これ以上、この男に付き合っていては時間の無駄だ。

『栄光の翼』の一員であるバッジを外すと、俺はギルドマスターの部屋を後にする。

俺はギルド内にある部屋に戻ると、すぐに自分の荷物を纏《まと》めることにした。

仕事が忙しすぎて帰って寝るだけの部屋と化していたので大した荷物はなく、いくばくかの衣類や日用品をマジックバッグに収納するだけだった。むしろ、俺の荷物が多いのは工房の方だろう。

工房に入ると、何人もの鍛冶師が作業をしていた。

あちこちで鉄を打ちつける音が響き渡る。

本来であれば、もっと大勢の鍛冶師が作業をしているはずだが、三日ほど前から大規模な遠征があり、鍛冶師のほとんどはそちらに同伴している。

そのため工房で作業しているのは遠征に同行できない新人ばかりであった。

大人数の鍛冶師がいると騒ぎになるので遠征で出ているのは好都合だった。

工房に残っている新人であれば、俺との面識は少ない上に何をしていようが気にすることはないだろう。

そう思って俺は自身のスペースにある作業台、槌、向槌、鋏《はさみ》、ノミ、テコ棒などをマジックバッグに収納していく。

「あれ？　シグさん？　工具一式を収納してどこに行くんです？」

工具を収納していると、トルクが不思議そうに声をかけてきた。

こいつは最近入ってきたばかりの新人鍛冶師であり、俺が面倒を見てやっていた奴だ。

「すまん。今日でこのギルドを辞めることになった」

「は？　冗談ですよね？」

「嘘じゃない。本当だ。シュミットにでも聞けばわかる」

「……マジですか？」

「マジだ」

「えええええええ⁉　ただでさえ、ノルマがえぐいのにシグさんが辞めたらどうなるんですか⁉」

「お前たちで直談判でもしてくれ。俺はもう疲れた」

「カエデさんの武器は？　彼女の武器の面倒をみられるのはシグさんだけですよ⁉」

楓というのは極東出身の今をときめく新人冒険者だ。若いながらも冒険者ランクBに認定されており、いずれはSランクに到達するのではないかと専らの評判だ。

そんな彼女の使用する武器は刀であり、俺がメンテナンスをしていた。

唯一の心残りともいえる存在に心が痛む。

「……楓の刀についてはお前がメンテナンスしてやれ」

「無理ですよ！　そもそも俺に刀のメンテナンスなんて無理です！　というか、あの人はシグさん以外に刀を触らせないんですよ？　俺が斬られちゃいます！」

「そんな大袈裟《おおげさ》だな」

あんなに人懐っこい奴が軽率に他人を斬りつけるはずがない。

そう述べると、トルクは何もわかっていないと言わんばかりに苦い表情を浮かべた。

「とにかく、俺はこのギルドを辞めることにした。他の奴らへの説明は頼んだぞ」

トルクの肩にポンと手を置くと、俺はマジックバッグを肩に引っ提げて工房の扉を押し開ける。

後ろからはトルクの悲鳴のような叫びが聞こえていたが、聞こえないフリをしてギルドを出るのだった。

2話　刀鍛冶は剣を斬る

S級ギルド『栄光の翼』を後にした俺は、交易都市の大通りをのんびりと歩いていた。

肩にマジックバッグを掛け、腰には護身用の刀を引っ提げている。

さて、これからどうしよう？

威勢よくギルドを辞めたはいいものの、これから具体的に何をするかまったく決めていなかった。

別のギルドの専属鍛冶師になるか？

S級ギルドの専属鍛冶師としてやっていたので他のギルドでも通用するだろうが、またしても刀を作らせてもらえず、鍛冶師としてこき使われるかもしれない。それは嫌だな。

それに他のギルドの専属鍛冶師になってしまえば『栄光の翼』の連中に睨《にら》まれそうだし、厄介事の予感しかなかった。他のギルドの専属鍛冶師はなしだな。

だったら街にある普通の工房で雇ってもらおうかと考えたが、街の工房はギルドの鍛冶師以上に連帯感が強くて排他的だ。俺のようなよそ者を雇ってくれるかは怪しい。雇ってくれたとしても数年間は新人として扱われ、槌を握ることは許されないだろう。

俺も今年で二十七歳。もっと俺が若ければ街の工房で一からやり直すという選択肢も悪くはないかもしれないが、この年齢になってしまうといささか厳しい選択だ。

だったらこの街で自分の工房を開くか？

街で工房を開くには鍛冶師ギルドの認可が必要な上に、ギルドの上役を務めている鍛冶師複数人による推薦が必要だ。ギルドの専属鍛冶師をやっていた俺にそんな繋《つな》がりはないし、何人もの職人が独立しようと鎬《しのぎ》を削っているので難しいだろう。

　仮に何かの間違いで推薦が貰え、工房を開くことができたところで無名の俺がこの街でやっていけるとは思えない。何せ俺は根っからの作り手であり、細かい事務作業や営業、販売などはからっきしだ。

『栄光の翼』にいた時は外部の者からたくさんの依頼を受けていたが、あれもS級ギルドという肩書きがあってこそだろうしな。ただのシグとなってしまった俺にわざわざ依頼をしてくるとも思えない。

　一般的な鍛冶師としての道筋を考えてみたが、そもそも俺は剣を打ちたいのではなく、刀を打ちたいのだ。

　普通の鍛冶師としての道筋を考えたところで刀を打てるとは思えない。

　もっと別の道を探す必要があるだろう。

　俺が刀鍛冶として生きていくにはどうすればいいか。

　通りを歩きながら考え込んでいると、不意に肉の焼ける匂いがした。

　視線を向けると、通りの脇にある屋台で串肉を焼いているではないか。

　かぐわしい匂いに胃袋が思い出したように空腹を訴えかけてくる。

「ひとまず、食べてから考えるとするか……」

　お腹が空いたままではいい考えも思い浮かばないし、まとまらない。

　肉の香りに誘われるようにして俺は屋台に向かった。

「いらっしゃい！」

「ロックバードのモモ肉を二本くれ」

「毎度！」

銅貨を二枚払うと、屋台のおじさんから串肉を二本貰った。

ロックバードのモモ肉はとてもふっくらとして中はジューシーだ。

塩、胡椒のシンプルな味付けが実にいい。

「あー、ちくしょう。これ中々切れねえな」

一本目をあっという間に平らげて二本目を食べていると、屋台のおじさんが包丁を動かしながら苦戦している様子が見えた。

「包丁の切れ味が悪いのか？」

「そうなんだ。市井の商人は玉鋼が含まれているから切れ味がいいって言ってたんだけどな？」

「玉鋼が？　いくらしたんだ？」

「銀貨五枚だ」

「ちょっと見せてくれるか？」

「あ、ああ」

他に客がいないからか屋台のおじさんは困惑しながら使っていた包丁を渡してくれた。

俺は素早く二本目の串を平らげると、包丁を受け取ってじっくりと観察する。

「……これ偽物だぞ」

「マジか？」

玉鋼はタタラ製法により不純物が取り除かれた鋼だ。

灼熱の炎が燃え盛る部屋で三日三晩不眠不休で続けるタタラ製法によって完成し、高温で鍛錬（叩いて伸ばしては折り曲げて重ね合わせ、叩いて一枚にするのを繰り返して金属を打ち鍛える工程）して炭素量を減少させながら作り上げる刀を製作するのに適している。

そんな上質な鋼を使った包丁が、銀貨五枚で売りに出されるわけがない。

「俺は騙《だま》されちまったのか……」

そのことを丁寧に説明してあげながら包丁を返すと、店主のおじさんはガックリと肩を落とした。

これを売りつけたのは質《たち》の悪い商人だったのだろうな。

「大切な商売道具なんだ。ちゃんと鍛冶師に作ってもらった方がいい。ここから東に行った鍛冶師の工房なんかは安くて頑丈な上に切れ味もいいぞ」

「本当か！　今から行かせてもらうよ！　情報をくれたお礼に今焼いてる串肉はサービスだ！」

オススメの工房を教えると屋台のおじさんは焼いていた串肉をすべて俺に渡して走っていった。

早速、今から包丁を作ってもらうらしい。

紹介したのはトルクの両親が営んでいる工房だ。

あそこならちゃんとしたいいものができるだろう。

「ふう、お腹も膨れたし、少し休憩しよう」

屋台のおじさんから想像以上の串肉を貰ってしまったので、少し胃袋を休ませるために広場のベンチに向かう。

すると、大通りにいる人々が足を止めており、思うように進むことができなかった。

今日は何か特別な催し物でもあっただろうか？

妙な混雑具合に訝《いぶか》しんでいると、前方から諍《いさか》いのような声が聞こえる。

「なんだなんだ？」

「前に進めよ」

「無理だ！　広場の方で冒険者が暴れているんだ！」

立ち止まっている市民の会話を拾ってみると、そんな断片的な情報が聞こえてくる。

人混みをかき分けて前に進んでみると、長剣を手にした冒険者が中央広場で暴れていた。

振り回された長剣が屋台の屋根をへし折り、陳列棚を砕いている。

すごい暴れっぷりだな。

人目の少ない裏路地ならまだしも、こんな人通りの多い場所で暴れていれば、すぐに騎士団が駆けつけて鎮圧するだろうな。

「騎士団の者です！　道を空けてください！」

などと思っていると、後方から勇ましい女性の声が響き渡った。

女騎士は群集の中を抜けると、中央広場で暴れる冒険者の前に剣を構えて立ちはだかった。

腰まで真っ直ぐに伸びる金色の髪に凛とした青い眼差《まなざ》し。

女性らしくありながら華奢な肉体を包むのは、交易都市の騎士団のエンブレムのついた銀色の胸当てに手甲に腰鎧。

若く美しい容貌をした女騎士の登場に市民たちが沸き立つ。

「そこの冒険者！　今すぐに武器を捨てろ！　抵抗するのであれば斬り捨てる！」

「お前も俺をバカにするのかぁー！」

女騎士が最終忠告をするが、冒険者は血走った目を向けると野生のような雄叫びをあげて長剣を振るった。

「くっ……！」

女騎士が咄嗟《とっさ》に剣を掲げることで防ぐ。

金属音が鳴り響き、火花が散る。

「うがあああああああっ！」

冒険者は雄叫びをあげると、何度も乱暴に長剣を叩きつける。

剣で斬るのではなく、叩き潰すような挙動。

冒険者の猛攻に女騎士は防戦一方となっていた。

技量でいえば、恐らくは女騎士の方が上だ。

しかし、彼女は実戦にそれほど慣れていないのかすっかりと相手の気迫に呑まれてしまっている。

受け身のまま剣で長剣を受け止めることしかできない。

すぐに増援がくるのなら問題ないが、このままの調子が続けば……。

――キイイインッ！

つんざくような音が響き渡った。

女騎士の握っている剣は半ばで折れており、刃先が遅れて地面に突き刺さっていた。

嫌な予感が当たった。

自身の剣が折れて動揺したのか女騎士の挙動に大きな硬直が生まれている。

それは実戦では大きな隙だった。

冒険者が女騎士の頭をかち割らんと大きく長剣を振り上げる。

「ちっ！　仕方がない！」

気が付けば俺は腰に引っ提げた鞘《さや》に右手を当てて走り出していた。

鋭く右足を踏み込むと、鞘の柄を握り込む。

上体を沈ませると、刀を滑るように振り抜いた。

俺の刀は冒険者が女騎士の頭をかち割る前にたどり着いた。

放たれた一刀が長剣を横一文字に斬り裂く。

キイイインッと長剣が半ばで切断され、刀身の先端がゴトリと地面に落ちた。

「薄い剣が長剣を斬った……ッ？」

女騎士が目の前の光景を目にして驚愕の声を漏らし、冒険者は長剣を振り下ろした体勢で動きを止めており、柄だけになった長剣を目にして愕然《がくぜん》としていた。

「ふう、何とか間に合ったか……」

刀を抜くのは久しぶりだったので間に合うか不安だったが、何とかなったらしい。

女騎士の身体には切り傷がついているものの大きな怪我はなさそうだ。

「さて、そこの冒険者。これ以上、暴れるっていうなら次は剣じゃなく、お前を斬るぜ」

「ひ、ひいっ⁉」

刀を向けて威圧すると、冒険者は酔いがすっかりと醒めたのか顔面を蒼白にしていた。

彼はゆっくりと後退《あとずさ》ると、情けない声をあげて走り出す。

「あいつだ！」

「取り押さえろ！」

しかし、冒険者の逃げた先には増援として駆けつけた別の騎士たちがおり、獲物を失った冒険者は呆気なく捕縛されたようだ。

「まったく。酒を呑むのも程々にしろよな」

どういう経緯で剣を振るうことになったのかは不明だが、明らかにやりすぎだ。

そういった振る舞いは冒険者個人だけでなく、全体にまで影響するのでやめてもらいたいものだ。

おっと、今の俺はもうギルドの一員でもなかった。だったらそこまで気にすることもないか。

俺は刀に傷がないことを確認。刀身に問題ないことを確かめると、そっと鞘に収めてホッと息を吐いた。

これでも元はS級ギルドの専属鍛冶師だった。遠征に同行したこともあるし、盗賊や質の悪い冒険者に襲われたこともあり、人を斬ったこともある。

とはいえ、好んで人を斬りたいわけでもない。斬らずに済むのであればそれでいい。

「すげえな、あの細い剣！」

「薄っぺらい剣なのに長剣をぶった斬ってやがったぞ！」

剣じゃなくて刀だと言ってやりたいが、こんなところで市民を相手に説明しても仕方がないだろう。

そそくさとその場を離れようとすると、先ほどの女騎士がやってきた。

「危ないところを助けてくれてありがとうございます。私はルサールカ第三騎士団所属セイア＝スカーレットといいます」

どうやらただの騎士ではなく貴族のようだ。

Ｓ級ギルドを辞めたとはいえ、彼らのお膝元ですぐにトラブルというのも外聞が悪い。

シュミットでも駆けつければ何を言われるかわからない。

「命の恩人であるあなたの名前を教えてほしいのですが……」

「いえ、大したことはしていないので。それじゃ、お仕事頑張ってください」

「待ってください！　まだ何もお礼を！　それにまだ聞きたいことが――」

適当に答えるとその場から離れることにした。

後ろから女騎士が何かを言っているが無視だ。事情聴取なんかに付き合ってはいられない。

人混みに紛れるように移動すること十分。

後ろから女騎士が追いかけてこないことを確認すると、俺は路地に入って一息ついた。

「久しぶりに刀を振るったな」

腰に下げた鞘を右手で触れる。

ここ最近は遠征に行くことも減り、工房に籠って剣を作ったり、修繕したりを繰り返す日々だったからな。久しぶりに刀を振るうと気分がいい。

鞘から僅《わず》かに刀身を覗《のぞ》かせる。

刀は優美な曲線とバランスの取れた形状をしており、研ぎ澄まされた刃は見る者を魅了する。

鍛冶職人の手によって何度も折り返し、鍛えられた一刀はまさに職人の結晶。

強度と柔軟性を兼ね備えた刀は鉄の塊のような長剣でさえも容易に斬り裂くこともできる。

やっぱり、俺は刀が好きだ。

剣を作ることも嫌いではなかったが、やっぱり俺は刀を作って生きていきたい。

やりたいことを押し殺して過ごす日々はもううんざりだ。

これからは心から作りたいと思うものを作っていきたい。

「……それにまだ俺は親父を超える刀を作れていない」

今、こうして手にしている刀でさえも納得できる仕上がりではない。

親父の作った刀は水が流れているかのような波紋と目を離せないと思えるような白銀の煌めきがあった。

——一言で表すならば、美しい。

そんな刀であり、人を強烈に惹《ひ》きつける何かがあった。

俺もそんな刀を作ってみたい。親父の刀を超えられるような刀を。

思えば、故郷にいた時が一番自由に刀を作れていた気がする。

のびのびと試行錯誤しながら刀を作り、村人たちの注文を受けたり、近くの街に出向いて商品を売りに行く日々。

脳裏に親父と共に過ごしたフォルカ村の記憶が蘇《よみがえ》る。

自然が豊かなだけで何もない小さな村であったが、人々は穏やかで面倒な人間関係によるしがらみはなかった。

辺境であれば、鍛冶師ギルドの取り決めたルールや風習なんてものは関係ない。

ちゃんとした腕があれば、誰だって自由に工房を開くことができる。

「田舎に引っ込んでゆっくりと刀でも作るか」

S級ギルドに所属していただけあって懐は十分に温かい。

フォルカ村に戻って稼いでいけるかはわからないが、ダメだったらその時にまた考えればいい。

今はとにかく思う存分に刀を作りたかった。

「よし、善は急げだ！　フォルカ村に戻るか！」

俺は路地から出ると、乗合馬車のある城門前へと走るのであった。

3話　刀鍛冶は故郷に帰る

乗合馬車で交易都市ルサールカを出発し、馬車を乗り継いでの移動を繰り返すこと一か月。俺は生まれ育った故郷であるフォルカ村にたどり着いた。

緑豊かな丘陵地帯の上に堂々と風車がそびえ立っている。

風車の大きな羽根はゆっくりと回転を続け、風の力を受けて穏やかに動いていた。

「この風車が懐かしいな」

古びた石壁は長年の風雨によって薄汚れ、石の隙間には苔が生えている。

木製の羽根は何度も修理をしてきた跡があり、村人たちの手によって大切に守られているのがわかる。

俺がいなくなってからもこの風車たちはフォルカ村のシンボルとして残っていることがわかって嬉しい気持ちになった。

風車を見上げてにんまりとしていると、不意に傍にある風車小屋から少年が出てきた。

肩に麻袋を担いでいることから小麦の製粉をしていたのだろう。

「おっさん、ここらで見ねえ顔だな？　そんなところで何してんだ？」

「お、おっさん!?」

少年の開口一番の台詞《せりふ》に俺は雷を打たれたかのような気分になった。

シュミットにギルドに必要ないと宣告された時以上のショックかもしれない。

「そ、そうか。もう俺は子供から見るとおじさんなんだな……」

故郷から都会に出て、仕事に打ち込んでいたらいつの間にか二十七歳。

もちろん、結婚だってしていないし、恋人だっていない。

幼い頃から無口な親父とふたり暮らし。刀や剣を作ることばかり教えられて育ったので性格はあまり社交的ではない。仕事場は女っけが皆無な場所なのでいい出会いなんてものはなく、気が付けばこの年齢になっていた。

「あっ、悪い。ちょっと今のは言い方がよくなかったや」

「いや、いいんだ。君のお陰で周りからどう思われる年齢なのか再確認できたよ」

子供に気を遣わせると、かえってみじめな気持ちになるのでここは素直におじさんであることを受け入れることにした。落ち着いたら後でひとりで泣こう。

「俺の名はシグだ。君は？」

「俺はダンだ。おっさ――兄ちゃんはここで何してるんだ？」

気を遣って言い直してくれたが、突っ込んだら負けだと思うので気にしないことにする。

「昔、この村に住んでいてな。久しぶりに帰ってきたんだ」

「昔ってどんくらいだ？」

「住んでいたのは十五年以上前で、前に帰ってきたのは十年前だ」

「そりゃ知らねえよ。俺、十二歳だもん」

俺が前に立ち寄った時ですらダン少年は生まれて間もない頃のようだ。そりゃ、顔も知らないのも無理はない。

時間の流れをしみじみと感じていると、風車小屋からダンを呼ぶ声があがった。

「悪い。俺、そろそろ仕事に戻らねえと」

「あ、最後にひとつだけ。村長に会いたいんだが、家は中央広場の近くのままかい？」

何せ前に帰ってきたのは十年も前だ。家の場所が変わっている可能性もある。

「昔がどうだったか知らねえけど、村長の家はずっとそこだぜ」

「わかった。ありがとう」

ダンにお礼を言うと、俺は風車から離れてフォルカ村の中心へと向かうことにした。

中央広場にやってくると民家が増え、人通りも多くなってきた。

足を進めると、見覚えのある煉瓦《れんが》造りの家があった。

十年経っても村長の家は変わっていないらしい。

扉をノックすると、白髪に髭をたくわえた初老の男性が出てきた。

記憶にある村長の姿よりも老けていたが十年も経過していては仕方がない。

「はい、どちら様で？」

「ベレス村長、お久しぶりです。シグです」

「お、おお！　シグか！　大きくなっていたから気付かなかったぞ。ここじゃなんだから中に入ってくれ！」

名乗ると、村長であるベレスは俺のことを思い出してくれたのか驚きながらも歓迎してくれた。

「適当に腰かけてくれ」

「失礼します」

ベレスに促されるまま俺はリビングにあるイスに腰かけた。

「妻は買い物に出かけていてな。悪いが俺のお茶で我慢してくれ」

「恐縮です」

ベレスがお茶を淹《い》れてくれたのでコップを手にして喉を潤わせた。

「苦いです」

「わーってる」

お茶の葉を煮出しすぎたのか随分と雑味が入っていた。

昔からベレスはお茶を淹れるのが苦手で変わっていない。

「シグが帰ってきたのは久しぶりだな。親父さんが亡くなった時以来か？」

「はい。ちょうど十年ぶりくらいになるかと」

俺を男手ひとつで育ててくれた親父だが、十年前に流行《はや》り病で亡くなった。

フォルカ村に帰ってきたのはその時以来であり、その後は一度もここに戻ってきていなかった。

あの時はまだ『栄光の翼』に所属して間もない頃であり、前任者のギルドマスターとギルドランクを上げるために必死に働いていた時期ということもあり、あまり村に滞在することもできなかった。

ただぽっかりと胸に穴が空いたような喪失感があったのは事実で、それを忘れるように仕事に打ち込んでいた気がする。

「今日は親父さんの墓参りに？」

「それもありますが本題はこちらに戻ろうかなと思いまして……」

「んん？　帰省ではなく、完全にこちらに戻るのか？」

「はい。そのつもりです」

「それは俺としても嬉しいことだがいいのか？　お前さんはルサールカでも有名なS級ギルドの専属鍛冶師なんだろう？」

「よくご存知ですね？」

　フォルカ村から交易都市ルサールカまではかなりの距離がある。ここの村人が商いで行ける距離ではないし、よくその情報を知っていたものだ。

「まあな。お前のことはアードルグに頼まれていたしな」

「親父がそんなことを……」

　鍛冶以外のことは割と放任主義だった親父が、俺のことを気にかけていたなんて知らなかった。

「ギルドの専属鍛冶師なんですがもう辞めました」

「辞めたのか!?　どうして？」

「俺もいい年齢になりましたから……というのは建前で本音は刀作りに打ち込みたいからです。親父を超えるような刀を作りたいんです」

　俺は鍛冶師ではなく、刀鍛冶だ。だったら、死ぬまでに人々の記憶に残るような刀を打ってから朽ち果てたい。

　そう告げると、なぜかベレスが愉快そうに声をあげて笑った。

「どうしたんです？」

「いや、親子の血は争えないものだと思ってな。ここにやってきたばかりのアードルグもギラついた目で同じようなことを言っていた」

親父も昔はそんなことを……。

思えば、親父は俺に刀鍛冶を教えながらも決して自身のための鍛錬も怠らなかった。

それは俺と同じような目標を掲げて、努力していたからに違いない。

「そうかそうか。だったらこの村で存分に刀作りに励め」

「ということは、またこの村に住んでもいいんですか？」

「当たり前だ」

「ありがとうございます！」

どこか嬉しそうに頷《うなず》くベレスに俺は深く頭を下げた。

何年もこの村に帰ってきていなかったので受け入れてもらえるか心配だったが、どうやら俺はもう一度この村で生活をおくることができるらしい。

「実家と工房は残してあるが、またそこに住むか？」

「え！　まだ残っているんですか⁉　だったら、そこがいいです！」

親父が亡くなって十年が経過し、俺も帰っていないものだからとっくに取り壊されているか、誰かが住んでいるものかと思っていたが、どうやらまたそこに住むことができるらしい。

「ただ手入れについてはそこまでできていない。家具も老朽化し、かなり汚れているかもしれんが構わんか？」

「その辺りは自力で何とかします！」

家を建てたり、改築するようなことはできないが、ちょっとした修繕程度はできるし、家具を作ることだってできるので平気だ。

実家と工房が再び使えるのであれば、それくらいは頑張ってみせよう。

「それじゃあ、早速行ってきます！」

「ああ、最後にいいか？」

「なんでしょう？」

お茶を飲み干し、イスから立ち上がったところでベレスが声をかけてくる。

「フォルカ村の鍛冶師も年々減っていてな。できれば、村人からの仕事も受けてくれると助かる」

ベレスによると、フォルカ村に鍛冶師はひとりしかいないらしい。跡継ぎはいるもののまだまだ修行中であり、村人たちは刃物や農具の注文に困っているそうだ。

「任せてください。昔のように研ぎはもちろん、鋏、鎌、鉈《なた》、鍬《くわ》といった刃物や農具も作れますよ」

アクセサリーの類は苦手であるが、大概のものは作れる自信はある。

「昔は研ぎしかできなかったシグが随分と頼もしくなったもんだ」

「それは言わないでくださいよ」

昔のことを引き合いに出されるとどうにも弱い。

ベレスの前ではS級ギルドの専属鍛冶師といった肩書きも形無しだな。

「それじゃあ、落ち着いた頃合いに頼むよ」

「ええ！　それではまた！」

ベレスの家を出ると、俺はかつて住んでいた実家へと足を進めるのだった。

4話　刀鍛冶は実家と工房を片付ける

中央広場から北に向かって歩くこと三十分ほど。

人気の少ない森の近くにポツリと平屋建ての家と石造りの工房が佇んでいた。

「本当に残っていたんだな」

かつて親父と住んでいた家と刀を打っていた工房が残っていることに感動する。

親父がいなくなって十年も経過しているので屋根は劣化しており、壁は汚れて蔦が這っているが
これは仕方がないだろう。むしろ、この程度の劣化で済んでいたのはベレスが手入れをしてくれて
いたお陰に違いない。

ベレスから受け取った鍵を差し込んで中に入ると、昔と変わらないままの光景が広がっていた。

「げほっ、ごほっ……さすがに空気が悪いな」

ここしばらくは手入れをしていなかったのだろう。家の中の空気が随分と淀んでいる様子だった
ので俺は扉や窓を開けていく。

家を全開にすると、次は裏にある工房へと回ることにした。

家の空気がこれだけ汚れているということは工房の方も同じに違いない。

木製の扉を開けて、工房の中に入ると懐かしい鉄と炭の匂いが俺を出迎えた。

工房内には窯、ヤスリをかける台、手槌、向槌、鋏、ノミ、テコ棒などといった工具一式が揃っ
ており、使用した灰を保存して再利用するための炭箱、鍛冶道具一式が所狭しと並んでいた。

「……懐かしいな」

幼少期から刀鍛冶を教えられ、作業を手伝っていた場所だ。

俺からすると実家よりもこちらの方が懐かしく思えたほどだ。

まあ、実際に家の方は最低限の生活をする場所で工房に籠っている時間の方が長かった。

むしろ、こっちの方が実家と言っても過言ではないかもしれないな。

工房の方は気密性が高いせいか家以上に空気が淀んでいたので、こちらも悪い空気を排出するために扉や窓を開けておく。

十分ほど経過すると、家や工房から淀んだ空気が排出されて室内が新鮮な空気で満たされる。

「まずは家から始めるか」

気持ち的には工房を掃除してすぐにでも刀作りの準備を始めたいところであるが、先に家の方をどうにかしないと生活すらままならない。

家具を外に運び出す。敷物を広げて、その上にイスを置くとバキッと乾いた音がした。

「うおっ、片脚が折れた」

俺が生まれた頃から使っていたイスだ。

ここ十年はまったく使用していなかったし壊れるのも無理はない。

四つあった内のふたつのイスはダメになっていたが、残りのひとつは健在であり、もうひとつは軽い修理を施せば問題なく使えそうだったので継続して使うことにする。

「ふう、家具を外に運び出して選別するだけでも中々の重労働だな」

一通りの家具を外に出すと、ふうと息を吐く。

工房の手入れや掃除ならともかく、家の掃除をするのは随分と久しぶりだった。

仕事以外の身の回りのことを気にしなくてよかったのは、元いたギルドのサポートが手厚かったからだろう。とはいえ、あの職場に戻りたいとは思わないけどな。

一呼吸入れて掃除を再開しようとすると、後ろの方から不意に気配を感じた。

それとなく視線を向けると、木の裏に隠れるようにしてこちらを覗く少女がいた。

やや癖のある金色の髪をしており、ジーッとこちらを見ている。

フォルカ村に住んでいる子供だろう。年齢はダンよりも少し下か。

身体をすっぽりと覆える布を纏っており、腰布で留めている。

しばらく気付かないフリをしてみるも少女は声をかけてくることも近づいてくることもなく、ずっとこちらを観察している。

やや眉間に皺《しわ》が寄っているのは俺のことを怪しい人物だと思っているのかもしれない。

このまま放置するのも居心地が悪いし、不審者として住民に広められるのも嫌だ。

「やあ」

「わっ！」

意を決して話しかけると、少女は驚きの声をあげてパタパタと走り去ってしまった。

ただ振り返って声をかけただけなのに。俺の顔ってそんなに怖いのだろうか？

外に運び出した鏡を見つめてみる。

王国内では珍しい黒味を帯びた髪の毛と鋭い瞳。

常に鍛冶場に籠っているために頬《ほほ》は痩せこけており、重い槌を振るうために身体は筋肉質。

昔はもうちょっと顔立ちが柔らかかった気がするが、ここ最近は苦労していたために眉間に随分と皺が寄っている気がする。こんな顔じゃ幼い子供に恐れられるのも無理はない。

「気を取り直して掃除しよう」

子供に怯《おび》えられたショックを忘れるために俺は家の掃除に没頭することにした。

掃除の基本は上から下だ。マジックバッグから脚立を取り出して、箒《ほうき》を手にして天井に張っていた蜘蛛《くも》の巣や埃《ほこり》などを落としていく。大きな汚れを落とすことができたら天井用のワイパーでさらに汚れを落とす。

工房の天井や壁なんかは灰による煤《すす》汚れが酷いので、こういった掃除道具があると便利なんだよな。

柱は雑巾で水拭きをし、汚れが酷いところは希釈した洗剤をかけて汚れを落とす。

上部分の掃除があらかた終わると箒で床を掃く。大きな埃を掻《か》き出すと雑巾で水拭きした。

「大分、綺麗《きれい》になってきたな」

まだまだ掃除の終わっていない部分はあるがリビングや台所周りは綺麗にすることができた。

一部の家具をリビングに戻すために外に出ると、今度は少女がふたりいた。

先ほどの少女と同じ色の髪を後頭部で結った少女だ。

身長も少し高く、見た目もよく似ているので姉だろう。年齢はおよそ十二くらいか？

美人な姉妹だ。

フォルカ村には昔からの友人もいるが、俺が知っている顔ぶれとはとても似ていない。

誰の子供なのかさっぱりだ。

「やあ、さっきぶりだね」

「……おじさん、誰？」

優しげな笑みを浮かべて声をかけると、癖っけの少女からそっけない誰何の声が返ってきた。

先にダンと会話していなかったらここで泣き崩れていたかもしれない。

しかし、俺はもうおじさんであることを受け入れた。めげはしない。

「俺はシグ。つい先ほどこの村に帰ってきたんだ」

「帰ってきたということは、元々住んでいたんですか？」

「ああ、十五年ほど前に村を出て、またここに戻ってきたんだ。ここに住むことについてはちゃんとベレス村長から許可も貰っている」

「そうだったのですね。失礼な視線を向けてしまってすみません」

「気にしてないさ。それよりも君たちの名前を聞いてもいいかい？」

「私はリリアナです。この子は妹のアトラ。この近くで農業や狩りをしています」

「うん？　うちの近くに家なんてあったか？」

記憶の中ではこの辺りに住んでいる人はいなかったはずだ。

「三年ほど前に引っ越してきて作ってもらいました」

となると、昔から住んでいたのではなく、どこか違う場所からやってきたというわけか。

昔馴染《なじ》みの子供でもないのであれば、ピンとこないのも仕方がないことであった。

「なるほど。だとすると、お互いのことを知らないのも当然だな」

「ですね」

なんだかおかしくって互いにクスリと笑ってしまう。

「誤解が解けたってことで、これからはご近所さんとしてよろしく頼むよ」

「はい、こちらこそ！」

「……うん」

スッと手を差し出すと、リリアナとアトラが小さな手を出して握手に応じてくれた。

やや緊張で強張っていたふたりの表情がすっかりと緩んだ。

「お掃除大変そうですね。よかったらお手伝いしましょうか？」

「え、それはとても嬉しいけど、仕事とかいいのかい？」

「大丈夫です！」

「……今日はお休みだから」

だとしたらなおさら忍びない気持ちがあるのだが、俺ひとりじゃ今日中に掃除が終わるかは少し怪しいところだった。

馬車での移動では野宿をすることも多かったし、今日くらいはぐっすりと眠りたい。それに工房の掃除ができれば、早く仕事に取り掛かることができる。

「それじゃあ、お言葉に甘えてお願いするよ」

「はい！　任せてください！」

「……掃除するー」

リリアナが元気よく声をあげ、アトラが眠たそうな目をしながら腕を上げた。

5話　刀鍛冶は包丁を作る

「ふたりのお陰でとても助かったよ」

「いえいえ、とんでもないです」

手分けして掃除をすること数時間ほど。

我が家は最低限の生活ができるようになり、工房も無事に稼働できるようになった。

まあ、屋根や壁の修理やらと細々としたところは残っているが、その辺りは時間がある内にひとりで進めてしまえばいい。

「掃除を手伝ってくれたお礼に何か作らせてはくれないか？　俺は刀鍛冶なんだ」

「……刀鍛冶って何？」

小首を傾げるアトラとリリアナ。

どうやらふたりは刀鍛冶を知らないらしい。

ここはアルカサールの中でも辺境に位置する村だ。

極東から輸入された刀を見たことがないのも無理はない。

「こういうものを作る鍛冶師のことさ」

「わあ、すごい」

「……綺麗」

鞘から刀身を抜いてみせると、リリアナとアトラが驚きの声を漏らした。

綺麗なものを見るような純粋な瞳が少しだけ眩しい。

ほどなくして刀身を鞘に収めると、ふたりが「ああ」と残念そうな声を漏らした。

「まあ、こんな感じで刀という武器を作っているが、一応はそれ以外の金具や農具も一通り作れる」

「そうなんですか⁉　えっと、じゃあ釘を――」

「お姉ちゃんとお揃いの包丁が欲しい！」

リリアナがおずおずと注文を口にしようとする中、アトラがきっぱりと言った。

「……ダメ？」

「さすがに掃除を手伝っただけで包丁を二本もお願いするのは悪いよ」

小首を傾げるアトラにリリアナが苦笑して嗜《たしな》める。

鍛冶師に包丁の製作を頼むと、それなりの費用がかかってしまうからな。

子供ふたりのお手伝いでは、とても対価が釣り合うものではない。

リリアナはそれを理解しているから釘を頼もうとしていたのだろう。

「問題ないぞ」

「ええっ⁉　さすがにそれは悪いですよ」

「引っ越しのご挨拶の品ってことで。それにここに来るまでに移動ばかりでロクに鍛冶ができていなくてな。何か作りたいところだったんだ」

「じゃあ、お願いしてもいいですか？」

「ああ、任せてくれ」

俺とリリアナ、アトラはこれからご近所さんになるのだ。

生活していく上で何かとお世話になることもあるかもしれないからな。

「出来上がるのは明後日の昼くらいになる。その頃に届けよう」

本当はもう少し早くできるのだが、日が大分傾いてきてしまった。

まだ微妙に家の片付けが残っているし、工房を稼働させるために準備もある。

今日は無理をせずにしっかりと準備をし、明日の朝から始めるのがいいだろう。

「わかりました。私たちの家はここから少し西に行ったところにありますので！」

「……楽しみにしてる」

包丁が完成した頃に届けに向かうことを約束すると、リリアナとアトラは手を繋いで西の方角へと去っていった。

ふたりの背中を見送ると、俺は工房に戻って稼働のための準備をする。

持ち込んだ自身の鍛冶道具一式を配置し、地金、鉄、鋼といった素材なども保管庫に置いておく。

そうやって準備を進めていると、いつの間にか作業台の上には包丁作りに必要な材料が揃っていた。

おかしい。今日は早めに眠って明日の朝から取りかかろうと思っていたはずなのに。

長旅で身体は疲れているんだ。いい包丁を作るためにしっかりと睡眠をとって、明日から作った方がいい。頭ではそんなことがわかっているはずなのに身体はテキパキと製作の準備を進めていた。

こんなにも長い期間、鉄に触れてこなかったのは久しぶりなので身体が疼《うず》いてしまっているようだ。

やっぱり、俺は根っからの職人なのだろうな。

「今から包丁を作るか」

工房の右手には火炉があり、正面には鉄床と金槌。左手には水桶があり、火づくりから焼き入れ、焼き鉛といった作業がほとんど動かずに行える作業配置だ。

「さて、火をつけよう」

俺は火炉のすぐ傍にある炭箱を開けた。

使用した炭はすぐに廃棄されず、ここの箱に保存される。鉄製の炭箱は蓋を閉めれば密封状態になるので前日使った炭でも熱を保つことができるが、それは連日工房を稼働させていればの話だ。

この工房は使われなくなって十年が経過しているので炭箱には何も入っていなかった。

「……昔の動きが身体に染みついていたんだろうな」

仕方なく俺はマジックバッグから炭の入った箱を取り出し、スコップで炉に投入していく。

炭だけでなく焚きつけの枝を混ぜると、火魔法で種火をつけた。

種火をつけたら最初だけふいごを操作して、火を大きくする。

こちらでも風魔法を応用しており、取っ手を押し引きせずとも魔法による術式が風を送り込めるようにしている。

俺は鍛冶を効率的に進めるために魔法も取り入れている。

鍛冶師の中にはこういったやり方を嫌う昔ながらの職人もいるが、やり方は人それぞれだからな。

自分が一番やりやすいと思う方法をやればいい。

少しずつ種火が炭に移り、風がさらに火を大きくする。

真っ黒だった炭の色合いが徐々に赤色に染まり、やがて白熱した色合いになっていった。

「ふー、熱いな」

鉄の温度が変わるのはおよそ八百度。曲げたりといった加工ができる温度はそれ以上になる。そんな炉の前にいれば、身体中から汗が噴き出してくるのも当然だ。

まずは包丁の元になる地金を鋼と鍛接するための準備だ。

マジックバッグから地金を取り出すと、鉄鋏で端を掴んで加熱した炉の中へと通す。

千度を超える高温に鉄棒はたちまち赤く変色して柔らかくなる。

そこに硼《ほう》酸、硼砂、酸化鉄などを使い鋼を貼り合わせると、再び炉の中で熱していく。

取り出したら台の上で固定し、鋏で押さえながら手槌で叩く。

薄暗い工房の中に鮮やかな火花が散った。槌で叩いて完全に素材同士を癒着させていく。

地金と鋼が完全に結合したら魔力による身体強化を発動し、大槌で徐々に包丁の形へと伸ばしていく。

『栄光の翼』の工房であれば、動力ハンマーなどがあるのだが、うちは片田舎の刀鍛冶だ。そんな便利な道具はないので昔ながらの人力だ。

魔力で筋力を強化させれば動力ハンマー以上の強さと速度で槌を振るうことができるので、別に問題ない。親父だってそうやって鍛錬していたからな。

「おっと、今は焦らなくていいんだったな」

大槌を振るう動作が自然と逸《はや》っていたので声を出すことによって心を落ち着かせる。

ギルドにいた時は、無茶苦茶なノルマを課せられていたために如何に早く作品を作り上げることを求められていたが今はその必要はない。

じっくりと、だけど速やかに槌を打てばいい。

矛盾するようであるがこれは仕方のないこと。

刃物作り、鋼作りには火が必要であるが、加熱しすぎると切れ味の重要素である炭素が逃げてしまい切れ味のいい包丁ができないのである。加熱回数はできる限り減らし、加熱する際は温度を下げる。刃物作りは常に温度と向き合いながら鍛え上げていくのが理想なのだ。

鍛え終わると、打ち上げた包丁の成分を安定させるためにしばらく寝かせておく。

この時に包丁に傷や接合ミスがないかを確認。

問題がなかったので温度が下がるまでの間、俺はアトラの分の包丁を同じように作っていく。

彼女はリリアナよりも身体が小さく、手の平のサイズもとても小さかった。

畑仕事をしているので町民よりは力があるだろうが、刃渡りが長いと扱いづらい恐れがある。

同じ包丁でもアトラが扱いやすいように長さを短めに整形することにした。

アトラの方を寝かしに入ると、温度の下がったリリアナの包丁へと作業は戻る。

熱を冷ました包丁の表面の酸化被膜を手槌で叩いて剥《は》がし、荒叩きをする。

冷めた地金を何度も叩くことにより分子が細かくなり切れ味が増すと言われる。

その後、グラインダーで裏を研磨し、くぼませる。

このくぼみにより刃の逃げができて物がよく切れるようになる。

荒叩きなどの作業が終わると、包丁の命とも言われる焼き入れだ。

ちょうど外も暗くなってきているので行うにはちょうどいい。

刃全体に均一に温度が伝わるように薄く泥を塗ると、炉の余熱で刃に塗った泥を乾かす。

それから八百度ほどで加熱する。

真っ黒だった鉄が徐々に明るくなっていく。赤から橙へと変化し、さらに加熱すれば黄色く、眩い光を発する。

その光をじっくりと観察し、温度を見極める。

何度も見ている光景だが決して飽きることはない。

むしろ、見れば見るほどに惹かれてしまう。

「……今だな」

十分に加熱したところで水桶に突っ込んで一気に冷却。

ジュウウウッと水が一瞬で蒸発する激しい音が工房内に派手に響いた。

しばらく待って温度を下げると、むわりと湯気を纏った包丁が姿を現した。

泥を塗ってあるお陰で大きな泡はできず、均等の焼き入れをすることができた。

これにより刃金の硬度が高まるが、刃物は硬度が高ければ高いほどにいいわけじゃない。

硬いだけの包丁を作れば、刃の入る角度がシビアで少しの衝撃で折れてしまう。

軟鉄は柔らかく切れ味は鈍いが、粘り強さがあるので多少の衝撃で折れることはない。

その粘りを持たせるために再度二百度くらいに加熱した後、自然に冷ます。

これにより折れず、曲がらず、よく切れるといった三つの特性を持ったいい包丁が出来上がるのだ。

冷ますと、刀身はまた黒色に戻っていた。

焼き入れが終わると、最後に歪みや傷がないかを確認して微調整。

終えると、あとは研ぎ作業だ。

荒研ぎ、平研ぎ、本研ぎ、裏研ぎといったいくつもの工程を経て磨き上げると、俺の目の前には銀色に光り輝く包丁が二本できていた。

「……かなりいい出来だな」

ルサールカからフォルカ村にやってくるまでに一か月かかったので鍛冶仕事はほとんどしていない。

むしろ、長期間仕事から離れていたので腕は落ちていたはずだ。

腕慣らしに数本は打たないと満足のいく質のものはできないと思っていた。

それなのに完成した包丁はここ最近の中でも一番と言える質だった。

……なぜだろう？

設備に関しても『栄光と翼』の工房に比べると、旧式のものばかりなので何段階も劣っているはずなのに。

考えてみたがわからなかった。

何とも言えない気持ちを抱えながらも研ぎ終えた包丁を柄に収める。

包丁の中子をバーナーで赤くなるまで温め、柄に差し込む。

柄の底を叩くことで包丁が中に入っていき、上下左右に歪んでいないかを確認。

すべての工程が終われば、包丁にタガネと金槌で製作者の名前を記した。

咄嗟《とっさ》にギルドの名前を刻み込みそうになったことは秘密だ。

「鞘もつけておこう」

抜き身のままで渡すのも格好がつかないので鞘も作っておくことにした。

包丁の厚さに合わせて木材をくり抜き、ニカワを塗って板を貼り付け、整形し、抜け止めの革帯を取り付けたら鞘の完成だ。

●

「あー、すっかりと昼だな」

夜遅くまで包丁作りをしていた俺は翌日の昼前に目を覚ました。

寝室にあったベッドは使いものにならず、床に布団を敷いて眠ることになったが、久しぶりに屋根のある安全なところでゆっくり睡眠をとることができたので目覚めはよかった。

布団から起き上がると、洗面台で顔を洗って身支度を整える。

リビングのテーブルにはリリアナとアトラのための包丁が置いてあった。

本来の納品予定日は明日の昼なのだが、つい我慢できずに製作してしまって既に完成している。

今日はのんびりと過ごして予定日通りの明日に渡せばいい。というのは、わかっているが既に完成しているものを手元に置いておくのはどうにも居心地が悪かった。

「……今から届けに行くか」

この包丁の出来栄えがどうしてこんなにもよかったのか。

ふたりに渡しに行けば、その理由がわかるような気がした。

硬パン、干し肉、干しぶどうといった保存食の残りを口にすると、二本の包丁を手にして外に出ることにした。

「確かリリアナの家はここから西だったかな」

具体的な場所はまったく知らないが、幼い子供であるアトラが徒歩でやってこられる距離なので遠くはないだろう。

のんびりと西の方角へ向かって歩くと五分もしない内に木造の民家が見えてきた。

家の周りには大きな畑が広がっており、そこには農作業に励んでいる女性の姿があった。

リリアナとアトラと同じく金色の髪を腰まで伸ばしており、麦わら帽子を被っている。

ふたりの母親だろうかと思って見つめていると、視線に気付いたのか女性が顔を上げた。

「あら、もしかしてあなたが刀鍛冶のシグさん？」

刀鍛冶というキーワードからリリアナとアトラから俺については聞いているようだ。

「はい。シグといいます」

「はじめまして、リリアナとアトラの母親のシンシアといいます」

名乗ると、丁寧にシンシアが腰を折る。

クリッとした大きな翡翠色の瞳をしており、薄っすらと焼けてはいるが地肌の白さがよくわかるきめ細やかな肌をしている。身体は折れそうなくらいに細いのに胸元は豊かであり、優しそうなお母さんだった。

「娘たちに包丁を打ってくださるとのことでふたりともとても楽しみにしています」

「あー、それなんですが実はもう完成してしまいまして……」

「え？　あれから一晩しか経っていませんが、もう出来上がったのですか？」

完成した二本の包丁を見せると、シンシアの表情が驚きへと変わった。

「はい。よければ、今渡してしまっても構わないでしょうか？」

「ええ、大丈夫です。今日完成したとわかれば、ふたりとも喜ぶはずですから」

リリアナとアトラは水汲みに行っているとのことなので俺はシンシアに促されて自宅で待たせてもらうことに。三年前に引っ越してきた時に建てたからだろうか。シンシア一家が所有する民家はとても広くて綺麗だった。

「どうぞ、野草茶です」

「ありがとうございます」

シンシアがコップを差し出してくれたのでお茶を一口飲む。

「あ、美味しい」

「うふふ、ありがとうございます」

ハーブティーのようなスッとするような香りと、爽やかな味わいが口の中に広がった。

「うちも野草茶はよく作っていたのに、どうしてこんなにも味が違うんだろう？」

うちも野草を煮出してお茶を飲んでいたが、もっと野草特有の青臭さや嫌な苦みがあった。

シンシアとは家も近いので野草を採取するエリアはほとんど同じはず。

それなのにこの味の違いはなんなのだろう？

「恐らく、採取していた野草にニガヨモギが混ざっていたのではないでしょうか？」

「ニガヨモギ？」

「ヨモギに非常によく似た植物です。こちらはヨモギと違って、青臭さや苦みがとても強いんです」

「な、なるほど」

野草茶の採取はいつも親父がしていたので、ヨモギだと思って採取していたものの中にニガヨモギが混じっていたのだろう。

鉱石類に関する目利きは抜群なのに、別のことに関する目利きはてんでダメな人だったな。

「「ただいま！」」

うちの野草茶が苦かった理由が氷解したところで出入り口から元気なふたつの声が響いた。

「やあ」

「シグさん⁉　どうしてここに？」

「……包丁は明日じゃないの？」

軽く右手を挙げて挨拶すると、リリアナとアトラが驚きの声をあげた。

「早めに完成したから届けにきたんだ。ちょっと使ってみてくれないか？」

「是非使わせてください！」

「……私も！」

戸惑っていたリリアナとアトラであるが状況がわかると嬉しそうにテーブルに寄ってきた。

俺はそれぞれの前に包丁を差し出す。

「抜いてもいいですか？」

「ああ」

リリアナとアトラは顔を見合わせると、「せーの」と声を合わせて鞘から包丁を引き抜いた。

「「…………」」

刀身を見るなり何かしらの反応が見られるかと思ったが、リリアナとアトラからの反応はなかった。

ふたりだけでなく、傍で見守っていたはずのシンシアも固まっている。

「もしかして、気に入らなかったか？」

おずおずと声をかけると、リリアナ、アトラ、シンシアがハッと我に返った。

「い、いえ！　あまりにも綺麗な刀身をしていたので見入っちゃいました！」

「……こんなに綺麗な包丁初めて」

「本当か？　気に入らないとかなら作り直すが……」

「全然そんなこと思ってません！」

「……これはもうアトラのもの」

ふたりの反応を見る限り、気遣っている様子はなさそうだ。

「そ、そうか。なら、試し切りをしてくれるか？　何か違和感などがあれば教えてほしい」

「わかりました！」

ふたりの体格などを考慮して作ったつもりだが、何かあればすぐに修正するつもりだ。

「……お母さん、切るもの」

「それじゃあ、ニンジンでも切ってもらおうかしら？」

シンシアは二枚のまな板をテーブルの上に置くと、その上に皮を剥いたニンジンを並べてくれた。

「それじゃあ、切りますよ？」

「ああ」

頷くと、リリアナとアトラがスッと包丁を下ろした。

すると、二本の包丁はニンジンだけでなく、その下のまな板、テーブルまでも切り裂いた。

二本の包丁によって切り裂かれたテーブルは乾いた音を立てて崩れ落ちる。

「きゃあああ!? 何これ!?」

「……おお、テーブルが切れた！」

俺の作った包丁にリリアナは顔を真っ青にして驚き、アトラは対照的に興奮の声をあげていた。

「シグさん？ これは一体？」

「ははは、包丁なんだ。そんなに力を入れたらテーブルごと切れるに決まっているさ」

包丁なんて少し添えるだけで食材を切ることができる。そんなに力を込めて振り下ろしたらその下にあるものまで切り裂いてしまうのは当然だ。

「いやいや、普通こんな風に切れないですからね!? なに当たり前のように言っているんですか？」

「ん？ 一般的な家庭の包丁はそういうものじゃないのか？」

「違います！」

どうやら違うらしい。少なくとも俺と親父が使っていた包丁はそういうものだったんだがなぁ。

「切れ味の方はともかく使い心地はどうだ？」

「……とってもいい！ ピッタリ！」

「私もです！ でも、計測とかしていないのにどうしてでしょう？」

「ん？ 計測ならしたぞ？」

「え？　いつです？」

「最初に挨拶した時に握手をしたじゃないか」

「え？　たったそれだけで？」

「鍛冶を生業としている者であれば、誰だってできる技能だ」

その人の手を握れば、利き手、大きさ、形だけでなく、大まかな身体の骨格、筋肉の付き方といった情報を読み取ることができる。あとはその情報を元に依頼人のために適切なものを作ってやるだけだ。

「シグさんってすごい刀鍛冶なんですね」

「そうか？」

そんな風に真っ直ぐに言われるのは久しぶりなので照れてしまう。

「素敵な包丁をありがとうございます！」

「……ありがとう、シグ。アトラ、この包丁大事に使う」

リリアナとアトラからお礼を言われた瞬間、胸の辺りから温かいものが広がるのを感じた。

一言、目の前でよかったと言ってもらえる。

ただそれだけで職人の心は救われるものなのだな。

鍛冶師というのは本来客の顔が見えない仕事だ。直接注文の工房ならともかく、問屋に卸している場合はなおさらだろう。

ギルドにいた頃は、別の部署の者が依頼者から発注を受け、それが工房へと回される形となっていた。完成しても俺たちが届けることもなく、依頼者からのお礼の言葉や感想すら貰えない。

使用者の顔が見られれば、どのようにして使ってもらいたいか、どのように工夫すればいいかが見えてくる。この包丁には製作者である俺の気持ち――魂がこもっている。

ああ、だからなのだろう。今回、作った包丁の出来がよかったのは。

「シグさん？」

「いや、ちょっと嬉しくてな。そう言ってもらえると職人冥利に尽きるってものだ」

やっぱり、俺は道具を使う人に寄り添って作ってやりたい。

零細と呼ばれていた頃の『栄光の翼』は人数も少なく、ひとりひとりのギルドメンバーと向き合って武具を作ることができた。しかし、月日が経過するにつれてドンドン所属する人員は多くなり、ひとりひとりのメンバーと向き合う時間は減少し、遂には刀を作ることを禁止された。さらには顔もわからない人の依頼を受けて大量に作るようになり、ノルマをこなす日々。

いつの間にか俺の心は渇いていたのだろう。

だけど、ギルドはもう辞めた。今はS級ギルドの専属鍛冶師ではなく、しがない田舎の刀鍛冶。

同じ過ちを繰り返さないようにこれからは俺のために刀や、人々の役に立つものを作ろう。

「感傷的なところ悪いのだけど、テーブルの片付けをお願いできるかしら？」

そう心に決めたところでシンシアの何とも言えない言葉が響き渡った。

テーブルごと切ったリリアナとアトラはもちろん、説明の足りなかった俺は真摯に片付けをするのであった。

6話　刀鍛冶は矢じりを作る

包丁を作った翌日。朝食を食べ終わると家の扉を叩く音がした。

「おはようございます、シグさん」

扉を開けると、外には籠を手にしたリリアナが立っていた。

「おはよう、リリアナ。今日はどうした？」

「これ、さっき採ったばかりの野菜です」

ずいっとリリアナが差し出してきた籠の中には、大きなキャベツとジャガイモ、タマネギが入っていた。

「いいのか？」

「包丁を作ってくれたお礼にはなりませんけど」

「いやいや、助かるよ」

マジックバッグがあるとはいえ、急にルサールカを離れることになってロクに食料を買い込む暇もなかったからな。

「あの、シグさんに作ってもらいたい物があるんですけどいいですか？　今度はお金を払いますので！」

「……何を作ってほしいんだ？」

「矢じりを作ってほしいんです！」

尋ねると、リリアナは意志の強い瞳を向けながら言った。

矢じりとは、矢の先端に取り付け、弓に鋭利性や貫通力を付与する利器のことだ。

「それは誰が使うんだ？」

「私です」

「リリアナが？」

「はい。私は農業だけでなく、狩人もやっているんです」

そういえば、自己紹介をした時に狩りと農家をやっていると言っていたな。

「狩りをやっているというのはリリアナだったのか。てっきり父親がやっているものかと思ったが」

「元は父が狩人だったのですが、前の村に住んでいた時に流行り病で亡くなってしまって……」

「……すまない」

「気にしないでください。もう過去のことですから」

精神的な区切りは既についているのかリリアナはそれほど気にした様子はなかった。

こういう時になんて声をかけたらいいのか口下手な俺にはわからないが、これ以上触れるべき問題ではないだろう。

「それでどうでしょう？」

「矢じりを作るくらいなら問題ないぞ」

刀や包丁を作ることに比べれば、簡単で時間もそうかかることはない。

「本当ですか？　ありがとうございます」

「できれば、使っている弓と普段使っている矢なんかも見せてもらっていいか？」

「実は持ってきています！」

リリアナはにこっと笑うと、玄関の傍に立てかけた弓矢を持ってきた。

俺はそれを丁寧に受け取ると、弓の大きさやシャフトの長さ、これまで使っていた矢じりの形状や重さなどを確認させてもらう。

確認が終わると、見本としてシャフトを一本だけ貰い、弓と残りの矢はリリアナに返した。

「形状は尖矢のままでいいか？」

「はい、それでお願いします」

「大きさや重さはどうだ？」

「貫通力が落ちないのであれば、少し軽くしてもらえると嬉しいです」

「わかった。そちらを損なわない範囲でやってみよう」

「ありがとうございます！　いつ頃にできますか？」

「今から取り掛かるつもりだから昼頃にやってきてくれ」

「わかりました！　では、よろしくお願いします！」

リリアナはぺこりと頭を下げると、弓矢を持ってタタタッと走っていく。

その足取りはとても軽く、陽気な鼻声が響いていた。

矢じりを作ってもらえることが相当嬉しいようだ。

可愛らしい見た目をしているが男の子みたいな一面を持っているんだな。

「早速、矢じりを作るか」

リリアナを見送ると、俺は離れにある工房に入った。

炭箱の蓋を開けると、むわりとした熱気が上がる。

昨日、包丁作りに使った時の炭だ。

まだしっかりと熱を保っているのでスコップで炉へと移していく。

熱を持っている炭は種火にはなるが、それだけだと火は大きくならないので未使用の炭や枯れ枝を混ぜ、ふいごを風魔法で操作して空気を送り込んだ。じんわりと燻っていた火が空気を取り込んでさらに燃焼する。瞬く間に工房内の温度が上昇していった。

リリアナが使用していた矢じりは鉄製だったので、感覚が変わらないように今回も鉄で製作することにする。

マジックバッグから直径十ミリほどの鉄棒を取り出すと、矢じりのサイズに合わせて適切な大きさに切り出していく。

必要な数の切り出しが終わる頃には、炉の温度が八百度くらいに上昇しており、既に俺の身体は汗でぐっしょりと濡れていた。

火鋏を使って切り出した鉄を炉に入れて、均等に加熱する。

真っ黒な鉄が赤熱してきたら炉から取り出す。

金床の上に赤熱した鉄を固定すると、槌で叩いて形を整えていく。

ざっくりと粗い形でいいので形を整えると、全体のバランスを見ながら徐々に細かく仕上げていく。

矢じりの先端を細くしながら鋭利な形状へ。だけど、できるだけ質量は軽く。

矛盾するような依頼内容であるが、それがリリアナの望んだ注文だからな。

獲物を貫ける貫通力は高めつつも、衝撃でぽっきりといかないような耐久性を維持できるところを見極めて再現してやるのが職人の腕の見せ所だ。

鋏を使用して余分な部分を切り落とし、先端を尖らせる。

次にヤスリを使って刃の部分を滑らかに整える。刃の角度を一定に保ちながら均等に研磨する。

研磨石を使用して細部までの研磨が終わると、矢じりを水桶に突っ込んで冷却。

急速に冷却されることによって矢じりが硬化していくのを感じた。

ここで硬度に問題があれば、再び過熱しては冷却といった工程を繰り返すのだが、この感じであればあと一回ほど繰り返せば十分な硬度になるだろう。

槌で形を微調整しながら加熱と冷却をすると、俺の予想通りに一回で十分な硬度となった。

寝かせて冷ますと、ヤスリと研磨石を使って矢じりの表面を滑らかにしていく。刃の部分を再度研いで、必要に応じて細かい調整を行った。

「よし、できた！」

包丁を作った時に感じた時と同じ手応え。

出来上がった矢じりを観察してみると、間違いなく過去最高の仕上がりだった。

リリアナから貰ったシャフトに穴を空けて突っ込み、ハンマーで丁寧に叩いてかしめていく。

ここで大雑把にやってしまえば、せっかくこだわった矢じりが台無しになるので慎重に。

矢じりを固定した矢を確認する。

「うん、これなら問題ないな」

リリアナの使っているシャフトでも問題なく取り付けられた。重さの方も彼女の要望通りに軽量化に成功しているといえるだろう。貫通力についても損なわれていないはずだが、以前の威力を知らないので俺には比べようもない。そちらはリリアナに射ってもらうことで確認しよう。

炉を落とし、残っていた炭を炭箱へと収納。鍛冶道具一式を元の場所に戻して外に出た。

「ふう、涼しい」

とてつもない高温に晒《さら》され、熱気の籠った工房内に比べれば外は天国だ。

涼やかな風が全身の肌を撫でるようで気持ちがいい。

俺は両手を思いっきり広げて風を浴びた。

仕事終わりの火照った身体を風で冷ますのがとても大好きだ。

「くしゅん！」

しかし、やりすぎると身体を冷やしてしまって風邪を引くことになるので注意が必要だ。

過去に何度もこれで風邪を引いて、工房の仲間に迷惑をかけたっけな。

「シグさん！」

程々のところで切り上げようとしたタイミングでちょうどリリアナが弓矢を持って姿を現した。

「すみません。楽しみすぎて早めにきちゃいました。出直した方がいいですか？」

「いや、もうできてる。ちょっとそこで待っていてくれ」

「はい！」

俺は工房に戻ると、二十本ほどの矢じりを手にしてリリアナの元へ戻る。

「これが矢じりだ」

「わあー！　すごいです！　とても綺麗な形をしている上にひとつひとつが同じ形です！」

「それだけじゃない。重さの方も少しだけ軽くしてみた」

「あ、本当だ！　前の矢じりよりも軽いです！」

「あとは貫通力を損なっていないかだ。一本だけ取り付けたものがあるから射ってみてくれないか？」

「わかりました！」

矢を渡すと、リリアナは嬉しそうに頷いた。

「あの木が的でいいだろう」

「いいんですか？」

「ちょうど邪魔で切ってしまおうと思っていたやつだしな」

工房の裏手にある邪魔な木を選択すると、リリアナがそこから真っ直ぐに距離を取った。

リリアナは二十メートルほどの距離で立ち止まると、左手で弓を持ち上げて右手に俺の作った矢を番える。きりりと弓弦が軋《きし》む音が鼓膜をくすぐり、矢はひゅうっと風を切って飛んでいった。

射出された矢は的である木立の中央を貫通し、その後ろにある木の中ほどまで刺さった。

「ええ!?」

貫通した矢を見て、リリアナが信じられないとばかりの表情を浮かべている。

「どうだ？　前の矢よりも貫通力は上がっているか？」

「上がっているなんてものじゃないですよ！　そもそも普通の矢は木を貫くことはできませんから！」

「そうなのか？」

「そうなんです！」

なぜかリリアナが胸を張って主張した。

ここでも俺の常識とリリアナの常識は乖離していたそうだ。

「とりあえず、出来としては申し分ないか？」

「あ、はい！　申し分ないというか私の想像を遥かに超える出来栄えでした！　シグさんに頼んでよかったです！」

「そうか。ならよかった」

リリアナがにっこりと笑みを浮かべながら礼を言ってくれる。

ああ、依頼者の顔が見られる仕事はいいものだな。

「問題ないなら他の矢じりも取り付けてしまってもいいか？」

「お願いします！」

リリアナから二十本のシャフトを貰うと、俺は残りの矢じりを丁寧に取り付けるのだった。

7話　刀鍛冶は村へ研ぎに行く

腕慣らしのために工房で製作をしていると、誰かが工房の扉を開いて中に入ってきた。

もしかして、リリアナだろうか？　それともアトラだろうか？

ちょうど今は包丁の焼き入れの最中なので手を離すことができない。

鍛冶場は職人にとっての聖域だ。他人が勝手に鍛冶場に入ってくるのであれば、こちらも対処せざるを得ない。

そう思っていたのだが気配の主は入口に置いてあるイスに腰をかけると動かなくなった。

どうやら鍛冶場のルールは知っている者らしい。リリアナやアトラではなさそうだ。

来訪者が不用意に足を踏み入れてこないことがわかると俺は一旦そのことを忘れて、目の前にある包丁の焼き入れ作業に集中することにした。

焼き戻し、ひずみとりといった工程を経て刀身が完成すると、あとは研ぎ作業で仕上げていくだけなので俺は作業に区切りをつけて工房の入口へと向かうことにした。

鍛冶場から入口にやってくると、イスに座っていたのは村長であるベレスだった。

「すみません。お待たせしてしまって」

「いや、むしろこちらこそ急に押しかけてきてすまない。今日はちょっとシグの様子が気になってな。村に戻ってきて一週間ほど経過するが生活の方はどうだ？」

「お陰様でルサールカよりも快適にやらせてもらっていますよ」

家の方はまだ足りない家具はあるが生活をする上で支障はないし、工房の方も問題なく稼働できている。リリアナ、アトラが定期的に遊びにきてくれるお陰で退屈はしないし、差し入れをしてくれるお陰で食生活も充実している。フォルカ村での再スタートは順調と言っていいだろう。

「そうかそうか。こっちで順調に生活ができているなら何よりだ」

「ですので、以前おっしゃっていた村の仕事も受けられますよ？」

「ははは、さすがにわざわざ様子を見にくれば本当の用件もわかるか」

ベレスが苦笑いして頬を指先で掻いた。

フォルカ村には鍛冶師がひとりしかいない。その上、年齢も五十を超えているので頼める仕事量も限られており、注文待ちで困っている村人が大勢いるようだ。

そんなところに新しくやってきた若い刀鍛冶がいれば、すぐにでも色々と仕事を頼みたいと思うのは自然なことだ。

「お察しの通り、村人たちが困っていてな。もし、シグが問題なく動ける状態であれば、今すぐにでも村の仕事を請け負ってもらいたい」

「わかりました。やりましょう」

フォルカ村は俺の生まれ育った故郷であり、帰ってきた俺を受け入れてくれた場所でもある。

村のためにできることがあるのであれば協力したい。

「それで具体的に俺はどうすればいいでしょう？」

村人たちが直接注文をしに工房にやってくるのか、それとも村長であるベレスが村人たちの意見をまとめて発注してくれるのか。

「通常なら直接注文しに行かせるところだが、それじゃ大勢の村人が押しかけることになる」

「できれば、それは勘弁してほしいですね」

工房が稼働できるようになったとはいえ、それだけの大人数を収容できるような広さはないし、そういった応対はあまり得意ではない。

「なら、昔のように鍛冶道具一式を持って中央広場に行くというのはどうだ？　それなら工房に村人たちが押しかけることもないし、シグが帰ってきたことを村に広めることができるだろう」

「その方がありがたいですね」

その形式なら不用意な人数を工房に入れないで済むだろうし、人の応対に慣れていない俺でも何とかなると思う。

「よし、なら決まりだ。んじゃ、俺は腕のいい刀鍛冶が中央広場にやってくるって広めておいてやるぜ」

「あまりプレッシャーはかけないでくださいい」

俺が情けない声をあげると、ベレスは愉快そうに笑って工房を出ていった。

●

「うおお、既に人がいるんだが……」

太陽が中天に差し掛かる頃。ベレスに頼まれて中央広場にやってくると、そこには既に十数名ほどの村人が立っていた。そこにいる村人たちはただ談笑したり、物々交換をしているわけではなく、背中に斧を背負っていたり、布を包んだ鉈、包丁、鋏などといった刃物や金物を手にしているので用があるのは間違いなく俺だろう。

　人が集まるように広めておくとベレスは言っていたものの、これは張り切りすぎなんじゃないだろうか。

　広場に足を踏み入れると、空いているスペースに柱を立てて屋根代わりとして布を張った。邪魔にならない場所に穴を掘ると、風が通りやすいように煉瓦を組み上げて火床を作成。傍には水桶と炭の入った木箱を置いておく。

　今回は炉を作らない。あくまで修繕は火床で熱して直せる範囲までだ。それ以上の作業は注文を引き受けて工房で作業をやる方がいいからな。

「あれ？　あんときのおっさ――じゃなかった、兄ちゃんじゃねえか」

　シートを敷いてマジックバッグから鍛冶道具一式を取り出していくと、ひとりの少年がこちらに寄ってきた。以前、風車小屋で出会ったダン少年である。

「俺のことはおっさんでいいよ」

　今の俺はおっさんと呼ばれることを受け入れている。だから、あの時のようなショックを受けることはない。

「そ、そうか？　なら遠慮なくそう呼ぶけど、こんなところで何してるんだ？」

「ちょっと仕事を頼まれてね」

「……もしかして、村長が言っていた腕のいい刀鍛冶ってのはおっさんのことなのか？」

「腕がいいかはわからないけど、ベレスさんにここで鍛冶仕事をするように頼まれたのは俺だな。

金物、農具の修理、研ぎ、製作の注文となんでもやるぞ」

「今日は斧の研ぎを頼む予定だったんだけど、ちゃんと研げるのか？　なんかボーッとした顔してるし、おっさんに預けるのが心配なんだけど……」

ダンは包んでいた布を外すと、片刃伐採用の斧を見せてくれた。

「……ほう、ダンは木こりだったのか」

「前に出会ったのは製粉小屋の前だぞ？　父ちゃんの奴とは思わねぇのか？」

「使い手の身体を見ればわかるさ」

ダンはまだ少年だが、身体をよく観察していれば筋肉が発達しているのがよくわかる。

先日製粉をしていたのは、子供の中でも力と体力があるからだろう。

「ふーん、見る目はあるようだし、おっさんに研ぎを任せてやるよ」

「お、ありがとな。銅貨三十枚でいいか？」

「納得できなかったら値切るぜ？」

「それでいいさ」

挑戦的な目をしてくるダンから斧を受け取ると、俺は研ぎを請け負うことにした。

俺はマジックバッグから魔道具を取り出すと、木箱に腰を下ろした。

「なんだこりゃ？」

「研ぎの魔道具だ。ちょっと音が鳴るからうるさいぞ」

魔石を入れ、スイッチを押すと、円形の砥石が回転を始める。

斧を押し当てると、キュイインッと甲高い音が鳴った。

激しい音と火花にダンが慌てた声を漏らして後退る。

「お、おいおい、そんなに激しく研いじまって大丈夫なのか？」

「分厚い斧だからな。多少、削ったところで問題はないさ」

剣や刀であれば、こんな勢いで削ってしまえばあっという間に長細い棒になってしまうが、肉厚な刀身をしている斧であれば問題はない。

一定の角度で押し当て、大雑把に全体が研げたところで魔道具の回転速度を落とした。

刃を押し当てる音が若干柔らかいものになる。

今度は刀身を削っていくのではなく、刃の先を揃え、表面の錆を落とすように意識する。

ゆっくりと丁寧に砥石へと押し当てていくとガタガタだった刃先が揃い、見事に表面の錆が落ちていた。しかし、まだ刃の鋭さを取り戻したわけではないので研ぎを続ける。

大雑把に研げたことがわかると魔道具を止めて、荒砥石を取り出して水で濡らした。

斧の刃を砥石に押し付け、一定の角度を保ちながら前後に滑らせる。

力を均等にかけ、刃全体が均一に研がれるように。片面を数回ほど研いだら裏面も同じようにしていく。

研ぎ終わったら刃先を確認し、大きな欠けや傷がなくなっているかを確認。

問題なかったので次は中砥石を使っての研ぎに移行する。

中砥石は刃をさらに滑らかにし、鋭さを向上させてくれる。

荒砥石を使った時と同じように一定の角度で押し当て、前後に滑らせていく。

気が付くと、金物や農具を手にした村人たちがぞろぞろ集まっていた。

その視線はとても厳しく、俺が信頼足りえる職人かどうか見極めようとしているのだろう。

第三者に見られながらの作業は非常にやりづらいが、出張刀鍛冶の形態としては仕方のないことだ。それにこうやって他人に見られながら作業をするのは初めてではない。

親父とここで研ぎをやっていた時は常に見られながらだったし、ギルドにいた頃も遠征先では大勢の冒険者たちの目に晒されていた。特に楓なんかは刀の手入れをしている時はひと時も目を離さなかったからな。今更他人の目があるからといって緊張したりはしない。

俺はいつも通り、目の前の研ぎに集中するだけだ。

目の細かい砥石に代えて滑らせ続けると、いつしか目の前にある刃の表面は見事な光沢を放っていた。斧を綺麗な布で拭き取り、砥石からの残留物や水分を取り除く。最後に刃を保護するために薄くオイルを塗布した。

「どうだ？」

自信満々に差し出すと、ダンが真剣な表情で研いだ斧を観察する。

やっぱり、仕上がりに納得がいかないから銅貨三十枚は払えないとか言われたらどうしよう。

「す、すげえ！　俺の斧がこんなに綺麗になってやがる！」

「試し切りもやってみるか？」

「やる！」

近くにちょうどいい切り株があったので、そこに火床用に持ってきていた薪を中央に立てる。

ダンは肩幅を両脚ほどに開いて膝を軽く曲げると、体重を利用しながら振り上げる。

大きな伐採用斧を振り上げてもダンの体幹はぶれることなく、そのまま真っ直ぐに振り下ろされた。

　パッカーンと爽快に音が鳴り、その下にある切り株までも縦に割れた。

「はああああぁっ!?」

「どうだ？　いい切れ味だろ？」

「いい切れ味なんてものじゃねぇよ！　薪の半分くらい差し込めばいいと思っていたのに、まさか下の切り株まで切れるなんてよ！」

「いや、斧なんだからそれくらい切れて当たり前だろ」

「全然当たり前じゃねぇよ！」

「なんだ？　仕上がりに文句があるのか？」

「いや、仕上がりに文句はねぇよ。むしろ、こんないいものにしてもらったのに銅貨三十枚でいいのか？」

「ということは、俺の腕を認めてくれたのか？」

「当たり前だ。シグの研いでくれた斧なら楽に切れるからな！」

　おっさんとしか言わなかったダンが、ちゃんと俺の名前を呼んでくれた。

　それが俺のことを何より認めてくれたようで嬉しい。

　これでもS級ギルドの専属鍛冶師であったし、刀身の扱いにはひと際こだわってきた刀鍛冶だからな。研ぎの腕前もそんじょそこらの鍛冶師には負けないつもりだったのでよかった。

「ダンは今日の最初のお客だからな。代金はそのままでいいよ」

「おお、ありがとな！」

俺の腕がわからないのに信頼して大事な道具を預けてくれたんだ。それくらいの役得はあってもいいだろう。

最初に交わした約束通りに銅貨三十枚を払うと、ダンはご機嫌な様子で去っていく。

「おい、あんた！　俺の斧も研いでくれねえか！」

「あたしの包丁もお願いするよ！」

「わかりました。順番に並んでください」

ダンがいなくなると、後ろで見ていた村人たちが一斉に金物や道具を持って押しかけてくる。

村人の剣幕と人数の多さに俺は表情が引きつりそうになるのを堪え、何とか愛想のいい笑みを浮かべてみせる。

……夜までに家に帰れるかな。

8話　女騎士セイア＝スカーレット

朝の走り込みを終えると、私は騎士団の訓練場で日課である素振りをしていた。

ただ闇雲に剣を振るうのではなく、仮想敵を見立てて実戦のつもりで行う。

脳裏に思い浮かべるのは交易都市の中央広場にて暴れていた冒険者の男。

先日の不甲斐ない敗北を反省してのこと。

あの時の動きを思い出しながら自分なりの最適解を導き出し、足を運んで剣を振るっていく。

そうやって素振りを行うが、思考を吹き飛ばすようにあの時の光景が蘇る。

冒険者の男が振り下ろした長剣を、たった一刀の下に切断してみせた剣。

反りのある片刃の剣。表面には波打つような紋様が浮かび、太陽の光によって紋様が変わる。

黒藍色の髪をした壮年の男は、あの分厚い鉄の塊を薄い剣で斬ったのだ。

あの時の光景は、いくら時間が経過しようが色褪《あ》せることはない。

むしろ、日を追うごとに鮮烈なものとなり、私の胸の中で大きく膨らんでいった。

――あの剣が欲しい。

気が付けば、私は壮年の男の動きを真似るようにして身体を動かしていた。

「いや、違うな……」

再現しようとしたがすぐにイメージと違うことがわかった。

アルカサール王国の剣術は左に盾、右手に剣を持った状態を基礎とした剣術。そのため自然と左半身が前になり、右半身は後ろに引く形となる。

しかし、あの男は右半身を前にし、左足からではなく右足から踏み込んでいた。

体重移動はすり足であり、地面を滑るようにして移動していた。

王国剣術ではなく異国の剣術であるため、私が習得している剣術とは根本的に構えや足さばきが異なるのだろう。

それを意識しながら剣を振るってみるが、身体の動きが酷く歪《いびつ》で馴染まない。

無理もない。六歳の頃から剣を取り、王国剣術の動きを染みつかせてきたのだ。

そう簡単に新しい剣術の身体さばきができるわけがなかった。

むしろ、これまでやってきた努力を考えると、まったく異なる剣術の身体さばきなど邪魔にしかならない。バカなことはすぐに止めて、いつもの素振りへと戻すべきだ。

冷静な私の心がそう告げると、胸中を占めていたのはあの剣を振るってみたいという渇望だった。

剣を振るう度に渇望が増していく。

結局は異国の剣術を試してはいつもの剣術の型に戻るようなことを繰り返すことになる。

「珍しく迷いのある素振りをしているな？」

「……クリストフ団長」

第三騎士団を束ねるクリストフ団長が声をかけてきた。

訓練場には私の他にも団員たちが訓練に明け暮れているが、私の珍妙な素振りを見かねて声をかけてきたのだろう。

「王国剣術とは異なる動きを試しているのか？」

明らかに違う動きを織り交ぜていれば、そのような指摘をされるのも当然だった。

「はい、その通りです」

「ふむ、どうしてセイアがそのようなことを試しているのか聞いてもいいだろうか？」

「…………」

「セイアよ、異国の剣術の動きを模倣することは決して悪いことではない。異なる流派の剣を知れば、その流派の者の剣筋を読むことができる。そうすれば対処もしやすくなるというものだ」

異国の剣術を学ぶことにどこか罪悪感を抱いていた私だが、クリストフはそれを咎めるつもりはないようだ。

そのことに安心した私は、先日の中央広場の件についてクリストフに話してみることにした。

自分の剣が及ばず、命を落としそうになったところを助けられたこと。

助けてくれた男が所有していた薄い剣が気になっていたこと。

「……その男性とやらが使っていた得物には、反りのようなものがある片刃の剣で波打つような紋様がなかったか？」

「あ、ありました！　クリストフ団長はその剣についてご存知なので⁉」

「ああ、恐らくその剣は刀というものだ」

「……刀？」

「ここから海を渡った遥か東にある極東で使用されている剣だ」

極東といえば、ここ最近国交が繋がり、王国との貿易が開始されるようになったばかりだ。

交易もまだ一部の海岸地域でしか行われておらず、海岸から遠い場所に位置するルサールカではあまり見かけることのない人種。道理で周りに聞いてもあまり情報が入ってこないはずだ。

「私たちの扱う剣は突く、叩き斬ることを目的としているが、刀は恐ろしいほどに斬ることに特化している。切れ味を極限まで追求したが故に細い刀身となり、繊細な扱いが要求されるようだ」

「なるほど。私たちの剣とは根本的に違うものなのですね」

「俺も商人から聞きかじった程度の知識しかない。間違っていたらすまない」

私は名前すら知らなかったのだから剣の正式な名称を知れただけでも嬉しいものだった。

「その刀とやらは、ルサールカで手に入れることはできるでしょうか？」

「S級ギルド『栄光の翼』には刀を作ることのできる凄腕の鍛冶師がいると聞いたことがある。その者に頼めば、刀とやらを作ってくれるのではないか？　セイアを助けた御仁とも繋がりがあるかもしれないな」

「ありがとうございます。今から訪ねてみます！」

クリストフから情報を聞いた私はすぐにS級ギルドの『栄光の翼』へと向かうことにした。

訓練場を飛び出し、稽古着から騎士団の正装へと着替えると、王都の中央区画に位置する『栄光の翼』へとやってくる。

中央には広大な訓練場があり、それを取り囲むようにして三階建ての棟が立っている。

さすがはS級を冠するギルドだけあって建物も豪奢だ。

私の所属している第三騎士団の詰め所や宿舎などとは比べるまでもない。

高位の冒険者になれば、そこらの貴族よりも稼ぐことができると聞いていたが、この建物を見る限り嘘ではなさそうだ。

フロアにはギルドに所属している多くの冒険者がおり、カウンターには外部の対応を任されているらしい事務員の姿があった。

私はカウンターへと足を進めると制服に身を包んだ事務員に話しかける。

「交易都市第三騎士団所属のセイア＝スカーレットといいます」

「はじめまして『栄光の翼』のギルドマスターをしております、シュミットと申します。セイア様、本日はどのようなご用件でしょう？」

事務員に話しかけると、ギルドマスターを名乗る男がツカツカとカウンターまでやってきた。

「こちらに刀を打つことのできる鍛冶師がいると聞きました」

用件を告げると、ギルドマスターがなぜか表情を歪めた。

「……それはシグのことでしょうか？」

「すみません。名前までは知らないのです。差し支えなければ、そのシグという男がどのような人物か教えていただけないでしょうか？」

ギルドマスターからシグという男の容貌を尋ねると、以前中央広場で私を助けてくれた人物と合致することがわかった。あれだけの技量を誇りながらＳ級ギルドの冒険者ではなく、専属鍛冶師なのだというのだから驚きだ。

何はともあれ、彼は私の恩人であり、刀を作ってくれる鍛冶師であると判明した。

であれば、即座にあの時のお礼を告げ、私に刀を打ってもらいたい。

「シグさんに会わせてもらえないでしょうか？」

「セイア様、申し訳ございません。シグは二週間ほど前にギルドを退職しておりました」

あれほどの技量を持った者がギルドを抜けるのをよしとしたのだろうか？

疑問に思ったが組織に所属するのは本人の自由だ。何かしら思うところがあったのだろう。

「シグさんがどこにいるか知りませんか？」

「申し訳ございません。シグの退職後の行方までは私共も把握しておらず」

「そうですか……」

「よろしければ、他の専属鍛冶師に刀の製作を依頼するというのはいかがでしょうか？　当ギルドにはシグ以上に優秀な専属鍛冶師たちが――」

「いえ、結構です。お手間を取らせてしまってすみません。それでは私は失礼します」

ギルドマスターは他の鍛冶師による刀の製作を勧めてきたが私の心はまるで動かなかった。

あの刀を作ったのがシグ本人であるのだとすれば、私は彼に刀を打ってもらいたい。

私は軽く会釈をすると、すぐにカウンターを離れて、ギルドを出ることにした。

彼は二週間前にこのギルドを辞めてからは、足取りがパッタリと途絶えていると聞く。

これだけ街に幅を利かせているギルドですら足取りがわかっていないということは、既に街の外に出てしまったに違いない。

人々の街の出入りを確認するのも騎士団の務めなので城門の入出記録を確認すれば、シグが街を出たかどうかわかるはず。

名前もわかったことだし、足取りを追うことは決して難しいことではない。

私はギルドから詰め所へと移動すると、二週間前の入出記録を確認し、シグの足取りを追い始めるのであった。

9話　刀鍛冶は久しぶりに刀を作る

フォルカ村に出張営業に向かった四日後。

あまりにも村人からの研ぎの注文が多かったせいか、いくつかを持ち帰るはめになったがようやくもろもろが片付いた。ついでに包丁、鋏、鍬、鎌、釘なんかを注文されてしまったが、そちらも何とか作り終えて配達を終えたところだ。

これで直近の仕事は落ち着いたといっていいだろう。

今までであれば、自身の体調を鑑みて休憩を挟むところであるが、今はそれよりも……

「――刀が打ちたい」

刀を打つためにこの村に戻ってきていたものの、俺は未だに刀を打つことができないでいた。

ルサールカからの引っ越し、実家と工房の清掃、ご近所さんへの挨拶と贈り物、村の協力――そういったもろもろを考えると致し方ないものであるが、やっぱり刀が打ちたい。

元より俺が村に戻ってきたのは、思う存分に刀を打つためだ。

今は身体を休めるよりも存分に刀を打ちたくてしょうがない。

「よし、刀を作ろう」

俺は工房内の鍛冶場に移動すると、炭箱の蓋を開けた。

まだ熱のある炭をスコップで炉に入れ、新しい炭、枯れ枝なんかも投入。

風魔法でふいごを操作し、火種を大きくすると、真っ黒な炭が赤みを孕んでいく。

多量の輻射熱が発生し、身体の毛穴が一気に開いて汗が噴き出た。

炉の温度がドンドン上昇していき、目的の温度に近くなったところでマジックバッグから素材を取り出す。

刀の製作に使用するのは玉鋼。

玉鋼とはタタラ製法により不純物を取り除かれた鋼だ。極東にあるタタラ工房で造られている。

極東あるいは極東と交易のある国でしか手に入れることができない貴重な素材だ。

アルカサール王国でも出回りはするが、高値になる上にそれなりの伝手がいる。

給料のほとんどは玉鋼といった特別な素材につぎ込んでいたのでマジックバッグ内に大量に保管しているが、いつかはなくなってしまう。今すぐの問題ではないが、その内どうにかして手に入れられるようにしないとな。

そんな今後のことが頭をよぎったが、俺はすぐにかぶりを振る。

今、重要なのは刀を作ることだ。素材の入手についてはまた今度考えよう。

まずは炭素量に応じて使う鋼を仕分ける作業だ。なぜなら炭素量が多いと鋼が硬くなり、硬さによって適切な用途が変わってしまうからである。

そのため玉鋼を炉へと放り込む。その上から新しい炭を放り込むと、パチパチと派手な音を立てて炎が燃え盛った。

玉鋼が真っ赤になると火鋏で取り出す。

金床の上に固定すると、身体強化をして槌で薄く引き延ばす。

薄く延ばすには、玉鋼を赤める程度の低温で加熱してから叩くのが重要だ。親父によると、玉鋼は鋼の粒がたくさんくっ付いた形になっているらしく、高温の状態で叩いてしまうと砕け散ってしまうらしい。そうならないために最初は低温で馴染ませながら叩かなければいけないのだ。

叩いて延ばし厚さが三ミリから六ミリほどになれば、熱した鋼を水に入れて急激に冷やす。

これは水減しと言われる作業で、急冷することによって炭素量が多い部分が自然に砕けた。

砕けなかった部分は小槌で叩いて割ってやる小割りを行う。

割れた鋼は硬い鋼であり、割れなかった鋼は柔らかい鋼と分けることができる。

刃部分には皮鉄という炭素量が多い鋼を用い、刀身の中心部分には心鉄と呼ばれる柔らかい鋼を用いる。この部分については包丁の時と同じだ。硬く、曲がらず、よく斬れるという相反した属性を付与するために素材を組み合わせるのである。

炭素量を見極めたらテコ棒の上に割った鋼を隙間のないように積み重ね、水を含んだ和紙にて全体を包み込む。

そのあと藁灰《わらばい》をまぶし、泥水をかける。

藁灰をまぶすのは鋼と空気の間を遮断することで鋼自体が燃えるのを防ぎ、泥水は鋼への熱の伝わりをよくするためである。

これらの作業を終えると、テコ棒を炉に突っ込んで加熱。

積み沸かしと呼ばれる作業であり、風魔法を操作して静かに風を送り込んでいく。

三十分ほど時間をかけて沸かすと鍛錬である。

鋼を繰り返し鍛えることで不純物を取り除き、炭素量を均一化させる作業だ。

鋼を叩いて長方形に薄く延ばすと、真ん中にタガネで切れ目を入れて、そこから折り返す。

また熱して叩く。この時点で炭素量を把握し、必要であれば高炭素を含んだ鋼を入れてやる必要がある。これをするのとしないのとでは仕上がりに大きく差があり、職人による長年の経験と勘が必要とされる。今回は少しだけ高炭素の鋼が落ちてしまったので少しだけ足してやることにした。

その判断が正しかったかは後の仕上がりでわかるだろう。

二十ほどの下鍛えをし、それを十回ほど鍛え上げると、造り込みだ。

心鉄を細長く延ばし、皮鉄は平たく延ばす。

皮鉄を炉で熱するとUの字に曲げて、その上に心鉄を置いて巻き付ける。

これによって外側は硬く内側は柔らかい鋼の構造に仕上がり、先ほど述べたよく斬れるが折れにくい性質になる。甲伏せと呼ばれる手法だ。

造り込みを終えたら、次は素延べと呼ばれる作業に入る。

鋼を熱しながら刀身の形になるように打ち延ばしていく。

この際、単に熱を加えるのではなく、鋼を沸かした状態に保ちながら徐々に打ち延ばす必要がある。

そうしないと無理な力が鋼にかかり、傷の原因になるからだ。

刀身を引き延ばしたら、火づくりと呼ばれる刀の形に仕上げる作業だ。

ここが刀身の幅や重ねを決める要素となるので、自分がどのような刀を作りたいかイメージしながら低温で赤めた刀身を丹念に打ち出す。

刀の姿を頭にイメージし、定規などを一切使わずに槌ひとつで叩き出すのは非常に神経を使う作業だ。槌で刀身の形を仕上げると、切っ先となる部分を打ち出す。

ここまでくるとただの鋼の棒ではなく、大分刀の形になっているのだがまだまだ完成ではない。

火づくりによって刀身の長さ、形、幅などが決まると、槌を打ってできた刀身のムラを鋼ヤスリの一種であるセンで磨いていく。

刀身を作業台に固定し、両腕を使って前後に滑らせる。

センを滑らせていくと、くすんでいた刀身が徐々に明るい色合いになっていく。

刀身を平らにし、微妙な歪みを整えると、焼き入れ作業のための準備だ。

粘土、木炭の粉、砥石の粉などを調合した焼刃土を作る。

焼刃土は刀鍛冶が独自に研究して作り上げるものであり、職人によって使う素材や調合比率は違う。

今は親父に教えてもらった通りの素材と比率にしているが、いずれは独自の素材と比率を研究してオリジナルのものを作りたいものだ。

焼刃土が出来上がると、ヘラを使って刀身全体に塗っていく。

赤褐色に染め上げられると、さらにその上に置き土。

土の薄い部分は厚い部分に比べ、焼きが強く入ることで刃紋となる。

刀鍛冶はその仕上がりを想定して土を置いていかなければならない。

刀の波紋にも様々な種類があるので、刀鍛冶のセンスが問われる部分だ。

今回は好みで直刃を採用。刃紋を意識しながら土置きをしていく。

棟の方には厚く、刃の方には薄く土を塗る。こうすることで刃の方は硬く、棟の方は柔らかめとなり、斬れ味と耐久性が上がるだけでなく、綺麗な反りが生まれるのである。

二色の焼刃土に塗れた刀身を乾燥させると、炉に入れる。

炭は細かく丁寧に切り分けたものを使用し、塗布した土が落ちないように慎重に加熱する。

刀身全体が均一に熱せられるように必要に応じて抜き差しをし、温度を見極める。ここまでにかなり長時間の作業をやっているので既に日は暮れている。お陰で炎の色で温度を確かめやすい。

「……今だな」

全体が八百度ほどに加熱されたことを感じると、刀身を抜いて一気に水槽に入れる。

急冷された刀身がジュウウウッと大きな音を鳴らし、その後にキュルルルコンコンと形容し難い音が響いた。これは焼刃土によって冷却される速さが違うため、その違いによって収縮が起こっているためである。刀鍛冶の中ではこれを刀の産声と言うのだが、実に上手いたとえである。

水槽から刀身を引き上げてみると、俺の思っている反りをしていた。

反り具合を確認すると、炉に再び刀身を入れて加熱し、槌で叩いて全体の形を整える。

調整作業が終わって刀身が冷えたら荒砥石、中砥石、仕上げ砥石を順番に使用していくと、刀身に美しい直刃の刃紋が浮かび上がってくれた。

「いい感じだな」

刃紋の出来栄えに我ながらうっとりとする。

研ぎが終わると、刀身の柄の中に収まる茎という部分にヤスリをかける。

目釘が通る穴を空け、ヤスリをかけて形や表面を綺麗にする。

柄から抜けにくいように最後にもう一度ヤスリをかけて鑢目《やすりめ》は残しておく。

最後にタガネで極東文字による自身の名前を刻めば、刀身は完成である。

これからの作業は刀身以外の部分の製作となる。

まずは鎺《はばき》だ。

鎺とは刀身の根元、刀身と鍔の間に癒着してある金色の金具である。

鎺は刀身が鞘の中で宙に浮いている状態を保つとともに、鞘と刀身を固定する役割があるので非常に大事な部品だ。

まずは素材となる銀を板状に切り出すと、炉で熱して槌で叩き延ばす。

刃に近い部分は後で接着するので薄く、棟に近い部分は合わせて厚めに調整。

刀に合わせて棟のところで曲げ、棟区《むねまち》が当たる部分を切り落とす。

刀の茎は刀身より幅が狭く、その境目が区である。区の両脇はカギ型にくぼんでおり、その区の棟側が鎺に食い込むように、棟が当たる部分を少し切り取るのだ。

折り曲げた鎺を刃側で接着。これをろう付けという。

繋ぎ目に区金という細い金属棒を挿し込み、酸化を防ぐための硼砂を塗る。

銀と真鍮で作った銀ろうを熱して接着。

接着ができたら茎にはめて、槌で叩いて締めながら根元の方に押し上げ、ヤスリで磨いて仕上げた。

次は鍔《つば》の製作と取り付けだ。

鍔は刀身と柄の間に取り付けられる部品だ。

敵を突いた時に自分の手が刃の方に滑らないように防ぐストッパーであり、刀の重さを調整して切れ味をよくする役割もある。

鉄を切り出し、炉で加熱させる。

槌で叩いて鍛造し、素材の強度を高めると、直径七センチほどの円形に整える。

鍔を固定すると、ノミを使って中央に茎穴を空け、切羽と呼ばれる薄い金属の二枚板で挟まれる形で刀身にはめ込む。目釘を茎穴に通して固定できるように調整しておいた。

そして、柄だ。製作した刀身に合わせて使用するのは適度な硬さで加工のしやすい朴の木である。

木材を切り出し、半分に割ると、刀身の形状に合わせてノミで二枚の板を彫る。

刀身がしっかりと収まるように細かく調整し、二枚の板を糊で貼り合わせる。

紐で縛り、木の楔《くさび》を差してよく締め、乾くまで待つ。

外形が出来上がると、鮫皮を適切なサイズに切り出し、木材に糊を塗布して貼り付ける。

鮫皮と呼ばれているが実際はエイの皮を乾燥させたものだ。エイの皮は柄木地が割れるのを防ぎ、柄糸のずれを防止してくれるのだ。

鮫皮が乾くと柄の外形を整える。ノミ、彫刻刀を使って、俺の手に馴染む形に仕上げる。

絹糸や革紐を用意すると、柄の端から糸を巻き始める。

最初のひと巻きはしっかりと固定し、糸を交差させながら柄全体を均等に巻いていく。

交差部分が美しく見えるように注意しながら柄の端まで巻くと、糸を固定して糊で固定し、余分な糸は切る。

柄頭を端に取り付け、接着剤や釘を使って固定。

糸の結び目や固定部分をチェックし、緩みがないことを確認すると完成だ。

最後は鞘だ。

序盤の流れは柄の製作と同じだ。

十年以上乾燥させた朴の木を使用し、鞘の長さに合わせて木材を切り出す。

木材を半分に縦に割ると、刀身の形状を測定して内側をマーキングし溝の位置を決める。

ノミや彫刻刀を使用し、刀身の形状に合わせて中央に溝を彫る。

刀身が挟まるように調整し、二枚の板を糊で貼り合わせると万力で固定。

接着が完了したら鉋を使って外形を整え、ヤスリを使って滑らかに仕上げる。

鞘口に補強材を取り付けると、再度ヤスリで表面を削り、砥石、研磨布を使ってさらに滑らかにする。

鞘に漆を重ね塗りし、美しい光沢と耐久性を与えて乾燥させると、鞘に金属の装飾を施して美しさを引き立たせた。

すべての部品が出来上がると、柄、鍔、鞘を刀身に取り付け、全体を組み立てる。

各部品がしっかりと固定されていることを確かめ、刀全体のバランス、刃の鋭さ、仕上がりの美しさに問題がなければ。

「……完成だ」

鞘から抜き放つと、鋼の精錬された鏡面に近い光沢を放つ。

窓の微かな隙間から月明かりが差し込み、刀身が銀色に輝く。

波打つ刃紋は光の角度を変える度に様々な表情を見せてくれて非常に美しい。

刀の背には鋼としての誇り高き厚みがあり、その硬度と強さが一目でわかる。

刃の部分は極限まで薄く削り出されているが、光を透過すると反射を生んでおり、その鋭さが窺える。

「綺麗だ……」

自分で作ったものだというのに、あまりの美しさに感嘆の声が漏れてしまうほどだった。

俺は重さを確かめるように刀を軽く振ってみた。

刀はまるで生き物のようにピッタリと応え、俺の思い描く軌道をなぞってくれた。

薄暗い工房内に銀閃がいくつも描かれる。

振り心地に満足すると、俺はゆっくりと刀身を鞘に収めた。

朝っぱらから作り始めたはずなのに気が付けば、すっかりと夜である。

どうやら俺はぶっ続けで作業をしていたらしい。

久しぶりに刀を作ることが楽しすぎてすっかりと時間を忘れていた。

こうしてじっくりと刀を作ることができたのは二年ぶりくらいだろうか。

出来栄えは中々に悪くない。

刀を作るのは二年ぶりであったが、そのクオリティは間違いなく今の方が上だろう。

刀作りをしていなかったとはいえ、俺も何も鍛冶仕事をしていなかったわけではない。

ギルドで受けていた様々な武具の生産、修繕、研ぎといった作業は、刀作りをする上で役立つ部分もあったからな。

しかし、未だに親父が作っていた刀には遠く及ばない。

親父の元を離れ、各地の工房で修行し、S級ギルドの専属鍛冶師となり、様々な鍛冶の技術を学んだが、それでも敵わないと思った。むしろ、師匠である親父の背中が大きく見えたほどである。

「俺は背中すら見えていなかったんだな」

これまでは親父が大きすぎるせいで背中すら捉えることができなかった。

とてつもなく高い壁とはいえ、背中が見えた分だけ少しは成長したと言えるのかもしれない。

これだけの修行を積み、おっさんと呼ばれる年齢になっても勝つことができない。

「これだから刀作りはやめられないな」

刀を眺めて俺は不敵な笑みを浮かべた。

職人とは常に前へ進まなければならない。大きな目標を掲げ、前へ進むことでようやく少しだけ前に進むことができる。親父の背中が大きいのであれば、それを超えられるように地道に努力するまでだ。

「まずは鋼の精錬からやり直すとするか……」

すっかりと夜が更けていたが、不思議と眠気は感じない。

心地よい疲労を感じながらも俺はスコップを動かし、再び炉に炭を入れるのだった。

10話　刀鍛冶は岩猪のバラ肉を燻す

鈍ってしまった腕を鍛え直すために五日ほど工房に籠って作業をしていると、腰に硬さのようなものを感じた。

「この辺りにしておくか……」

さすがに集中力を欠いてしまっては、これ以上の作業はできない。

俺は区切りのいいところで刀身の研ぎ作業を切り上げ、炉の炎を落とすことにした。

刀身を作業台に掛けておき、作業場の鍛冶道具、素材などを片付けていく。

身体をほぐすために伸びをすると、乳酸が溜まっていたのか身体の各部分からパキポキと音が鳴った。そして、張っていた腰をほぐすようにトントンと手で叩く。

「若い時は何日も座りっぱなしでも平気だったのにな」

たった五日ほど籠っていただけでこれほどにボロがきてしまうとは俺もおっさんになったものだ。

ああ、腰の筋肉も加熱して、鍛錬すれば、何日も座っていても平気な筋肉へと変化しないだろうか。

そんな益体のないことを考えつつも床に散らばった灰を箒で集めていると、不意に工房の扉がノックされた。

手早く灰を集めて扉を開けると、眩い光が俺を襲った。

ここ最近、薄暗い工房の中にいたのですっかりと目が慣れてしまい外の光が眩しく感じる。

「わっ⁉」

目を細めながら開いてみると、扉の外には驚いた様子で後退るリリアナとアトラがいた。

「どうしたんだ、ふたりとも？」

「シグさん、身体がとても黒いですよ？」

「……真っ黒」

ふたりに言われて自身の身体を見下ろしてみると、身体はすっかりと煤に塗れていた。

衣服だけでなく腕全体も真っ黒だ。きっと顔はもっと煤塗れなんだろうな。ふたりが驚くのも無理はない。

「ああ、すまん。五日ほど工房に籠っていてな」

「沐浴をしたり、お風呂に入ったりはしましたか？」

「……していない」

「さすがに身体に悪いですよ。病気になりますし、お風呂に入った方がいいと思います」

「そうしよう」

男所帯の工房ではこれくらいの汚れを気にする奴はいなかったんだが、さすがに村に住んでいる以上は身綺麗にしておいた方がいいだろうな。

「ところでふたりは何しにやってきたんだ？」

「ここ最近、シグさんを見かけなかったので心配で……」

「……様子見にきた」

「なるほど。心配してくれたんだな。ふたりともありがとう」

何かの用事か注文かと思ったが、どうやらただ俺の身を案じてくれていただけのようだ。

その心配りがとても嬉しく、胸の中が温かな気持ちになった。

「これお裾分けです」

リリアナが布と葉っぱに包まれた重い物体を渡してくる。

少し解くと真っ赤な色合いをした大きな肉であることがわかった。

「お、これは岩猪の肉か？」

「はい。シグさんの矢じりのお陰で簡単に仕留められました」

岩猪とやらは、この近辺に棲息している猪だ。

額が岩で覆われており並の刃物や矢では仕留めることが難しいのだが、俺の矢じりはいとも容易く額を貫いたようだ。

「それはよかった。ありがとう」

俺の作った矢じりがリリアナの役に立っているのであれば何よりだ。

ふたりは俺の様子を確かめると安心したのか家へと帰っていった。

俺はふたりを見送ると、お風呂に入ることにした。

一般的に村人の家にお風呂はないのだが、うちの家にはお風呂が設置されている。

鍛冶仕事をすれば身体が汚れるのは当然のことなので、汚れを落とすためにお風呂を設置したと親父が言っていたが、たぶんただの風呂好きなだけだと思う。

鍛冶仕事がない日でも毎日風呂に入っていたくらいだからな。

備え付けられている魔道具に魔石を投入し、ボタンを押せば湯船へとお湯が流れた。

お湯が溜まるまでの間に浴室で煤に汚れた衣服を洗うことにする。

煤汚れはブラシで擦って落とすのが効果的だ。

水に濡らすと余計に汚れが広がって逆効果なので乾いた状態で落とす。

「ふむ、ブラシだけじゃ落ちないか……」

こういう場合は水にお酢を入れて煮沸してつけ置きにしたりするのだが、非常に時間がかかるし面倒くさい。そんな時に味方になってくれる便利な道具がある。

マジックバッグから取り出したのは、ルサールカで人気の鍛冶師御用達の固形石鹸。

「これを汚れた箇所につけて擦ってやれば……ほら、綺麗になった」

ブラシだけでは落ちなかった頑固な汚れも固形石鹸のお陰でみるみる落ちてくれた。

親父がもし生きていたらこの固形石鹸を死ぬほど欲しがったに違いないだろうな。

衣服を洗い終わって湯船を確かめると十分な量のお湯が溜まっていた。

すぐに湯船に浸かりたいところだが全身が煤塗れなので先に固形石鹸で汚れを落とす。

すっかりと汚れが落ちたらかけ湯をし、ゆっくりと足先から湯船に入れた。

足先からジーンとした温かさが伝わる。

そのままゆっくりと腰を落とし、肩までを湯船に落とした。

全身がお湯に包まれる。

じんわりと熱が伝わり、全身の血管が拡張されていくのを感じる。

「はぁー、気持ちいい」

思わずおじさん臭い言葉が出てしまったが、この心地よさに抗うことはできなかった。

蓄積していた疲労がお湯に溶けていき、凝り固まった筋肉が優しくほぐされていく。

思っていた以上に疲労が溜まっていたようだ。

しばらく浸かっていると身体の内側からじんわりと汗がにじみ出てくる。

この汗が身体の老廃物や疲労物質を洗い流してくれるような気がした。

ほどなくして湯船から上がり、汗を洗い流すために冷水をかけると爽快な気分になれた。

「ふうー、さっぱりした」

湯船から上がって着替えると、身体は随分と軽くなっていた。

頭も軽くなり、思考もスッとクリアになっている。

まるで新たなエネルギーをチャージしたかのようだ。

このひと時の心地よさこそが日々の生活において欠かせないリフレッシュになるんだな。

確かにこれは毎日入りたくなるな。

「この年齢になってお風呂のよさがわかった気がするよ、親父」

●

お風呂から上がった後、俺はリリアナから貰った岩猪のバラ肉をどう調理するか悩んでいた。

「……久しぶりに燻製でもするか」

親父が酒好きだったこともあってか昔から何かと食材を燻すことが多く、いつの間にか俺も燻製が大好きになっていた。今では俺の数少ない趣味のひとつ。

ギルドを離脱してからは生活基盤を整えることに必死で作る余裕がなかったが、今なら燻製をするだけの余裕がある。やってみるか。

燻製と言われると、難しく感じるかもしれないが仕組みは至って簡単だ。

大雑把に言うと、ただ味をつけて（時にはつけなくても）燻《いぶ》すだけ。

これだけで普段と違った美味しさになる。

まずは清潔な布で猪肉の水っけを拭き取ると、フォークを使って全体に穴を開ける。

こうすることで肉の繊維が柔らかくなり、味が染み込みやすくなる。

胡椒、塩を順番にまぶしてよく擦り込むと、スライムパックで三日ほど漬け込む。

下準備はこれだけだ。

三日と聞くと長いと思われるかもしれないが、これだけ大きな肉の塊だと味を染み込ませるのにも時間がかかるので仕方がない。

小さく切り出してしまえば、すぐに染み込ませて燻せるようになるかもしれないが、久しぶりの燻製なのだしあまり中途半端にしたくなかった。

今日は食材の下準備だけに集中して、後日燻製パーティーすることにしよう。

五日後。俺は冷蔵庫で保存していた岩猪の塩漬け肉を取り出す。

桶の中に水を入れると、そこに塩漬けした肉を入れて塩を抜く。

ここでわざわざ塩抜きをするのは均一に塩を入れるためだ。

三時間ほど塩抜きをすると、水っけを丁寧に抜き取る。

水っけが残ったまま燻すと仕上がりが水っぽく、嫌なえぐみが出てしまうからな。

水っけを除去したら次は燻すだけだ。

「シグさん、おはよう！」

「おはよう、リリアナ」

燻製をするために外に出ると、森に入ろうとしているリリアナと遭遇した。

「これから狩りに向かうのか？」

「はい。そういえば、シグさんの前で狩りの装備を見せるのは初めてでしたね」

いつものゆったりとした衣服ではなくピッタリとしたアンダースーツや皮鎧を纏っており、ブーツを履いていた。背中には弓を背負っており、腰には矢筒を装備している。

「よく似合っているじゃないか」

「ありがとうございます」

素直に褒めると、リリアナが顔を赤く染めた。

「あ、この前の岩猪のお肉どうでした？」

唐突な話題転換は照れ隠しだとわかっていたが、それ以上突っ込むのは可哀想なので乗ってやる。

「まだ食べてない」

「ええ!?　まだ食べてないんですか？　腐っちゃいますよ!?」

「塩漬けにしているから大丈夫だ」

「塩漬け？　保存食にしちゃうんですか？」

まあ、燻製も保存食のひとつといえばそうなのだが、今回は別にそういったつもりで作るわけじゃない。

「いや、燻製するんだ」

「燻製？　やっぱり、保存食じゃないですか？」

「もしかして、リリアナは保存の意味合いでしか燻製を味わったことがないのか？」

「え、ええ？　燻製って保存食作りのためにするんじゃないんですか⁉」

「いかん、リリアナ！　それは勿体ないぞ！　燻製は確かに保存に適した調理法だが、正しい下処理、チップの選択、温度管理などによってとても美味しい料理へと変化するんだぞ⁉」

「そ、そうなんですか……？」

「ちょっと今から燻製するから見ていてくれ」

「は、はあ……」

俺の燻製への熱意にリリアナは明らかにドン引きしているが、燻製をただの保存食を作るための調理法としか思っていない彼女を更生させることが優先だ。

俺はマジックバッグから、炭、燻製チップ、さらに大きな真っ黒な箱を取り出した。

「この大きな鉄の箱は？」

「自作の大型燻製機だ」

高さ百十センチ、横四十センチ、縦三十五センチを誇る自作燻製機である。

「なんでこんなものを？」

「フライパンや鍋を使った燻製じゃ家で丸ごとブロック肉を燻製することができないだろ？」

「普通、そういった大きなものは村にある燻製室とかでやるんじゃ……」

「あいつら大量に保存食を作ることしか考えてないからな」

燻製に対するロクな知識もないので温度管理もチップの選択も適当なので、あいつらに任せることはできない。というわけで俺は自分で燻製を作る。

燻製機の底にお皿を置き、その上にヒッコリーのチップを入れて、火をつける。

水っけを除去した肉にS字のフックを二本突き刺し、燻製機の内部に引っかけた。

十分な煙が出たら燻製機を操作し、七十度から八十度で保てるようにセット。

扉を閉じると、空気口から微かに白い煙が漏れて、ヒッコリーのいい香りが漂う。

「その燻製機、温度管理までできるんですね」

「ああ、この機能を搭載させるのは苦労した」

ルサールカにいた錬金術師や、防具を作ってあげた魔法使いの冒険者から手を借りたので、かなりの金額を消費してしまったが悔いなかった。

「よし、五時間後にまた来てくれ」

「わ、わかりました。狩りが終わったら来ます」

狩りへと向かったリリアナを見送ると、俺は自身の工房に籠って村人から頼まれていた包丁や鋏を製作するのだった。

五時間後。作業を切り上げて工房を出ると、外にある燻製機の前にはリリアナが座っていた。

「お！　また獲物がとれたのか？」

「はい！　雉が二羽ほど！」

「こんな短時間で二羽も仕留めるとは腕がいいんだな」

「いや、シグさんの矢じりの威力がすごいんですよ！　枝ごと貫通したお陰であっさりと仕留めることができました」

いや、いくら枝を貫通できたとしても、その先にいる雉を正確に射抜くことは難しいと思うのだが。

まあ、リリアナはあまり褒められるのに慣れていないみたいだし、程々にしておこう。

「さて、五時間燻製したし開けるぞ」

大型燻製機を停止させて扉を開けると、むわっと白い煙が飛び出してきた。

「ふわあ！　綺麗に茶色くなりましたね！　美味しそうです！」

「後は一日から二日ほど外干しすれば美味しくなる」

「え⁉　まだ乾燥させるんですか⁉」

「ここで熟成させることでグンと美味しくなるんだ」

燻製が終わったばかりの食材はまだ煙の匂いが強く、煙の味がダイレクトに伝わってしまいあまり美味しく感じない。

少し寝かせて余分な煙を除去することで香りや旨みだけが残り、とても美味しいものになるのだ。

というわけで燻製したバラ肉を吊しネットに入れると、そのまま外干しにした。

「というわけで熟成が終わったら声をかける。楽しみにしていてくれ」

「わかりました」

その日は解散になり、二日が過ぎた頃。

外干ししていたお肉は無事に熟成され、遂に岩猪の燻製が完成した。

昼食前にリリアナ一家を訪ねると、畑でリリアナとアトラが作業をしていたので声をかけることにした。

「リリアナ、燻製肉ができたぞ！」

「じゃあ、もう食べられるんですね!?」

「ああ！　ふたりともうちで食べるか？」

「食べます！　アトラも行こう！」

「……燻製肉？　いく」

アトラはよくわかっていなさそうだが、リリアナに手を引っ張られてこちらに寄ってきた。

しかし、母親であるシンシアの姿はない。

「あれ？　シンシアさんは？」

「……お母さんはよその畑の手伝い」

「あー、なら日を改めた方がいいか？」

日頃の差し入れのお礼も兼ねて、三人を招待しようと思ったのだが、どうやらシンシアはいないようだ。

「いえ、三人で食べちゃいましょう！　お母さんには包んで持って帰ってあげれば十分です」

「おお？　この間よりも随分と乗り気じゃないか」

「だって、あんなに美味しそうな匂いをしていたんですよ？　シグさんの作ってくれた燻製肉がどんな味か気になるじゃないですか！」

俺が燻製の下準備をしながら語ってみせた時は気乗りしていない様子のリリアナだったが、前回燻したお肉を見せたことで期待度が高まっているらしい。燻製信者を増やすチャンスだ。

「そうか。だったら三人で食べちゃうか」

「はい！」

「……食べるー」

そんなわけで俺はリリアナとアトラを連れて家へと戻る。

ふたりをリビングのイスに座らせると、俺は熟成させた岩猪の肉を見せてあげた。

「これが熟成させた岩猪の肉だ」

「わあ、上品な燻製の香りですね」

「……茶色くてカチカチ」

燻製肉の香りを嗅いで目を輝かせるリリアナと、表面を指で突いて感嘆の声をあげるアトラ。

同じ姉妹でも注目するところがまったく違って面白い。

「これをどう調理するんですか？」

「シンプルにステーキにしようと思う」

ちゃんとした燻製肉の味を知るのであれば、調理法はシンプルな方がいい。

そんなわけで俺は台所に移動すると、魔道コンロを起動して火をつけた。

フライパンに油を引いて温めている間に、燻製肉を包丁で食べやすい大きさへとカット。

綺麗な断面だ。フライパンが温まると、燻製肉を投入して焼いていく。

既に下味はついているので味付けは必要ない。

お好みの焼き加減でじっくりと焼き上げ、備え付けに千切りキャベツを盛りつければ……。

「岩猪の燻製バラステーキの完成だ！」

「すごくいい香りです！」

「……美味しそう」

立ち昇る湯気からはヒッコリーのスモーキー感と岩猪のジューシーな香りが含まれていた。

加熱したことで燻製の風味がより引き立っているように思える。

「食べていいですか⁉」

「ああ、食べてくれ」

リリアナとアトラはナイフを使って食べやすい大きさに切り分けると、フォークで突き刺して口へと運んだ。

「お、美味しいです……ッ！」

「……うみゃい」

「だろう？」

目を大きく見開いて大きな感動を示すふたりの反応を見て、俺は得意げに笑った。

ふたりの反応を横目に俺も岩猪の燻製バラ肉を切り分ける。

すると、中から香り高い湯気が立ち上がり、食欲を一層と刺激した。

一口食べると、スモーキーな香りが鼻を抜け、次に濃厚な旨みとコクが口の中に広がった。

岩猪の脂身の甘さと赤身の深い味わいが舌の上で溶け合い、噛むごとに野生っぽい肉汁が迸る。

「ああ、美味しいな」

外側はカリッと仕上げ、内側はジューシーでふっくら。我ながらいい焼き加減だ。

燻製の香りと肉の旨みが最大限に引き出されている。

「同じお肉なのに燻製すると、こんなにも美味しくなるんですね！」

「ただの保存食じゃなかっただろ？」

「はい！　美味しい料理を食べるための立派な調理法です！」

ちゃんとした燻製料理を食べたことにより、リリアナは燻製を見直してくれたようだ。

ふたりがぱくぱくと食べ進めるのに釣られるようにして俺も続けて食べる。

燻製されたことによって内部で旨みが凝縮され、噛む度に濃厚な味が広がった。

久しぶりに食べる燻製料理は美味しいな。

専属鍛冶師としての仕事がどれだけ忙しくても、お気に入りの食材を燻し、お酒と一緒に呑めば乗り越えることができたもんだ。

「……シグ、お代わり」

「あの、私も貰ってもいいですか？」

「はいよ」

アトラが堂々と、リリアナがおずおずといった様子でお皿を差し出してくる。

自分の好きな料理を他人が気に入ってくれる。それだけでこうも嬉しいものなんだな。

お皿を受け取ると、俺は追加でバラ肉を切り出してフライパンで焼いていく。

この日、アトラとリリアナは燻製肉を三回ほどお代わりした。

ふたりが燻製料理を気に入ったのは言うまでもないだろう。

11話　刀使いは仰天する

交易都市ルサールカの北方にある荒野の迷宮二十七層にて私はバフォメットと対峙していた。

体長は三メートル以上あり、山羊のようにねじくれた二本の角を生やし、首から上は醜悪な馬面のような顔をしている。背中からは蝙蝠《こうもり》のような大きな翼を生やし、不気味な金色の瞳でこちらを睥睨《へいげい》していた。

バフォメットは咆哮《ほうこう》を響かせると、上空に光り輝く魔法陣を展開させた。

「タンク！　盾を構えろ！」

バフォメットの魔法攻撃の兆候を察知して、全体を指揮するダストからの号令が上がった。

即座に大盾を構えたタンクの男たちが一列に並ぶ。

すると、光り輝く魔法陣から無数の炎槍が射出され、大盾が真正面からそれを受け止めた。

真正面から魔法を受け止めたタンクの三名がその衝撃に吹き飛ばされる。

その光景を見た私は即座にタンクを追い越して前に出た。

「カエデ！　無茶だ！」

「長引けば隊の損傷が増えるだけだ！　ここで一気に片をつける！」

重量級の鎧に身を包み、大きな盾を持っているタンクでさえ吹き飛ばされる魔法を相手は連射してくるのだ。いくらS級ギルドの面々といえど、消耗が激しい中まともに相対しては被害が甚大なものになる。だったらそうならないように短期決戦にすればいい。

制止の声をあげるダストの声を振り切り、私はバフォメットの前へと躍り出る。

ぎょろりとした瞳が突出した私の存在を捉えた。

バフォメットの後方で無数の魔法陣が浮かび上がり、私を迎撃せんと無数の氷槍が放たれた。

「ああ、くそ！　魔法部隊、カエデを援護してやれ！」

ダストからやけくそ気味な声が響き、私を支援するための魔法が飛んでくる。

炎槍が私を追い越すようにして射出され、バフォメットが射出した氷槍を相殺する。

しかし、合図もなく飛び出したせいか、いくつかは相殺を免れてこちらへ飛来してくる。

冷気が頬を叩き、強烈な存在感をすぐ近くに感じた。

私は飛来する氷槍を真正面から視認すると、抜刀と同時に叩き斬った。

金属音のようなものが明瞭に響き、冷たい粉塵が散らばった。

「――ッ⁉」

まさか、自身の魔法が斬られると思っていなかったのか、バフォメットが息を呑むような反応を示した。

鉄をも容易に切り裂くこの刀が、たかが氷の塊くらい斬れないはずがない。

氷槍を両断して肉薄する私に対し、バフォメットは腕を鞭のようにしならせて私の横顔に叩きつけようとしてくる。

私は身体を沈ませるようにして回避。剛腕は目標を切り裂くことなく下へと振り切られる。

私は右足を踏み込むと同時に腰を捻り、引っ張るようにして下方から刀を持ち上げた。

伸びきったバフォメットの腕に刃が食い込み、呆気なく腕を斬り飛ばした。

獣の慟哭《どうこく》のような声が響き渡る。

バフォメットは右腕から多量の血液を漏らしながら反対側の腕を振るってくるが、その動きに先ほどのしなりや鋭さといったものは存在しない。

バックステップで回避して着地すると、後方から放たれた炎、雷、氷などの槍がバフォメットの上半身に突き刺さった。

相手が吐血し、膝を突いた瞬間に私は身体強化を発動。

一瞬にしてトップスピードへと移行すると、その勢いを利用して刀を抜き放ち、バフォメットの首を呆気なく撥ね飛ばした。

「……す、すげえ」

ズシンッとバフォメットの身体が崩れ落ちたのを確認すると、隊の仲間の誰かがポツリと称賛の声を漏らした。

「カエデ！　無事に倒せたからいいもののひとりで突出しすぎだ！」

「隊のためにもこうするのが最善だと判断した」

「……お前、まったく悪びれてねえな？」

ぺこりと頭を下げるものの長年指揮をとっているダストにはお見通しのようだ。

独断専行であるものの、私なら確実に仕留められると判断があってこその動きだ。

リーダーであるダストの顔を立てて謝罪はするが心から悪いとは思ってはいない。

「あのなあ、迷宮探索っていうのはギルドメンバーが力を合わせて――」

「すまない。先に刀を拭ってもいいだろうか？」

「こ、こいつ！」

魔物の血液は刀を錆びつかせる。

刀の切れ味を損耗させないために戦闘後は速やかな手入れが求められるのでダストの長い説教を聞いている場合ではなかった。

私は血振りした刀を手拭いで丹念に拭うと、刀身を上に掲げて状態を目視する。

「うあああああああああああっ⁉」

「ど、どうした、カエデ⁉」

「か、刀が……ッ！　私の刀が少し欠けているッ⁉」

刀身の状態を目視すると、私の愛刀の切っ先から物打ちにかけての部分が僅かに欠けていることに気付いた。

「Aランクの魔物の魔法を正面からぶった斬ったんだ。そんな無茶すりゃ多少なりとも欠けたりもするだろう？　刀っていうのはただでさえ脆いみたいだし」

「脆くなどない！　一流の刀鍛冶が打った刀はそこらの鈍《なまく》らとは違う！」

「じゃあ、なんで欠けてるんだよ？」

「そ、それは……私の腕が未熟だからだ」

恐らく、バフォメットの氷槍を切り裂く際に僅かに刃筋がずれてしまったのであろう。

刀という武器は恐ろしく斬れる得物だが、刃筋を整えることができなければその効力を発揮しない。

思えば真に両断することができていれば、切断した際に氷の粉塵が巻き散ることなどなかったはずだ。ただただ自身の未熟さを恥じるばかりだ。

「シグ殿！　シグ殿はいないか⁉」

うちのギルドの専属鍛冶師であるシグは刀鍛冶でもある。

彼がいれば、今すぐにでも刀を修復させることができるかもしれない。

「シグ？　あいつなら今回の遠征には同行してねえよ」

「どうしてだ⁉」

「知らねえよ！　遠征メンバーを選出しているのはギルドマスターのシュミットだ。文句ならあいつに言ってくれ」

彼は刀鍛冶でありながら『栄光の翼』に所属する専属鍛冶師の中でも一番の腕前を誇っている。

大事な遠征であるのにどうして彼を同行させないのか私には理解ができない。

彼がいれば、私の刀を今すぐに修復してくれるだろうし、タンクが破損させた重鎧や大盾だって即座に直してくれるだろうに。

「では、今回の遠征はここで切り上げよう！」

「おい、それを決めるのはお前じゃなくてリーダーであるこの俺だ」

「言っておくが愛刀がダメになってしまった以上、私は脇差でしか戦うことができんぞ？」

脇差とは主兵装である刀が破損した時のための予備として用意されている刃渡り三十センチから六十センチほどの刀だ。脇差は屋内や林などの狭い場所で戦うことを想定されたもので先ほどの大型の魔物を仕留めるにはあまり向かない。刃渡りも短くより致命傷を与えるのが難しくなるためハッキリいって戦闘力は大いにダウンしているといっていい。

「ちっ、他の奴らの装備も損耗が激しいし、カエデの戦闘力がダウンしたまま未階層を探索するのは危険だな。お前の言う通りにするのは癪《しゃく》だが今日の遠征はここで切り上げだ」

指揮を任されているだけあってダストはしっかりと引き際をわかっているようだ。

ダストより撤退の号令がかかる。

バフォメットの素材を回収すると、私たちは速やかに迷宮から引き上げるのであった。

●

交易都市ルサールカのギルドに戻ってくると、私は工房に向かうことにした。

「あっ、カエデさんだ！」

「すっげー、綺麗な人だ」

「今回の遠征でもめちゃくちゃ活躍したって話だぞ」

「Bランクになったばかりだってのにもう一軍の遠征についていけるのか」

ギルドの廊下を進んでいると、見知らぬギルドメンバーが遠巻きに羨望の眼差しを送ってくる。

顔も名前も覚えていないということは弱者なのだろう。

極東から海を渡って武者修行にきている私にとって弱者に興味はない。

私は羨望の眼差しを無視すると、一直線に工房へと進んだ。

「頼もう！」

扉を開け放つと、中にいる専属鍛冶師たちの何人かが驚いたように振り返った。

私は工房に入ると、驚きの表情を浮かべている専属鍛冶師たちの顔を確認。

探し人の姿は見当たらない。

「シグ殿を探しているのだが……」

用件を告げると、専属鍛冶師たちが気まずそうな顔をしていた。

なぜだろう？　どうして彼らがそんな顔をするのかわからない。

私は視線を彷徨わせると、見覚えのある青年を見つけた。

あの金色の髪に軽薄そうな顔をした青年はシグがよく面倒を見ていた鍛冶師だったはず。

「トックル殿、少しいいか？」

「トルクです」

「失礼、トルク殿。刀の修理を頼みたいのだが、シグ殿はどこにいるのだろう？」

「……シグさんはここにはいません」

「いないとはどういうことだ？」

「二週間ほど前にシグさんは『栄光の翼』の専属鍛冶師を辞めました」

「なぜシグ殿が辞めることになったのだ!?　答えろ！」

「ぐ、ぐえええ！　ちょっ、首が絞まる！　これじゃ話せない！」

目の前の鍛冶師が荒唐無稽なことを言うのでつい胸倉を掴んでしまった。

このままじゃ詳しい経緯を聞くことができないと理解した私は慌てて腕の力を緩めた。

トルクが呼吸を整えたところで私はシグがギルドを辞めた経緯を聞いた。

「……少しギルドマスター殿のところに行ってくる」

「あ、えっとカエデさん？」

トルクが心配げな声をかけてくるが、私はそれを無視して工房を飛び出した。

ギルドマスターであるシュミットのいる執務室へと向かう。

「どうしたのかな？　カエデ君？」

執務室に入ると、ギルドマスターであるシュミットは悠々とした態度で書類を確認していた。

「シグ殿がギルドを離脱した詳しい理由を聞かせてください」

「ああ、そのことか。どうやら彼はギルドでの仕事に不満を持っていたようだ。僕の指示に文句を言うだけじゃ足りず、マイナーな刀なんかを作らせろって言ってきてね。もちろん、僕はギルドマスターとして言ってやったよ。そんな甘えたことを言わずに目の前の仕事をこなせってね。そしたら彼は勝手に怒ってギルドを辞めたんだ」

尋ねると、シュミットの主観が強そうな経緯が説明された。

私は専属鍛冶師たちが日頃どのような仕事をしているか知らないが、真面目なシグが理由もなく文句をつけるわけがない。

恐らくシュミットが専属鍛冶師であるシグに無茶な仕事を振ったのであろう。

それにしてもシュミットは私がどんな武器を使っているのか知らないのだろうか？　人の武器をマイナー呼ばわりするとは失礼な奴だ。

しかし、この場で指摘しても意味はない。

「シグ殿のことですから何か理由があったのでしょう」

「そうかな？　僕からすれば、彼はワガママな鍛冶師でしかないけど？」

「たとえそうであってもあれほどの腕前を持った専属鍛冶師であれば、引き留めるのがギルドマスターとしての役目では？」

「確かに彼は腕のある鍛冶師だったけど、そこまで言うほどかな？　うちはＳ級ギルドだ！　腕のいい鍛冶師なんていくらでも集まるさ！」

あれほどの技量を持った刀鍛冶は極東にだっているかはわからない。

もしかしたら、極東にいる刀鍛冶以上かもしれない。

しかし、目の前にいる男は彼のそんな実力すらわからないようだ。

「シグ殿がいなくなったら誰が私の刀の手入れをするのでしょう？」

「他の専属鍛冶師に頼めばいいい」

「あのですね！　刀というものは王国の剣とはまったく造りが異なるので、そこらの鍛冶師にメンテナンスなんてできないんです！」

私が怒鳴り声をあげると、シュミットは面食らったような顔をしていた。

この男はギルドを運営して金儲けすることしか考えておらず、現場のことを何も理解していない。

シグを蔑むような発言からして、シュミットが日頃どのように専属鍛冶師たちに接しているのか想像がつく。これではあの温厚なシグが怒ってギルドを離脱するのも無理はない。

「ど、どこに行くんだ、カエデ！」

「シグ殿を探しに向かいます。彼がいなければ、遠征で欠けてしまった私の刀を直すことができませんから」

「それはダメだ。君には領主からの指名依頼が入っているんだぞ!?」

無視して執務室を出たい衝動に駆られるが前々から依頼を頼まれていた上に、『栄光の翼』の支援者でもある領主の依頼を無下にすることはできない。

「武器がないんですが？」

「依頼内容は低級の魔物を退治するだけだ。もう一本の刀があれば、君なら十分こなせるだろう」

依頼書を確認すると、領内の森林地帯に棲息するダイアウルフの群れを討伐するだけのものだった。

群れとはいえ討伐ランクCの魔物だ。メインとなる刀がなくても十分だった。

「わかりました。では、早急に指名依頼を片付けます」

「ああ、そうしてくれ」

指名依頼を終わらせたらすぐにシグのところに駆けつける。

私は執務室を出ると心にそう決めた。

●

「さて、この刀たちをどうするか……」

俺の目の前には工房に籠って作り上げた三本の刀が並んでいた。

正直に言おう、後のことはあまり考えていなかったと。

だって刀を作ることができたのが二年ぶりだったのだ。仕方がないと思う。

S級ギルドに在籍していた時であれば、営業担当が貴族や豪商、あるいは刀使いを見つけて売り込んでくれたかもしれないが、離脱してしまっている今ではそんな方法は使えない。

ギルドに所属していた刀使いの楓であれば買ってくれる可能性があったが、こんな辺境の村に彼女がいるはずもなく、彼女のような刀の使い手もこの村にはいなかった。

つまり、目の前にある刀たちはこのままだとマジックバッグの肥やしになる可能性がある。

まあ、こんなことはフォルカ村に来る前からわかっていたことだ。

S級ギルドで専属鍛冶師として十年以上働いていたので貯金はそれなりにある。

村人からの金物や農具の生産依頼は途切れずに来るし、研ぎの依頼だってちょいちょいくる。

最近では噂を聞きつけたのか他の村や集落からも依頼がくるほどだ。

このまま思う存分に刀を作り続けて素材を消費しても、十年はやっていけるだろう。

当初の予定通り、気にすることなく刀を作り続ければいい。

……と、思っていたのだが、作った以上は日の目を見てほしいと思うのは職人の性。

できれば、俺の作った刀を誰かに買ってもらって収入を得たい。

そんな思いを抱くようになってしまった。

それに貯金を切り崩していく生活というのも精神的にも悪い。

これからも健全に刀製作をしていく上でも何とか刀の買い手を見つけたい。

「うーん、そのためにはどうするべきか……」

頭を抱えて悩んでいると、家の扉がコンコンとノックされた。

「……シグ、おはよう」

「おはよう、アトラ、リリアナ」

ちょこんと顔を出してきたのはご近所に住むアトラとリリアナであった。

「わっ！　これ三本ともシグさんの作った刀ですか？」

「ああ、そうだぞ」

「……見せて」

「ああ、いいぞ」

ふたりに刀を持たせるのは危ないので俺が鞘から刀身を抜いてやり、じっくりと観察できるようにテーブルの上に台座を置いて掛けてあげた。

「わあ、やっぱり綺麗ですね。私には刀のことは詳しくわからないですけど、とてもいい刀だってことはわかります」

「……きっと、これは業物《わざもの》」

「ははは、ありがとう」

リリアナが純粋な賛美の感想を言い、アトラが表情を引き締めながら褒めてくれる。

俺の作った刀を褒めてくれる。そんな人が周りにいるだけで心地いいものだ。

「……こんなにすごい刀を作れるのにシグは何を悩んでる？」

「え？」

アトラの唐突な問いかけに俺は間抜けな声を漏らした。

「すみません。ノックをする前にシグさんの唸《うな》り声が聞こえてしまって……」

「ああ、そういうことか」

どうやら先ほどの呟きが漏れており、ふたりの耳に入っていたようだ。

「私たちでよければ何か力になりますよ！」

「……話してみる」

「端的に言うと、刀の売り先に困っていてね」

リリアナとアトラのキラキラとした視線に負けて、俺は刀の売り先に悩んでいることを話した。

最初はフォルカ村で刀を作れさえすれば、それだけで満足できると思っていた。

でも、刀を作っていくにつれて誰かに評価してもらいたく、買ってもらいたくなったことなども。

「それは当たり前ですよ！　誰だっていい仕事をすれば褒めてもらいたいですし、好きなことで収入を得たいと思うものです！」

「お、ならリリアナも狩人としての仕事をもっと褒めてもらいたいのか？　よしよし、えらいぞ」

「……お姉ちゃん、いつも美味しいお肉獲ってきてくれてありがとう」

「か、からかわないでください！　もう！」

アトラと一緒に頭を撫でてやり、働きぶりを褒めてやるとリリアナは顔を真っ赤にした。

口では反抗しつつも、俺たちの手を振り払ってこない反応からして嬉しいようだ。

「すまんすまん。ありがとな。でも、うちの村には刀を使える人がいないし、興味を持つような人もいるように見えないし、売るにしてもどうしたものか……」

「でしたら、ウンベルトに売りにいくのはどうですか？」

「ウンベルト？　あそこはそこまで大きな街じゃないだろう？」

近くの街に販売しに行くことは考えたが、小さな街じゃ刀を売るのは難しそうだ。

何より武具を売るのであれば、冒険者、傭兵、衛兵といった戦いに身を置く者が集まっていなければならない。

「え？　ウンベルトはこの辺りでも屈指の街ですよ？」

「……街に人がたくさんいて、お店も多い」

おや？　ふたりの言い分を聞いてみると、俺の知っているウンベルトと随分と違うような気がする。

「もしかして、シグさんの知っているウンベルトは十年以上前のものじゃないですか？」

「……確かにその通りだ」

ルサールカからフォルカ村に馬車で帰るのにウンベルトは通らない。

親父が亡くなった時は身の回りのことで手一杯だったし、すぐにルサールカに戻っていたのでかれこれウンベルトに行ったのは十五年ほど前になる。だとすると、今のウンベルトが昔とはかなり違うことにも納得だった。

「試しにウンベルトに行ってみるか……」

「それで本題なんですけど、私たちと一緒にウンベルトに行きませんか？」

「リリアナたちと？」

リリアナの提案に俺は驚いた。

「はい！　私たちもウンベルトに作物を売りに行くんです！」

どうやらリリアナ一家は定期的にウンベルトに行っており、畑で収穫した野菜などを卸しているようだ。

「それは願ってもないことだがいいのか？」

「はい、是非！　それと期待してもいいですよね？」

リリアナがチラリと刀を一瞥《いちべつ》してからこちらを見上げてくる。

この辺りは魔物が多く出現するわけではないが、ウンベルトまで徒歩で向かえば魔物と遭遇する可能性だってある。リリアナは俺に戦力としても期待しているようだ。

「まあ、それなりにはやれるが、あまり期待しないでくれよ？　俺はあくまで刀鍛冶なんだから」

――自分の作ったものを使えないでどうする？

そんな親父のありがたい格言と厳しい修行のお陰で俺は刀を扱える。

刀使いとしてずっと冒険者活動をしている楓のような猛者には劣るだろうが、そこらの魔物に負けるつもりはなかった。

「ありがとうございます。前で戦ってくれる人がいるだけで心強いです」

家族の中で戦えるのは狩人のリリアナだけで、シンシアとアトラは明らかに非戦闘員だ。

リリアナからすれば、戦力になる者が一名でも加わるだけで安心できるのだろうな。

「ウンベルトにはいつ行くんだ？」

「できれば、早めだと嬉しいです」

「じゃあ、明日でいいか？」

ウンベルトで何が売れるのかを確認するために、刀以外のものを一通り作っておきたい。

一日ほど時間があれば、大抵の品物を作ることができるからな。

「わかりました！　では、明日の朝にお願いします！」

「わかった。シンシアさんによろしく伝えてくれ」

リリアナとアトラが去っていくと、俺は刀身を鞘へと収めてマジックバッグに収納。

ウンベルトでの販売品を作るために工房へ向かうのであった。

●

翌朝。太陽が昇るよりも前に目覚めた俺はウンベルトに向かう準備をする。

とはいっても日帰りなので大した準備は必要ない。それに荷物のほとんどはマジックバッグに収納しているので腰に護身用の刀を佩《は》いておくくらいであった。

手早く身支度を整え、品物の最終確認をすると、俺は家を出てリリアナたちの家へ向かった。

リリアナたちの家の近くにやってくると、ちょうどシンシアが家から出てきた。

「今日はよろしくお願いします、シンシアさん」

「こちらこそよろしくお願いします」

シンシアはいつもの服装に外套《がいとう》を羽織っており、厚底のブーツを履いている。

右手には護身用の槍を持っていた。

何度もウンベルトに行っているだけあって準備に抜かりはなさそうだな。

「シグさんはウンベルトに行かれたことはありますか？」

「十五年以上前に……」

「あらあら、でしたらウンベルトの変わりように驚かれるかもしれませんね」

「ええ、楽しみです」

リリアナとアトラから軽く様子を聞いただけで随分と違いがあるようだった。

実際に街に入ったら昔との違いにかなり驚くのだろうな。

「シグさん、おはようございます！」

「……おはよう」

シンシアと挨拶をすると、前からリリアナとアトラがやってくる。

荷馬車を引いており、荷台には作物の入っている木箱が詰まれていた。

作物の他にはリリアナが狩った獲物のジャーキーや、魔物の皮、角、爪、魔石といった素材も積まれている。

「重そうだな」

「そうですか？　今日はそこまで量は多くないですよ？」

「……平気」

荷馬車を引いてきたリリアナとアトラは涼しい顔をしている。

長らくルサールカに住んでいたので忘れていたが辺境に住まう村人にとってはこれくらいの重労働は当たり前だったな。ふたりともたくましい。

「これを引きながらだとウンベルトまではどのくらいかかるんだ？」

「いつも五時間とちょっとですけど、今日はシグさんがいるのでもう少し早く着けそうです」

徒歩だとウンベルトまでの道のりは四時間ほど。

荷馬車を引いての移動になると、それくらいは時間がかかるか。

「三人がよければ荷馬車をマジックバッグに収納してもいいか？」

「え？　シグさん、マジックバッグを持っているんですか？」

「まあな」

マジックバッグは迷宮からの出土品でしか手に入れることができない。

手に入れるには冒険者となって迷宮に潜るか、冒険者が手に入れたものを購入するしかない。

これほど便利なものを国が欲しがらないはずはなく、王族、貴族、豪商といった特権階級の者が金に糸目をつけずに手に入れるので平民が入手するのは難しいのだが、俺が在籍していたギルドはＳ級だしな。

迷宮から出土したマジックバッグを手に入れるのは、それほど難しいことじゃなかった。

「収納してもいいか？　荷物は少ない方がいいだろう？」

「お願いします、シグさん」

シンシアたちの許可が出たので俺はマジックバッグを開けて、荷馬車へと触れる。

すると、荷馬車が吸い込まれるようにしてマジックバッグの中に収まった。

「……荷馬車が小さな鞄に吸い込まれた」

「私、マジックバッグを初めて見ました！　こんなに大きなものも収納できるんですね！」

「俺のはそれなりにいいやつだからな」

前任のギルドマスターへの貸しをすべて帳消しにされてしまったが、それを補えるほど快適に鍛冶をやらせてもらっているので悔いはない。

「シグさん、本当にありがとうございます」

「いえ、早く楽に着けるに越したことはないですから」

シンシアが深く頭を下げてくるが、それ以上に俺の方がお世話になっているので気にしないでほしい。

「行きましょう！」

「ああ」

荷馬車という大きな荷物がなくなり、俺たちは身軽な出発をするのだった。

ウンベルトまではフォルカ村の外にある丘陵地帯を一時間歩き、その先にある森を二時間ほどで抜け、さらにその先にある街道を一時間ほど歩けばたどり着く。

丘陵地帯は見晴らしもよく、フォルカ村の近くということもあってか魔物の出現は少ない。

荷馬車がないからかすいすいと進んでいき、俺たちはあっという間に森に差し掛かった。

「ここからは注意して進みましょう」

「そうだな」

この森では少なくない確率で魔物と遭遇する。

これまでの道のりとは違い、気を引き締めなければいけない。

前衛で戦える俺が先頭を歩き、その後ろに非戦闘員であるアトラ、シンシア、後衛であるリリアナが最後尾につく形での進行となる。

森の中は樹木が乱立しているせいか視界が悪く、空へと伸びた枝葉が陽光を遮っており薄暗くなっている。魔物が潜むにはうってつけの場所が何か所かあるが、逆に言えばそこを注視していれば警戒はそう難しくない。

しかし、慣れていない者にとってはその選別ができないせいで神経を疲弊させるだろうが、リリアナは大丈夫そうだ。

チラリと様子を見る限り、とてもリラックスしている。

元々、俺がいなくても何度も行き来していたんだ。今更緊張することもないだろう。

「戦闘は避ける方針でいいか？」

「基本的にその方向でお願いします」

俺たちの目的はウンベルトにたどり着くことだ。

戦えないアトラとシンシアがいることだし、戦闘はしないに越したことはないだろう。

「あ、でもグリーンウルフだけは討伐してほしいと村長さんに頼まれています」

「わかった」

グリーンウルフとは緑の体毛をした六本脚の狼だ。

森と同化するような体毛が厄介であり、六本の脚を使った高い機動力が厄介な魔物だ。

そこまで見かけることのなかった魔物だが、俺がいない間に随分と数を増やしたらしく、近頃は丘陵地帯でも見かけるようになったのだとか。調子に乗らせるとフォルカ村にまでやってくる可能性があるので叩いておいた方がいいだろうな。

「……シグのお陰で森の中でも楽ちん」

「いつもは荷馬車を押しながらの移動だものね。荷物を気にしないで移動できるって素敵だわ」

俺たちが方針を固める中、アトラとシンシアは実に朗らかな様子だった。

なんだかこちらの気が抜けてしまいそうになるが、裏を返せばそれだけ俺とリリアナのことを信頼してくれているのだろう。それを裏切らないようにしないとな。

森の中を進んでいくと、微かな風に獣臭さのようなものが漂ってきたことに気付いた。

「……どうしたの、シグ？」

歩みを止めると、アトラが怪訝な顔をし、察したシンシアが神妙な顔つきになった。

「前方に魔物がいる。ちょっと様子を見てくるから、リリアナはふたりを頼む」

「はい！」

三人をその場に残して俺だけが前進。

物音を立てないように移動していくと、獣の匂いが強くなった。

魔物の気配が近いことを感じて近くの木の裏に隠れた。

そろりと顔を出して様子を窺うと、緑色の体毛に六本脚をした狼――グリーンウルフが四体ほどたむろしていた。

こちらには気付いていない様子だが、俺たちの進行ルートを阻害するような位置にいる。

魔物の種類と数を確認した俺は来た道を戻り、リリアナたちと合流した。

「この先にグリーンウルフが四体いる。どうする、リリアナ？」

「え？　私が決めるんですか？」

「この森に一番詳しいのはリリアナだからな。判断は任せる」

十年や十五年で地形が変わるものじゃないが、リリアナの方が間違いなくこの森を通った経験はある。だったら、彼女の判断に任せた方がいい。

「では、討伐しましょう」

「お、判断が速いな」

「これだけ近い位置にいるグリーンウルフでしたら討伐した方が村のためになりますし、今日はシグさんもいますから」

「期待に応えられるように頑張るよ」

通常の魔物ならば迂回するところであるが、今回は討伐を推奨されているグリーンウルフということなので討伐することに。

「アトラとお母さんはここで隠れていて」

「……わかった」

「気をつけるのよ」

アトラとシンシアに身を潜めてもらうと俺とリリアナはグリーンウルフの元へ向かう。

道を真っ直ぐに進むと、グリーンウルフは先ほどと変わらぬ様子でのんびりと過ごしていた。

「先制攻撃を仕掛けます」

「任せた」

リリアナが弓を構え、静かに矢を番える。

弦からきりきりと軋むような音が鳴り、リリアナは呼吸を吐くと同時に矢を解放。それと同時に俺は走り出す。

ヒュンと風切り音がしたと同時に寝転んでいたグリーンウルフの側頭部を貫いた。

獣の慟哭の声が響き渡る。

近くにいた一体が敵襲に気付いて起き上がるところを狙って、俺は刀を振り下ろす。

俺の刀はあっさりとグリーンウルフの首を落とし、地面に血液を滴らせた。

その直後、三体目のグリーンウルフが体毛を逆立たせて飛び掛かってくる。

「おっと、危ない」

俺は軽く後方にステップすることで躱《かわ》し、それと同時に刀を水平に一閃。

頭部を横に切断されたグリーンウルフは満足に着地することもできず、そのまま地面に沈むことになった。

瞬く間に仲間が倒されてしまったことで形勢の不利を悟ったのか、最後のグリーンウルフが唸り声をあげながらもゆっくりと後退。それから脱兎《だっと》のごとく逃げ出した。

俺ひとりなら追いつくことはできないが、うちには頼りになる射手がいる。

リリアナは冷静に矢を番えると、六本の脚を駆使して不規則に逃げるグリーンウルフの後頭部を貫いた。

「お見事」

「ありがとうございます」

グリーンウルフがパタリと倒れるのを見届けると、リリアナは嬉しそうに弓を背負い直した。

俺はポーチから布切れを取り出すと、刀身に付着していた体液を拭う。

血液は鉄分を含んでいるために乾燥して酸化すると錆が発生しやすくなる。刀の耐久性や切れ味を落とさないためにも戦闘後はメンテナンスをした方がいい。

「わかってはいたが、本当にいい弓の腕だな」

「シグさんの矢じりのお陰ですよ。前はこんなにも矢の軌道が安定しませんでしたし、当たっても仕留めきれませんでしたから」

「いくら矢じりがよくても使い手の腕が悪ければ力は発揮できないさ。リリアナはもっと自分の力に自信を持っていいと思うぞ」

「そうですかね？　えへへ、ありがとうございます」

素直な称賛を伝えると、リリアナは照れくさそうに笑った。

判断の速さ、矢の命中精度、魔物を前にした時の胆力といい、リリアナの弓の腕前は一流だ。

その気になれば冒険者としてもやっていけそうな才能であるが、現状に満ち足りた様子の彼女に勧める意味はないだろう。

血糊を拭い終わると、リリアナがグリーンウルフに突き刺さった矢を回収する。

「まだ使うのか？」

「一回で使い捨てしていたら、あっという間にお金が足りなくなっちゃいますよ。それにシグさんが作ってくれたものなので大事に使いたいです」

「……そうか」

ギルドで専属鍛冶師として働いていた時も、矢を使っている冒険者はいたが、一回使ったらすぐに捨てる者が多かった。

壊れたらまた新しく作り直せばいい。そのために専属鍛冶師がいる。

そんな態度の者が多かったので武具を大事に使おうとしてくれるリリアナの言葉はとても嬉しいものだった。

「歪み程度だったら割引きで直してやるからすぐに言うんだぞ？」

「え？　いいんですか？」

「リリアナはうちの工房のお客様第一号だからな」

「ありがとうございます！　その時はお願いします！」

ああ、やっぱり俺は使い手の顔が見えるものを作るのが好きだな。

彼女みたいな心を持った冒険者が大勢いれば、俺もS級ギルドを離脱することはなかったのかもしれないな。

●

俺とリリアナはアトラとシンシアと合流すると、ウンベルトへの歩みを再開させた。

グリーンウルフと遭遇してからは他の魔物と遭遇することもなく安全に進むことができており、道のりは非常に順調といえるだろう。

スタスタと森の中を歩いていると、後ろからぐうぅと低い音が鳴り響いた。

「……お腹空いた」

どうやらアトラの腹の虫が鳴ったらしい。

既にフォルカ村を出発して二時間ほどが経過している。

太陽はまだ中天に差し掛かっていないが、アトラたちは新鮮な作物を持っていくために日が昇るより前に起きて収穫作業をしていたと聞く。お腹が空くのも仕方がないだろう。

「この辺りで休憩するか」

「そうですね」

ちょうど木々の少ない開けたエリアに差し掛かったので俺たちはそこで休憩をとることにした。

アトラとシンシアが切り株に腰を下ろし、俺とリリアナは念のために周囲を確認。

付近に魔物がいないことを確認すると、俺は柔らかい草の生えている地面に腰を下ろした。

「皆でお食事にしましょう」

「春野菜のサンドイッチだ！」

「……美味しそう」

シンシアがバスケットの蓋を開けると、そこにはぎっしりとサンドイッチが詰まっていた。

肉厚なパンに色とりどりの野菜が挟まれており、とても美味しそうだ。

あ、そういえば、昼飯を用意するのを忘れていたな。

まあいいか。この場ですぐに用意すれば済む話だ。

「俺もサンドイッチを作るか……」

俺はマジックバッグから魔道コンロを取り出すと、魔石を入れてスイッチを押して着火。

五徳の上に網を置くと、その上に燻製した岩猪のバラ肉を並べた。

加熱されることにより岩猪のジューシーな肉の香りと、スモーキーな匂いが漂った。

後はじっくりと焼いてパンに挟めばいいが、サンドイッチなのに肉だけというのは寂しい。

どうせならチーズも挟みたい。

だけど、このままだと濃厚な岩猪の味にチーズが負けてしまう可能性がある。

そうならないためには……。

「……燻すか」

俺は魔道コンロを新たに用意すると、そこに土鍋を設置。

土鍋の底に皿を敷いてヒッコリーの燻製チップを入れる。

その上に網を敷くと、スライムシートを載せてからスライスしたチーズを並べた。

チップに火をつけて煙が出てきたら蓋をし、コンロのレバーを調節して火を弱める。あとはこのまま十分ほど待てばいい。

「シグさん、何やってるんですか？」

土鍋を見つめていると、リリアナがおずおずと声をかけてくる。

「燻製だ」

「ここでですか!?　今日はウンベルトに行くのが目的ですよね!?」

「大丈夫だ。今回はちょっと燻すだけだ」

リリアナが信じられないとばかりの表情を浮かべているが大袈裟だ。

別に移動中だろうが時間があれば、燻すだろうに。

本当はしっかりと燻製をしてやりたいが生憎と今は移動の途中だからな。軽く燻すだけだ。

岩猪のバラ肉を焼き、黒パンを炙りながら待つこと十分。

蓋を開けてみると、カマンベールチーズの表面が茶色く色づいていた。

「……これは美味そうだ」

チーズは火が強いと溶けてしまうのだが、俺の完璧な温度管理によってそのような無様を晒すことはなかった。

じっくりと燻製するのであれば、チーズの水滴を取り除きながら何度か燻して熟成させるのであるが、今日はお手軽燻製だからな。

熱いままだとシートにくっ付いてしまうので少し冷ましてから剥がす。

炙った黒パンにレタス、加熱した燻製バラ肉と、燻製したばかりのチーズを挟む。

「よし、燻製サンドイッチの完成だ」

出来上がった燻製サンドを持ち上げると、思いっきり口を開けて頬張る。

「おお、美味い……ッ！」

普段は味気ない黒パンであるが表面を軽く炙っているために香ばしくなっていた。黒麦の風味が口の中でふんわりと広がり、微かな甘みが舌の上に広がる。

続いてレタスのしゃっきりとした食感が与えられ、続くように燻製されたジューシーな岩猪の肉がやってくる。燻製によって旨みとコクが凝縮されており、噛み締めると野性味のある肉汁が一気に弾ける。

さらにその下には、燻されたばかりのチーズ。

元はやや塩気の利いたチーズであったが燻製材の香ばしい甘みが加わることで、塩味との調和がとれて全体的にまろやかな味わいとなっていた。

燻製された岩猪の脂と燻製されたチーズの塩味が重なり合い、口の中で複雑な味のハーモニーが生まれている。

岩猪の味わいを受け止めるためにチーズを燻したのは正解だったな。

「……ジー」

燻製サンドイッチを食べながら内心で自画自賛していると、アトラがすぐ傍でこちらを見つめてくる。

「アトラも食うか？」

「……食べる」

こくりと頷いたのでアトラのために黒パン、レタス、燻製肉、燻製チーズを挟んで渡す。

アトラは小さな口を開けてパクリとかぶりつく。

「どうだ？」

「……美味しい！」

もぐもぐと口を動かして嚥下すると、アトラは眠そうな瞳を強く輝かせた。

小さな口を必死に動かして食べている姿は、まるで小動物のようで可愛らしい。

アトラの食べる姿を眺めていると、不意に視線を感じた。

振り返ると、リリアナとシンシアが羨ましそうな顔をしていた。

「よかったらサンドイッチを交換しないか？」

「いいんですか？」

「そのつもりで多めに作ってあるからな」

「ありがとうございます」

どうせならたくさんの種類のサンドイッチを食べられる方が嬉しいからな。

ふたり分のサンドイッチを作って渡し、俺は野菜がたっぷりと入ったサンドイッチを二個貰った。

「おお、本当に綺麗だな」

肉厚なパンに挟まっているのはキャベツ、ジャガイモ、ベーコン、ゆで卵、アボカド、レタスと実に彩り鮮やかな具材だった。

頬張ると、バターの風味が効いた肉厚なパンの味。挟まれた春野菜が口の中で渾然一体となっている。ゆで卵の茹で具合もちょうどよく、潰されたジャガイモの塩加減、水分量が絶妙だ。

酸味の利いたソースもキャベツやレタスとの相性もバッチリであり、塩気のあるベーコンが満足度を高めてくれている。

「美味しい！」

「本当ですか？　よかったです」

思わずそんな感想を漏らすと、シンシアがホッとしたように笑った。

岩猪の肉を燻してからは食事がどうも肉に偏りがちだったので、野菜をたっぷりと補給できるのはとても助かる。

こんなにも具材豊かなサンドイッチを貰ったのに対し、俺は申し訳ない程度の葉野菜に燻製肉と燻製チーズだけ。交換してもらったものの申し訳なくなったのだが……

「燻製サンドイッチも美味しいです！」

「ええ、お肉とチーズの味が本当に濃厚で美味しいです」

「それはよかった」

リリアナとシンシアは燻製サンドを気に入ってくれたようだ。

とはいえ、明らかに見た目やクオリティで負けているのは確かだ。

俺ももっと挟む具材やソースなんかにこだわった方がいいかもしれない。

次に昼食を共にする機会があれば、もっとクオリティを高めた燻製サンドを食べてもらおう。

「ウンベルトまではもうすぐだったか？」

「はい！　あと三十分もすれば森を抜けられるはずです！」

尋ねると、リリアナがハキハキとした口調で答えてくれる。

森を抜ければ、ウンベルトまで続く街道を真っ直ぐに進むだけだ。

街道は整備されているので歩きやすく、魔物も滅多に出現することはない。

進行速度はグンと上がってあっという間にウンベルトにたどり着くだろう。

あともう一息だな。休憩が終わったらまた頑張ろう。

●
「シグさん！　ウンベルトの外壁が見えてきましたよ！」

休憩を終えると俺たちはすぐに森を抜けて街道へと到達し、小一時間もしないうちに外壁らしきものが見えてきた。

「ウンベルトに外壁だって⁉」

リリアナが指を差しながら声をあげるが、俺からすれば外壁があること自体に驚きだ。

「……昔はなかったの？」

「なかったな。昔はただの宿場町だったからな」

森を開拓して、そこに宿が密集しているだけの街だったので外壁なんてものはなかった。

それが今や街を囲むようにぐるりと大きな石壁が鎮座し、城門まで建設されているのだから驚く他ない。

城壁の前には大勢の人が並んでいた。俺たちのように何かを売りにきた村人、行商人の他に冒険者や傭兵といった者たちも多くいる。

「……昔に比べると冒険者の数も増えたな」

「ウンベルトの周囲は森に囲まれていて魔物が多いんです。今では魔物を討伐しにくる冒険者を中心に発展しているといっても過言ではないと思います」

並んでいる人物たちを観察していると、シンシアが丁寧に教えてくれた。

昔は旅の小さな中継地点のひとつでしかなかったが、今は人や物が集まって大きな街へと変貌したようだ。これだけ冒険者や傭兵が多いのだから昔よりも武具が売れるかもしれない。

「前は自由市があったんだが、今もそういった場所はあるのか？」

自由市というのは、代金を支払えば自由に物を売ることのできる場所だ。

お金をきちんと払い、取り決められたルールさえ守っていれば、正式に商売を許可され、一時的に領主の庇護を受けることができる。ウンベルトに住んでいなくてもどのような人種であっても害されることはない。

「ありますよ！」

「そうか。なら、販売する時に手間取ることがなさそうだ」

そんな感じでリリアナやシンシアから新しくなったウンベルトについて教えてもらっていると、列が進んで金属鎧に身を包んだ衛兵が見えてきた。

どうやらウンベルトに入場する者たちに怪しい者がいないか確認しているらしい。

「そろそろ荷物を取り出しておくか」

「そうですね」

マジックバッグから俺はリリアナ一家の荷馬車を取り出し、俺は自由市で売るための刀をはじめとした製作物の入った籠を背負った。

「ちょっといいか？　さっき荷物を取り出すところを見ていたが、君はマジックバッグ持ちだな？」

城門をくぐろうとすると、槍を手にした強面の衛兵が俺に声をかけてきた。

禿頭に日に焼けた茶色い肌。鼻は丸っこく頬には十字傷がついている。

身長は百八十センチを優に超えており、露出した腕の部分から強固な筋肉に覆われているのがわかる。

立ち振る舞いからしてただものじゃないのが一目でわかる。歴戦の戦士だ。

受け答えには気をつけようと思った。

「はい。そうです」

「悪いが念のために名前と目的を聞いてもいいか？」

「構いません。フォルカ村からやってきましたシグです」

マジックバッグがあれば密輸し放題なので、事前にマジックバッグ持ちであることを伝えておいた方がいい。そうすると、非常時の信用度がまるで違うからな。

マジックバッグを持っているのは俺だけなのでリリアナ、アトラ、シンシアはあっさりと通され、俺だけが続けて報告をすることになる。あちらの一家は衛兵にも顔を覚えられているようだし、新顔の俺の方が明らかに怪しいからな。

「職業は刀鍛冶で製作した刀、包丁、鋏、鍬などを売りにきました」

「……刀鍛冶？」

「腰に佩いている刀を作る鍛冶師のことを指します。刀を確認しますか？」

「そうさせてもらえると助かる」

腰に佩いている刀を手渡すと、衛兵は丁寧な手つきで鞘から刀身を露出させた。

俺の作った刀が陽光の下に晒され、反射による煌めきを放つ。

「……美しい剣だ」

「刀といいます」

「そうか。これが刀というやつか……くれ」

「さすがに勘弁してください」

「ハハハ、冗談だ。あまりにもいい武器を見てしまったのでな」

衛兵の男は笑い声をあげると、刀身を鞘に収めて丁重に返してくれた。

冗談だって言っていたけど半分は本気だった気がする。

「今日は自由市で商売をするんだな？」

「はい。そうです」

「タイミングが合えば、顔を出そう」

「ありがとうございます」

社交辞令かな？　いや、この衛兵の人はそういったことを言わなさそうだな。

いずれ顔を出してくれるタイミングがあれば、歓迎しようと思う。

12話　刀鍛冶は自由市で商売をする

「リリアナたちはどうするんだ？」

城門を潜り、ウンベルトに入ることのできた俺は尋ねた。

「私たちは顔馴染みのお店を回って農作物を卸しに行きます」

リリアナたちは定期的に取引をしている商店、飲食店、宿屋などと繋がりがあるらしく、そういったお店を回ってくるようだ。

「なら、ここからは別行動だな」

「シグさんはウンベルトに入るのが久しぶりですし、リリアナを同行させましょうか？」

俺のことを気遣ってか、シンシアがそんな提案をしてくれる。

「自由市に入ってしまえば、あとは品物を売るだけなのでひとりでも大丈夫ですよ」

案内役兼売り子としてリリアナを同行させてくれる気持ちは嬉しいが、シンシアたちもかなりの店を回らないといけないはずだ。貴重な労働力であるリリアナを借りるわけにはいかない。

「わかりました。では、農作物の販売が終わりましたら迎えにいきますね」

「仕事が終わったら街を案内しますね」

「……シグ、また後で」

「ああ、また後でな」

後で再会する約束を交わすと、俺たちは城門前の広場で別れることにした。

シンシアが荷馬車を引いていき、後ろからリリアナとアトラが荷馬車を押していく姿を見送ると、俺は真っ直ぐに伸びる大通りを進んで自由市を目指す。

大通りの地面は石畳が敷き詰められており、とても綺麗で歩きやすい。

道に沿うように木製の建築物が立ち並んでおり、果物屋、雑貨屋、革屋、武具屋、飲食店といった様々な店が展開されていた。基本的に建物は三階建てから四階建てのものが多く、建築技術も発展しているようだ。

行き交う人の数も多く、フォルカ村とは比べものにはならないほどの人の数がおり、獣人、竜人、僅かながらエルフといった他種族の姿も見受けられた。

店舗の多い区画を通り過ぎると、通りの両脇には屋台が立ち並び、あちこちで香ばしい匂いが漂ってくるようになった。

串肉を焼いた匂いや、香辛料をふんだんに使ったスープの香りなどが漂ってくる。

ウンベルトにたどり着く前に昼食休憩を入れていなければ、間違いなく足は屋台の方へ向かっていただろうな。

「……本当に昔とは全然違うんだな」

俺の知っているウンベルトとは切り開いた森の中に簡素な宿や建物が立ち並んでいる小さな街で、すぐ傍では森が広がっていたし、地面も整地なんてされていなかった。

それがたったの十五年で開発がさらに進み、人が集まり、ここまで発展しているとは思わなかったな。感慨深く思いながら大通りを真っ直ぐに進んでいると、開けた場所に差し掛かり自由市の入口を示す看板が見えてきた。どうやらあそこが自由市らしい。

入口で銀貨一枚を払うと、販売許可の木札と販売用の仮設屋台を受け取って中に入る。

自由市は朝早くからやっているらしく既にあちこちで人々が商いをしていた。

入口のすぐ近くや、大きな通りの傍は人気らしく既に場所が埋まっている。

俺はできるだけ見晴らしのいい場所を探して歩き回る。

旅をしている行商人は各地を回って手に入れた商品を売っており、革細工職人は革を加工した財布、ブーツ、鞄、キーケースなどを陳列しており、鍛冶師たちは自慢の武具を並べていた。

もし、時間が余るようだったら他の鍛冶師が作った武具なんかを見て回りたいな。

「ここにするか……」

入口に近いわけじゃないが、大きな通りから一本逸れた場所にある角のスペースを取ることができた。人通りが多いわけじゃないが刃物や農具を選ぶのであれば、落ち着いて見られる場所の方がいいだろう。

テキパキと屋台を組み上げると、販売台に白い布を敷いて、その上に俺の作った作品を並べる。

包丁、短刀、鋏、矢じり、鎌、鉈、鍬を並べ、鞘に入った刀を台座に掛けた。

そして、さらにこの日のために用意した燻製食材も並べる。

岩猪の燻製肉だけじゃなく、燻製したミックスナッツ、スモークチーズ、燻製オリーブオイル、燻製塩、燻製パウダー……どれも自慢の品々だ。

「燻製食材も少しは売れるといいな」

まあ、本業は刀をはじめとする金物や農具なので、そっちよりも売れるってことはないだろうがちょっとでも目を引けると嬉しい。

燻製食材を並べると、自由市での販売準備が整う。

後は客がやってくるまで待つだけだ。

そうやって屋台で突っ立っていると二時間ほどの時が過ぎた。

「……ヤバいな。客がほとんどこない」

屋台に並べた刀をはじめとする商品はひとつも売れていないが、燻製品だけは岩猪の燻製肉と燻製塩、燻製オリーブオイルなどが売れていた。

ここで刀が中々売れないのはわかる。

そもそも刀は使い手が少ないし、包丁や短刀に比べると販売価格が頭ふたつほど抜けている。

仮に美術品としての価値を見出したとしても、そう簡単に手が届くものでもない。

冒険者や傭兵だって己の得物は命を預ける者だからな。信頼できる職人と認めてもらえなければ、買ってもらうことはできないだろう、だから、刀が売れないのは仕方がない。

しかしだ。出来栄えに自信の包丁、短刀、鋏といった刃物がまったく売れず、燻製品の方がよく売れているという状況が納得できない。

「あくまで燻製品は趣味で本業は刀鍛冶なんだがなぁ……」

売れることは嬉しいが、どうも複雑な心境だった。

燻製品よりも刀が売れてほしいな。

「でも、昔を思い出すな」

親父と一緒にウンベルトの自由市にやってきた時は、最初はこんな感じだったっけ。

親父は典型的な職人タイプだ。顔つきは俺よりも強面な上にむすっとした顔をしていたので当然のように売れなかった。

頑張って愛想のいい笑みを浮かべて営業をかけてみるが、笑顔が怖すぎて冒険者にすら逃げられる始末だった。

そんな親父の血を引き継ぎ、男手ひとつで育てられたため俺も愛想はないのだろう。それを証明するように自由市は盛況にもかかわらず俺の屋台の周りだけが空いていた。

「……リリアナの助けを借りるべきだったかな」

通りを見ながらぼんやりと呟く。

こんな時に可愛らしく愛想のある彼女がいれば、通りを歩いている冒険者たちを捕まえることができていたのかもしれない。

とはいえ、ああすればよかったと今更思ったところでどうしようもないことだ。

刀は売れずとも、短刀や包丁の一本くらいは売れてほしいものだな。

などと思っていると、年若い冒険者と思われる少年と少女が近づいてくる。

「お！　こんなところで武具が売ってるぞ！　ソラ、見ていこうぜ！」

「ちょっとトール？　そんな時間なんてないよね？」

「大丈夫。少しなら平気だって」

トールと呼ばれた少年は橙色の髪をしており、黒甲虫の素材を加工した防具を身に着けている。

腰には剣を佩いており、典型的な前衛タイプだ。

隣にいるソラと呼ばれた少女は茶色がかった髪を肩口で切り揃えており、クリッとした可愛らしい瞳をしている。

水色に染められた亜麻布のローブを纏い、革製の胸当てを装備していた。

右手には杖が握られており、先端には外部魔力である魔石が取り付けられているがサイズは小さい。

それに杖本体の素材はただの木製であり、魔力伝導率の高い魔木を使用しているわけではない。

装備品から駆け出しに部類される冒険者であることがわかった。

年齢はリリアナより少し上ってところかな?

「わざわざこんなところで見なくても、普通のお店で見ればいいじゃん?」

ソラの何気ない言葉にショックを受けるが、そう言われるのも無理はない。

普通の職人であればウンベルトの武具屋に雇われているか、自分の工房を構えているはずだ。

自由市に武具を売り出す職人なんてものは街の武具屋に雇われず、自身の工房を構えることもできない腕前の者ということになる。外からやってきた野良の職人の腕前なんて信用できないものだし、よくて武具屋で雇われている新人の職人が小遣い稼ぎに売り出していると言ったところだからな。

「わかってねーなー。こういうところに掘り出し物があるんだって」

「またトールの悪癖が出た。わたし、興味ないから早く見ちゃってね」

ソラは武具に興味がないようで後ろで呑気に欠伸《あくび》を漏らしていた。

「おっちゃん、この長いのは剣か⁉」

「いや、これは刀っていうんだ」

「刀?」

「ちょっと見せてやるよ」

小首を傾げるトールの前で俺は鞘を持ち上げると、ゆっくりと刀身を抜き放った。

「…………」

トールから何かしらの声があがるかと思いきや何も反応がなかった。

やや勿体ぶった見せ方をしたが、そこまで幻滅されるような仕上がりだろうか？

確かに親父の作った刀に比べると負けるが、俺もＳ級ギルドの専属鍛冶師として様々な武具を製作し、それらの経験を織り交ぜて仕上げたものである。

そこらの職人には負けない自信があるのだが、それは俺の思い上がりだったのだろうか？

「あまり見ていて面白いものじゃなかったか？」

「そうじゃない！」

刀身を鞘に収めようとすると、トールが大きな声で叫んだ。

いきなり大声を出すもんだから後ろでぼんやりしていたソラや通行人が目を丸くしていた。

「トール？　どうしたの？　そんなに大きな声出しちゃって？」

「いいからちょっと待ってろ。おっさん、この刀ってやつを持ってもいいか？」

「あ、ああ。いいぞ」

あまりにも食い入るように言ってくるので俺は刀身を渡してやる。

トールはうやうやしく両手でそれを受け取ると、柄を握って刀身を立てた。

「この刀ってやつ、めちゃくちゃすげえ……」

トールの刀を見上げる瞳と声音からして心底刀に感動しているのがわかった。

製作した俺としても鼻が高い。

「確かにすごく綺麗な剣だと思うけど、トールに良し悪しなんてわかるの？　この間、露店で贋作を掴まされそうになっていたよね？」

「うるせえ！　今度は正真正銘のいい武器なんだよ！」

ソラが突っ込み、トールが顔を真っ赤にして否定した。

うちの刀はそこらの剣には負けないつもりだが、トールにそのような過去があればソラが疑ってしまうのも無理はないな。

「おっさん！　俺、この刀ってやつが欲しい！」

「いいぞ。金貨二百枚だ」

「高っ！」

「……こんな薄い剣なのにそんなに値段がするの？」

トールが目を剥いて大声をあげる中、ソラが冷静な声音で問いかけてくる。

俺が安物を高く売りつけようとしているのかと思っているのかもしれない。

「その刀はただの鉄ではなく、玉鋼という特殊な素材でな。極東にあるタタラ工房で作られているんだが製造に非常に手間がかかって作られるのも少量なんだ。王国で流通している量はかなり少ないから必然的にかなり高くなる。さらに製作には高度な技術が求められ、数十年にわたる修行と経験が必要なんだ。俺は刀身の鍛錬には自信があるが、鞘や柄の装飾についてはは自信がないからな。そちらを安く見積もってこの値段だ」

ここにＳ級ギルド専属鍛冶師という肩書きが増えると、刀の値段はさらに跳ね上がるのだが、ウンベルトでは通用しないので省いている。

「確かに玉鋼が高い素材っていうのは聞いたことがある。この辺りじゃ見かけない特殊な剣みたいだし、それくらいするのも当然かも」

「ああ、この刀ならそれくらいしてもおかしくねえな」

金貨二百枚の理由を丁寧に伝えると、ソラとトールは納得してくれたようだ。

「失礼なことを言ってごめんなさい」

「いや、気にしないさ。冒険者として活動していくには必要なことだからね」

ソラがぺこりと頭を下げて謝る。

可愛らしい顔をして毒舌のように思えたが、ちゃんと謝ることのできる子のようだ。

「にしても、金貨二百枚かぁ〜。貯金に手をつけても全然足りねえぞ！」

「Eランクのトールじゃ、十年かかっても稼ぐことができない」

「お前、俺よりもランクがひとつ上だからって調子に乗るなよな！　魔法使いの数が少ねえから優遇されてるだけだろ？」

「稀少な才能が評価されるのは当然」

「ぐぬぬぬぬ」

ソラは特に気にした様子もなく胸を張ると、トールが悔しげに表情を歪ませた。

こうやって若い少年、少女が冒険者として活動している姿を見ると、ギルドにいた時のことを思い出す。あそこには若くて才能のある者たちが特に集まっていたので、ふたりのような若い冒険者を見ると応援したくなる。

「刀には手が届かないかもしれないが、短刀なら買えるかもしれないぞ？」

「短刀⁉　そっちも見せてくれ！」

刀を返却してもらうと、俺は販売台に並べていた短刀をトールに渡した。

「おおおおお！　こっちもいいな！」

トールはおそるおそる短刀を抜き放つと、目を大きく見開いて叫んだ。

「試し切りをしてみるか？」

「いいのか⁉」

俺はマジックバッグから薪を取り出すと、トールに差し出した。

すると、トールは空いている販売台に薪を置いて短刀で切ろうとする。

脳裏にリリアナの家で包丁の試し切りをした時の光景が思い浮かんだ。

「ここでは切らないでくれ。屋台が斬れる」

「は？　いくらなんでもそれはねえだろ？」

「本当なんだ。とりあえず、薪を左手で持って右手に持った短刀を当ててみろ」

「まあ、いいけど——って、うえええええ！　薪が切れた！」

トールが左手で薪を手にし、右手で短刀を押し当てると、あっさりと薪は半分に斬れた。

「トール？　いつのまにそんなに腕を上げたの？」

「俺の実力じゃねえって！　この短刀がすげえんだって！」

「うん、それはわかってる」

「おい」

ソラのあまりの言いようにトールが低い声で突っ込んだ。

本当に仲がいいんだな。

「おっさん！　短刀なら手が届くかもって言っていたがこれいくらなんだ⁉」

「そっちは銀貨三十枚だ」

本当はもう少し値段は上なんだが、誰も見向きしない中でトールだけが刀のよさに気付き、熱烈に欲しがってくれたからな。少し安くしてあげた。

材料費はギリギリ回収できているし、赤字というわけでもない。

「お、おお！　ギリギリ足りる！」

「ギリギリ足りるって……それもしもの貯金も含まれてない？　何かあった時に困るよ？」

「いい！　この短刀があれば、もっと多く稼ぐことができる！　だから、おっさん！　この短刀をくれ！」

「毎度あり」

銀貨と銅貨が入り交ざった革袋を受け取り、きっちり銀貨三十枚分あることを確認すると、俺は短刀をトールに渡した。

「トール、そろそろ南門広場に向かわないとマズいよ」

「やべえ！　ローズさんにどやされる！　おっさん、ありがとな！」

ソラとトールが慌てた様子で走り出す。

「若いっていいな……」

自由市の雑踏に消えていくふたりの後ろ姿を眺めながら俺はポツリと呟くのだった。

13話　刀鍛冶は燻製材を買う

トールとソラがやってきてからは他に客がやってくることもなく、何事もない平和な時間が続いていた。

もう屋台を閉めてシンシアたちと合流してしまおうかと思ったが、合流場所は自由市でシンシアたちが迎えにきてくれる約束だ。勝手に動き回ることはできない。

とはいえ、彼女たちは夕方よりも前にはやってくるとのこと。

早めに片付けてすぐに帰るための準備をしておいた方がいいのかもしれない。

片付けをするために動き出そうとすると、ちょうど俺の屋台の前にひとりの人物がやってきた。

「あ、衛兵さん」

「まだ商品は残っているか⁉」

やってくるなりそう叫んだのはウンベルトの城門にいた強面の衛兵だった。

ここまで走ってきたのだろう。日に焼けた禿頭にうっすらと汗がにじんでいた。

「え、ええ。まだたくさん残っていますよ」

販売台に残っている多くの商品を目にすると、衛兵が間の抜けた声をあげた。

「なぬ？　……君ほどの腕のいい職人が売っているにもかかわらずか？」

「あはは、そこまで大したものじゃないですよ」

「抜かせ。ワシの目は誤魔化せん。鋏ひとつ手に取るだけでここに店を構えているどの鍛冶師よりも腕が上だとわかるぞ？　さしずめ高名な刀鍛冶、あるいはその弟子、どこぞの組織の専属鍛冶師だったのではないか？」

さすがにこの武人の目を誤魔化すことはできないらしい。

「ご想像にお任せいたします」

「ワシの仕事はあくまで街の治安を守ることだからな。街で問題さえ起こさなければそれでいい」

適当に誤魔化すと、衛兵は特にそれ以上追及することはなかった。

見た目通りのさっぱりとした御仁のようだ。

「えっと……」

「そういえば、自己紹介がまだだったな。ウンベルトで衛兵共を束ねているガーランドだ」

「改めまして、刀鍛冶のシグです」

「ワシのことは気安くガーランドでいい。その代わり、君のこともシグと呼ばせてもらおう」

「わかったよ、ガーランド。で、何か気になる物はあるか？」

「刀が欲しい！　と言いたいところだが、生憎とあれはワシには扱えんからな。短刀を確認してもいいか？」

「どうぞ」

俺が頷くと、衛兵は短刀を持ち上げてゆっくりと刀身を横に引き抜く。

「……うむ、やはりいいものだな。これを一本くれ」

「わかった。銀貨四十枚だ」

「む？　ちと安いのではないか？」

俺が本来定めたかった値段は銀貨五十枚。そこまで見抜くとはさすがだ。

「ここで商売をするのはかなり久しぶりだからな」

この辺りで名の知れた職人であるならば、それくらいの値段でも問題ないかもしれないが、俺はここだとまったくの無名だからな。あまり強気な値段だと売れないと思い、少し金額を下げている。

「とはいえ、ある程度売れるようになれば、値段はもう少し上げていくつもりだ」

「ならば今の内に買っておくのがよさそうだな。もう一本を追加購入で頼む」

値段を上げるのがいつかはわからないが、ガーランドは近い内になると思ってくれているようだ。

「よかったら燻製品もどうだ？　オススメは岩猪の燻製肉と、燻製パウダーだ」

「武具のついでに燻製品も売っているのか？」

「こいつは趣味だ」

「わはは、変な奴だな。せっかくだそれも貰おう」

「毎度あり」

短刀二本に燻製肉、燻製パウダーを手に入れると、ガーランドは満足げな表情で去っていく。

やっぱり、目の前でお客さんに手に取ってもらい、喜んでもらえるのはいいな。

ガーランドの後ろ姿を見送っていると、それと入れ違う形で荷馬車を引いたリリアナ、アトラ、シンシアがやってくる。

「お疲れ様です、シグさん！」

「ああ、そちらもお疲れ様だな」

「さっきの人、城門にいた衛兵さんですよね？」

リリアナたちは何度もウンベルトに来ているし、あれだけインパクトがあると覚えるよな。

「ああ、買いにきてくれたんだ」

「……シグの腕のよさに気付いた」

「さすがはガーランドさんですね」

アトラとシンシアが感心したように呟いた。

仕事が終わってすぐに買いにきてくれるなんて職人として嬉しい限りだ。

「じゃあ、今日のシグさんの売上は中々だったんじゃないですか？」

「ガーランドの他にひとりの冒険者が短刀を買ってくれたがそれだけだな。燻製品の方が多く売れたくらいだ」

「え？　武具と一緒に燻製品も売っていたんですか？」

「そうだ」

頷くと、リリアナたちがきょとんとした顔をし、おかしそうに笑った。

「あはは、変な組み合わせですね」

「……でも、シグの燻製料理は美味しいからいい考え」

「私たちのようなファンが増えるかもしれませんね」

燻製のファンよりも刀のファンが増えてほしいのだが、三人にそう言ってもらえるのは悪くない。

「そっちの方はどうだった？」

「……全部売れた！」

「むしろ、いつもより高値で売れましたよ！」

アトラとリリアナが木箱だけになった荷馬車を見せながら嬉しそうに言った。

「いつもより高く売れたのか？」

「シグさんがマジックバッグで保存していてくれたから鮮度がほとんど落ちなかったので」

いつもはフォルカ村から四時間ほど時間をかけてウンベルトまでやってきている。

その時間でどうしても作物の鮮度は劣化してしまうが、今回はマジックバッグのお陰で採れ立てと変わらないような状態だったために買い取り額が高くなったようだ。

リリアナたちの商売も上手くいったようでよかった。

「ねえ、お母さん！　少しウンベルトを回らない？」

「そうね。今日は早めに仕事も終わったことだし、皆でお買い物でもして帰りましょうか」

「……ご飯、食べる！」

「シグさんもどうですか？　ウンベルトを案内しますよ？」

まだ午後の半ばにも差し掛かっていない。

少し遊んだとしても暗くなるまでにフォルカ村に帰ることができるだろう。

「是非頼むよ」

並べていた商品を片付けると、自由市の受付に戻って屋台と販売許可の木札を返却。

リリアナたちの荷馬車をマジックバッグに収納し、身軽になると俺たちは大通りへと繰り出した。

自由市も中々の賑わいであったが大通りの方はもっと人が多いな。

大きな通りに面しているからか立ち並ぶ商店も立派なものだ。

「シグさんは何か見たいものとか、買いたいものはありますか？」

ぼんやりと大通りに並んでいるお店を眺めていると、リリアナがこちらを見上げてくる。

「そうだな。調味料が減ってきたから買い足しておきたい」

「鍛冶のための材料はいいんですか？」

「素材ならまだまだマジックバッグにあるから十分だ」

鉄についてはフォルカ村の近くにある山から採取できるし、村から屑鉄を集めて再利用することで何とかすることもできる。玉鋼は鉄ほどの余裕はないが、すぐになくなってしまうほどの量ではない。本腰を入れて確認するのであれば、もっと時間に余裕のある日がいい。

「わかりました。では、安く買えるお店を紹介しますね！」

大通りから逸れ、真っ直ぐに進んでいく。

すると、整然とした雰囲気からどこか雑多な市場のような雰囲気へと変化した。

視線を巡らせると、通りの両脇にはカーペットが敷かれており、その上に商品が並んで人が座り込んでいる。こちらの区画では露店スタイルの販売が主なようだ。

そんな区画を突き進んでいると、リリアナがひとつの露店の前で足を止めた。

「おお、三人とも仕事はもう終わったのかい？」

「はい！　バッチリと終わったので買い物にきました！」

リリアナの言葉を聞いて嬉しそうに表情を緩めたのは中年の男性商人だった。

ふたりの気安げなやり取りからして顔馴染みのようだ。

カーペットの上にはいくつもの調味料の詰まった麻袋と重さを量るための天秤が置かれてあった。

後ろには大きなリュックが置かれており、調味料以外にも色々と商品がありそうだ。

「何を買いたいんだい？」

「こちらのシグさんが調味料を見たいそうです」

「シグだ。塩を見せてくれないか？」

「塩ならこれだな」

「確認しても？」

「ああ」

商人がこくりと頷き、俺は塩の詰まった麻袋を確認させてもらう。

どちらも綺麗な色をしており、不純物がほとんど混ざっていなかった。

「うちは錬金術師に不純物の抽出をしてもらっている。他よりも少し値は張るが質のいいものが買えるぜ？」

「そうみたいだな。塩と胡椒を五キロずつ頼む」

「十キロですか!?　そんなに必要なんですか？」

「ああ、燻製の時に多く必要だからな」

美味しく燻製するためには結構な量の塩や胡椒が必要となる。

特に大きなブロック肉ともなれば、一度の塩漬けでかなりの量を消費することになるので多めにストックしておきたい。

「ふむ。燻製が好きならチップも買うか？　オーク、リンゴ、クルミ、ブドウの蔓があるぞ」

「全部買おう。ちなみにブドウの蔓は試したことがないがどんな感じだ？」

「ワイン造りの有名なサハランで仕入れた。甘くて軽いスモークフレーバーで魚や鶏肉、チーズの燻製に合うはずだ」

　尋ねると、商人が説明しながら細かく切ったブドウの蔓を少し燃やしてくれた。

　甘くてフルーティーな香りがする。

「柔らかい蔓だから燃焼が早そうだな。短時間で香りをつけたい時や、低温での燻製に向いていそうだな。魚や鶏肉の繊細な風味を損なわず、ほのかな甘みとスモーキーさを付与することができそうだ」

「お前さん、燻製について詳しいんだな」

「シグさんの作る燻製料理はとっても美味しいですよ？」

「そうなのか？」

「……売れ残りでもよければ食うか？」

「食べる」

　商人が期待するような視線を向けてきたので、俺は自由市で売れ残った岩猪の燻製ジャーキーを渡してやった。商人はその場でジャーキーを口にすると、大きく目を見開いた。

「なんだこりゃ！　美味え！　スモーキーな香りがしっかりと染み込んでいて岩猪の肉の旨みが凝縮されてやがる！」

　驚愕の声を漏らしながら勢いよく齧りつき、あっという間にジャーキーは胃の中に収まった。

「これをもっとくれ！」

「わかった。追加で二十枚ほどやるからその分を引いておいてくれ」

「助かる！」

残っていた燻製ジャーキーをすべて渡し、その分の料金を引いてもらって塩、胡椒といった調味料と燻製材を買い上げた。

「いい商人を紹介してくれて助かったよ。ありがとう」

「どういたしまして」

まさかこんな区画にあんなに質のいい調味料を売っている露天商がいたとはな。

俺ひとりじゃ到底見つけることはできなかっただろう。これもリリアナたちのお陰だ。

露店区画を出て、大通りへと戻ってくると香ばしい匂いが漂ってきた。

通りの両脇にはたくさんの屋台が並んでいる。自由市の前に通りかかった屋台区画のようだ。

「……お腹空いた」

アトラがポツリと呟いた。

早朝に出発をし、早めに昼食を食べたためにお腹が空いてしまったようだ。

かくいう俺も自由市でずっと販売をしていたために昼食をとる余裕もなく、お腹が空いている。

「村に帰る前に少しだけ食事をしませんか？」

「そうですね。せっかく街にやってきたことですし」

提案をすると、シンシアもこくりと頷いてくれた。

どうやら彼女たちも食事をとる暇はなかったのでお腹が空いているらしい。

帰る前の腹ごしらえというわけで俺たちは屋台の方へと足を進める。

「何を食べましょうかね」

「そうだな。色々あって迷ってしまうな……おおっ！」

視線を彷徨わせているとひとつの屋台が目に入った。

「何か気になる料理でもありましたか？」

「……ああ、あそこにある串コロッケだ」

懐かしい。俺と親父がウンベルトに商売にやってきた時にもあった。

潰したジャガイモを塩と胡椒で味付けし、衣を纏わせ球状に揚げ、串に刺したシンプルな料理。

「串コロッケですか！　いいですね！」

「……久しぶりに食べる」

やや地味な料理かもしれないがリリアナたちも食べたくなったらしい。

俺たちは屋台に近づくと、串コロッケを人数分頼む。

お金を払おうとするとシンシアが素早く銅貨を渡してしまった。

「シグさんのお代は結構ですから」

「え？　そんなわけにはいきませんよ」

「シグさんのお陰でいつもより儲けさせてもらったのでこれくらいのお礼はさせてください」

マジックバッグで荷馬車ごと農作物を運んでくれたお礼ってことらしい。

「……そういうことでしたらお言葉に甘えます」

シンシアの厚意と共に串コロッケを受け取ることにした。

串には七個の丸々としたコロッケが突き刺さっており、香ばしい油の匂いを放っていた。

形や大きさが不揃いなところが気取っておらず屋台料理らしくていい。

串コロッケを受け取ると、俺たちは空いているベンチに腰かけて食べることにした。

「はふ、はふ、美味しい！」

「……ジャガイモほくほく」

「久しぶりに食べると美味しいわね」

リリアナ、アトラ、シンシアも美味しそうに串コロッケを食べている。

家族三人が並んで食べる様子はとても仲睦まじく見えた。

三人の様子を微笑ましく思いながら俺も串コロッケを口にする。

外の衣はサクッとしており、ほっくりとしたジャガイモの味わいが広がった。

揚げたてのせいか内部はかなり熱くなっているので口の中で転がして食べた。

少量の塩、胡椒だけで味付けされたシンプルな味わいが実にいい。

素朴な味わいが舌によく馴染み、次から次へと頬張ってしまう。

「シグさんも美味しいですか？」

「ああ、美味しいよ」

それに何より懐かしい。

俺が子供の頃もこうやって親父と一緒に並んで串コロッケを食べたもんだ。

一本、銅貨一枚もしない素朴な屋台料理であるが、親父との思い出が詰まっているお陰かとても美味しく感じられた。

14話　S級ギルドは取引を打ち切られる

シグが故郷で刀の製作に精を出している頃。

S級ギルド『栄光の翼』ではギルドマスターであるシュミットが各所から上がっているクレームを耳にしていた。

「冒険者が依頼に出発できないとはどういうことだ?」

「前回の遠征で損傷した装備が戻ってきていないようです」

「また工房の奴らがサボっているのか……」

秘書の説明を耳にしたシュミットは執務室を出て、ギルドにある工房へ向かうことにした。

「おい、君たち!　冒険者たちの武具の修理が終わっていないというのはどういうことだ?」

シュミットが大声を発しても工房内はシーンとしていた。

専属鍛冶師たちはそれぞれの作業に集中しており、ギルドマスターの文句に応える暇がないからだ。

いや、正確には一名だけが作業をしておらず、補助に徹している専属鍛冶師がいる。

それは工房内でも比較的若い年代のトルクであった。

先輩鍛冶師からのお前が対応をしろとの圧を受けて、トルクは仕方なくシュミットの方へ歩み寄った。

「ギルドマスター、それは当然ですよ」

「何が当然なんだ？」

「あんなにバカみたいな外部からの製作を命じておきながら遠征から戻ってきた冒険者たちの武具の修理まで手が回るはずがないですって」

「どういうことだ？　あれくらいの製作はいつもこなしていただろう？」

怪訝な表情を浮かべるシュミットに、トルクはため息をつきながら答えた。

「それはシグさんがいたからです」

「はい？」

「だから、外部からの製作のほとんどはシグさんが担当していたんですよ。そのシグさんがいなくなったから前みたいな無茶はできなくなったってことですよ」

トルクの言う通り、シグは外部からの製作依頼を一手に引き受けていた。

それはシュミットからの下される無茶な仕事によって、他の専属鍛冶師たちが潰れないように配慮していたのだろう。

当然ながら他の専属鍛冶師たちはそのことを理解しており、シグのお陰でギリギリながらも業務が回っていた。

「何を言っているんだ？　たったひとりの専属鍛冶師が辞めたくらいで作業が滞るわけがないだろう？」

「いや、こうして滞っているのが現状ですよ。というかギルドマスターこそなんでシグさんを辞めさせちゃったんですか？　ギルドを統括している立場であれば、彼が抜ければこうなることくらいわかっていましたよね？」

トルクをはじめとする専属鍛冶師たちの視線はわかりやすいものだ。

ここにいる全員が、ギルドのマネジメントを役割としているシュミットの無能さをなじっているかのようであった。

「シュミット様、製作を発注してくださっている方々が応接室にいらしています」

「とにかく、今週までには急いで仕上げろ！」

プライドの高いシュミットは自身の人員管理のミスを認めることができない。

秘書の助け舟に乗る形でシュミットは指示を出し、工房を出て応接室に向かった。

ギルドの応接室に集まっていたのは『栄光の翼』に製作依頼を出している取引先であった。

服飾店、解体屋、革職人、細工職人といった面々の代表者が集っている。

「おやおや、本日は皆さん、お揃いでどのようなご用件でしょう？」

「これ」

来客用の笑みを浮かべるシュミットの前に、装飾店の代表である女性が鋏をテーブルに載せた。

「はい？」

「……シグさんが作ったものじゃないでしょう？」

「こっちの肉切り包丁もだ」

「私の裁断包丁も違う方が作られましたよね？」

鋏だけでなく、解体屋の肉切り包丁、革職人の裁断鋏と次々と金物が置かれていった。

「私にはわかりかねますが、恐らくは別の専属鍛冶師だと思います。何かご不満な点があれば、すぐに作り直しを――」

「別にいいわ。ちゃんと彼に作り直させてくれるんだったら今回のことは許してあげる」

女性の言葉に同意するように他の面々も頷いた。

その言葉を聞いてシュミットは焦る。

「……それはできません」

「どうして？　こっちは不良品が混じっていたのを見なかったことにして穏便に済ませようって言っているのよ？」

「それがシグは二週間ほど前にギルドを退職いたしましまして……」

「「はぁ？」」

シュミットの言葉を聞いて、押し寄せた面々は間抜けな声を漏らした。

「困るのよね。うちの取り扱っている衣類は魔物の素材を利用したもので、彼の作ってくれた鋏じゃないと綺麗に裁断することができないの……」

「うちも同じだ。解体屋には解体することの難しい魔物たちが毎日運ばれるんだ。シグの作ってくれた包丁がねえと解体することが難しい」

「私が使用している革も同じですよ」

「もう一度チャンスをいただけないでしょうか？　恐れながら当ギルドにはシグ以外にも優秀な専属鍛冶師がおりまして――」

「悪いけど、『栄光の翼』との取引は終了とさせてもらうわ」

「俺も同じだ」

「ええ、話になりません」

「な、なぜです⁉」
シグが行っている鍛錬は極東由来のものであり、この国の鍛冶師には誰にも真似できない。
シグと親交のあった取引先の者たちはそれを重々理解していたが、彼を過剰に過小評価している
シュミットにわかるはずもない。
「数ある工房の中でなぜ『栄光の翼』を選んでいたかわかる？　それは優秀な刀鍛冶であるシグが
いたからよ」
「シグがいないのであれば、継続的に取引をする価値はない」
「右に同じですね。やれやれ、彼は一体どこに行ったのでしょう？　私を満足させることのできる
裁断鋏を作ることのできるのは彼だけなのですが……」
シグの重要さをまるで理解していなかったシュミットは、この日だけで長年の取引先を七件失う
のであった。

15話　刀鍛冶は共同で農業をする

ウンベルトからフォルカ村に帰ってきた翌日。俺は工房にて自由市での反省会を行っていた。

売れた製作品は短刀が三本。他に販売していた包丁、鋏、鍬、鉈、鎌は売れていなかった。

「もしかすると、ウンベルトでは農具が売れないのか？」

俺と親父が販売していた頃は開拓の最中だったために斧、鍬、鎌といった開拓道具がそこそこ売れていた。

だが、俺がいなくなっていた十五年の間で開拓はかなり進み、今は未開拓領域に棲息している魔物を狩ることで発展していると聞く。だとすると、今欲しいのは開拓に必要な農具ではなく、魔物を狩るために必要な武器なのかもしれない。

しかし、自由市にやってくるのはウンベルトの市民だけではない。俺たちのように外の村からやってくる者もいたので完全に需要がないとは言い切れない。

今回やってきてくれたトールは冒険者、ガーランドは衛兵だ。ふたりが農具に興味を示さないのは当然だし、まだ見切りをつけるのは早い気がする。

ウンベルトには俺の腕前も大して広まっていないし、自由市で販売をするのは十五年ぶりなので初めてといっても等しいからな。もう何度か足を運んで様子を見るのがいいだろう。

たった一回の販売だけじゃあまりにもデータが少ない。

とりあえず、俺がやるべきことは次回の販売に備えた商品を作ることだ。

まずは好評だった短刀の数を増やすとして、リリアナから好評な矢じりも作ろう。

「……あとはショートソードやロングソードだな」

本当は刀だけを作りたいんだが、ウンベルトの人にとっては見慣れない異国の武器だからな。

馴染みのある武器を作らなければ、職人としての俺の力量を見極めることも難しいに違いない。

あくまでショートソードとロングソードは俺の力量を知ってもらうための入口だ。そこから俺の作った刀を気に入り、使ってくれる人が現れればいい。

「よし、ドンドン作っていくか！」

頬を叩いて気合を入れると、俺は次の販売のための商品を作ることにした。

●

ウンベルトでの二回目の販売に備えて短刀やショートソード、ロングソードなどをひたすらに作り上げる生活をして一週間が経過した。

朝から夜まで工房に籠ってはひたすらに商品を作る日々。ギルドにいた時のように納期に追われることもなく、人間関係に煩わされることなく鍛冶に没頭できるのは最高なのだが、一週間も連続で仕事をしていれば疲れるものだ。

「……少し休憩するか」

短刀の研ぎに区切りをつけると、俺は道具を片付けて工房の外に出ることにした。

扉を開けて外に出ると、陽光の眩しさに思わず目を細めてしまう。

数秒ほどすると目が明るさに慣れてきたので思うままに適当に歩いていく。

「最近は随分と暖かくなってきたな」

気温は温かく、降り注ぐ太陽の光がポカポカとしていた。

自宅と工房を行き来するだけの生活をしていると、どうにも季節感が鈍くなってしまう。

たまにはこんな風に散歩をしておかないとな。

そんなことをぼんやりと考えながら歩いていると、いつの間にか畑に差し掛かっており、アトラとリリアナがしゃがみ込んで農作業をしていた。

どうやら無意識に馴染みある場所に足を運んでいたようだ。

ここまでやってきたのに引き返すのも変だし、声をかけずに通り過ぎるのも変だなと考え込んでいるとアトラと視線が合った。

「……あ、シグ」

「やあ、ふたりとも」

「お散歩ですか？」

「ちょっとした気分転換でな」

「最近、見かけませんでしたけど、また工房に籠っていたんですか？」

「次の自由市で販売するためのものをな」

「お仕事熱心なのはいいことですけど、たまには顔を出してくださいね？　工房で倒れているんじゃないかって心配になっちゃいます」

「あはは、わかったよ」

なんだか年寄りのような心配のされ方をしている気がするが、アトラとリリアナからすれば俺は立派なおっさんなので仕方ないのかもしれない。

「ふたりは農作業か？」

「雑草を抜いています」

「これだけ畑が広いと大変そうだな」

作業自体は簡単かもしれないが、これだけ広い範囲の雑草を除去するのはとても大変そうだ。

民家の周囲に広がっているいくつもの畑を眺めていると、アトラが裾を引っ張ってくる。

「……シグも手伝って」

「こら、アトラ！」

「ははは、いいぞ。雑草抜きもいい気分転換になるからな」

俺は手袋を装着し、アトラとリリアナと一緒に雑草抜きに従事することにした。

畑に入ると早速畝の傍に生えている雑草が見えた。

しゃがみ込んで雑草に手を伸ばすと、僅かな抵抗感があったがブチリと音を立てて根っこから引き抜くことができた。続けて俺は隣に生えている雑草に手を伸ばしていく。

「懐かしいな。こんな風に畑仕事をやるなんて何年ぶりだろう」

「シグさんも昔は農作業をやっていたんですか？」

「子供の頃に少しだけな」

「少しだけってことは途中でやめちゃったんですか？」

「母さんが亡くなったからな」

「あ、ごめんなさい」

「いや、俺もこんな年齢だ。もう気にしていないから謝らなくていいさ」

リリアナが申し訳なさそうに目を伏せるが、さすがに俺もいい大人だ。

両親が亡くなったことに折り合いはついている。

「農作業も続けたかったんだが刀鍛冶の仕事や修行で忙しかったからな」

子供の頃の俺は今よりも未熟だったから農作業までは手が回らなかったんだ。

親父も母さんの畑は残したかったみたいだが、農作業が壊滅的に下手だったし、ずぼらな性格をしていたからな。

「じゃあ、今はどうなんですか？」

「え、今？　農作業をやりたい気持ちはあるが、さすがにひとりでやるには時間がなぁ……」

あの頃に比べると、確かに俺は遥かに多くのことができるようになったが、それでも一から畑をやるほどの余裕はない。

「でしたら、私たちと共同で農業をしませんか？」

現実的な障害について考えていると、別の畑で作業をしていたらしいシンシアがやってくる。

「共同というのは？」

「私たちの畑を一緒に管理するんです。主に仕事をするのは私たちでシグさんは空いている時間に参加してくれればいいんです。もちろん、鍛冶仕事が忙しい時は無理しなくても大丈夫です」

「ええ？　そんなやり方があるんですか？」

もちろん、仕事量によって分配される作物の量は変わるだろうが、いくら何でも俺にとって都合がよすぎるんじゃないだろうか。

「農家の中ではよくあるやり方ですよ？」

リリアナによると、どうやら農家の中では珍しくないやり方らしい。

数人で大きな畑を借り、協力しながら農作業を行う。

俺のように農作業をやりたいと思ってはいるものの他の仕事で忙しく、農作業ができない者のための相互扶助の仕組みのようだ。

「俺はともかくシンシアさんたちにメリットはあるんですか？」

「収穫期にはどうしても人手が欲しくなりますし、開墾作業は男手があると助かります。それに先日のようにウンベルトまで同行していただけると私たちもとても心強いので」

「なるほど。ウンベルトでの販売は毎回同行できる保証はないですが、それでも大丈夫ですか？」

「はい。たまにでも大助かりですから」

「それでよければ、是非俺も参加させてください」

鍛冶の合間にたまに参加する程度であれば、俺でも十分に農作業をすることができる。俺にとっても願ったり叶ったりの条件であった。

「農作業でもよろしくお願いしますね」

「……シグと一緒に働けて嬉しい」

「たまにの参加になると思うがよろしく頼む」

こうして俺はリリアナ一家と一緒に共同農業をやることになったのだった。

16話　刀鍛冶は春キャベツを収穫する

「シグさん！　直近で早朝から農作業のできる日ってありますか？」

リリアナ一家と共同農業をするようになってから三日後。

工房の外で休憩しているとリリアナが尋ねてきた。

直近ということはできるだけ急いでやりたい作業なのだろう。

俺は現在進めている製作工程を思い浮かべる。

明日も参加できなくはないが短刀の研ぎ作業が終わっていないので、それを一気に仕上げてから参加したい。

「明後日なら空いているが何をするんだ？」

「収穫をお願いします！」

「おお、収穫か。それは楽しみだな」

農作業の喜びといえば、作物の収穫。

まだ共同農業を始めて間もないが、収穫の喜びを味わえるとは嬉しいものだ。

「では、明後日にお願いします！」

「ああ、わかった」

約束を取り交わすと、リリアナは手を振って走り去った。

収穫期になると人手が足りなくなるとシンシアが言っていた。

摘芽や摘果といった作業は慣れていないと無理だが、単純な収穫作業であれば俺でも力になれるだろう。

「とりあえず、目の前の作業を終わらせるか」

その日と翌日は鍛冶に集中して残っていた研ぎを終わらせる。

そして、リリアナと約束した収穫の日となった。

朝日が昇るよりも前に起床し、準備を整えるとリリアナ一家の畑に向かう。

春を過ぎて暖かくなってきたが早朝ともなると涼しいものだ。若干の肌寒さを感じるが身体を動かせば気にならなくなるだろう。

てくてくと歩いていると十分もかからない内にリリアナ一家の畑に着いた。

家の前には既にリリアナ、アトラが待機していた。

「シグさん、おはようございます！」

「……おはよう」

合流すると、リリアナとアトラが元気な声で挨拶をしてくれた。

若さという名のエネルギーを感じるな。

「ああ、おはよう」

まだ眠気の残っている俺と違ってふたりともとても元気だ。

農家なので早朝からの作業に慣れているのだろう。

「シンシアさんは？」

「お母さんなら畑で準備をしているので向かいましょう」

「わかった」

今回収穫する作物は家から少し離れたところにあるようなので裏手の方へ移動する。

「今日は何を収穫するんだ？」

「春キャベツです」

この時期の収穫になると、恐らく秋に撒いたものなのだろう。

友人の畑で収穫を手伝ったことは何度もあるがキャベツを収穫するのは初めてだ。

「着きました」

畦道を突き進むこと五分。前を歩いていたリリアナとアトラが足を止めた。

「……これ全部春キャベツなのか？」

「そうです！」

キャベツの葉は大きく広がっており、外側の葉は巻き込むようにして内側の柔らかな部分を包み込んでいる。葉の表面には朝露が残っており、小さな水滴が宝石のように輝いていた。

そんな美しい実をつけた畝が遠くまで伸びている。

「ここ一面を収穫するのは確かに大変だな」

「ここだけじゃなくて向こうの畑も私たちのものですよ？」

「ええ」

目の前にある広大な畑だけじゃなく、その奥に広がっている畑もリリアナたちのものらしい。

「一緒に頑張りましょう！」

「……頼りにしてる」

俺、共同農業をする相手を間違えてしまったかもしれない。

なんて思う気持ちもなくはないがリリアナとアトラからキラキラした視線を向けられると、そんなことは言えないな。

最低限の働きくらいはできるように頑張ろう。

「シグさん、今日はよろしくお願いします」

「こちらこそよろしくお願いします」

畑にたどり着くと、収穫のための準備をしていたシンシアと挨拶を交わす。

「シグさんはキャベツの収穫方法はご存知ですか？」

「いえ、初めてなので説明をお願いします」

「わかりました」

シンシアはこくりと頷くと、手身近なキャベツの傍に移動した。

「まず収穫できるかどうかの見分け方ですが、このくらいの大きさの結球を手で押してみて判断してください。葉がある程度硬くなっていて弾力があるものが理想です。これはいい感じですね」

「なるほど」

実際に結球を手で押させてもらい適期のキャベツの感覚を把握する。

あまり硬すぎると過熱状態となってしまい、柔らかすぎると成長途中のようらしい。

硬すぎても柔らかすぎてもダメというのは、まるで鉄のようだな。

他には外葉や根元がしっかりしているかを確認して判断するようだ。

外葉が萎れていたり、根元が腐っていて弱々しい場合は何かしらの病気の可能性や適期ではない可能性が高いので収穫しなくていいそうだ。

「収穫のやり方は球を斜めにし、外葉を押し広げて隙間を作って包丁で根元を切ります」

気が付くとシンシアの右手にはキャベツが収まっていた。

「こんな感じです」

シンシアがキャベツを持ち上げてみせる。

丸々としたキャベツが大きいのか、シンシアの顔が小さいのか判断がつかなかった。

「なるほど。俺もやってみます」

シンシアのお手本を意識し、俺もキャベツの収穫を試みることに。

手袋を装着すると、まずはキャベツが適期かを確かめる。

結球を押してみると確かな硬さと弾力があったので問題なかったので収穫だ。

キャベツの外葉をぐぐっと外側に押し倒し、球を斜めに持ち上げる。

「えーっと、芯はここですか？」

「そこだとお尻も切っちゃうのでもう少し下です」

大きな外葉が結球を包み込んでいるのでどこが根元なのかわかりづらい。

シンシアにアドバイスをもらいながら位置を決め、優しく包丁を入れた。

軽く刃を当てて引くだけで球と根元が切り離される。

「どうですか？」

「はい、バッチリです」

「シグさん、お上手ですよ」

「……初めてにしては中々」

シンシア、リリアナ、アトラが口々に褒めてくれる。

ややもたついてしまったので少しだけ恥ずかしかったが、この感じで収穫をしていけば問題ないようだ。

「では、この調子でドンドンお願いします」

「はい」

今いる畝は俺の担当となり、右側をリリアナ、左側をアトラ、その奥をシンシアが担当する形となった。

俺が挟まれる形になっているのは困った時にはふたりがすぐにフォローできるようにだろう。とても助かる。

「よし、ドンドン収穫していこう」

さっきの感覚を忘れないように身体を動かしていこう。

結球の感触を確かめると、手で外葉を押し広げて球の根元に包丁を差し込む。

俺の作った包丁は分厚い芯をあっさりと断ち切ってくれた。

丸々とした大きなキャベツだな。ずっしりと重さもあって実に美味しそうだ。

「あ、収穫したキャベツは外葉の上に置いておけばいいですよ。後でまとめて木箱に詰めるので」

「わかった」

確かに一個収穫しては箱に詰めていっては時間がかかってしまうからな。

外葉が分厚くいいクッションになってくれるので、その上に置いておけば問題ないのだろう。

言われた通りにキャベツを外葉の上に置いて、次のキャベツに取り掛かる。

そうやってキャベツの収穫をしていると、隣の畝を担当しているリリアナとアトラが随分と前にいることに気付いた。

リリアナの動きを観察していると、外葉をすぐに押し広げると素早く包丁を動かしてキャベツを収穫していた。左前にいるアトラもそれに匹敵するような速度で収穫している。

「ふたりともさすがだな」

「何度も収穫していますから」

「……シグはもっと精進する」

リリアナは苦笑いしながら傷んだ葉を包丁で手早く落とし、アトラは鼻の穴を膨らませて胸を張っていた。

「はい、頑張ります。アトラの親方」

「……師匠がいい」

どうやら親方呼びは気に入らないらしい。

「アトラ師匠」

言い直すと、アトラは満足したように頷いた。

俺はふたりからアドバイスを貰うと、それを参考にしながらキャベツを収穫していくのだった。

「シグさん、今日の分はここで終わりです」

「わかった」

数時間ほど作業をするとリリアナから終了の声がかかった。

畝に残っている最後のキャベツを収穫すると、俺はふうと息を吐いた。

気が付けば朝日はとっくに昇り切っており、昼に差し掛かるような時間帯となっていた。

空はどこまでも青く、白い雲がゆっくりと流れている。

鍛冶と燻製以外のことでこんなにも真剣に作業をしたのはいつぶりだろうか。それなりに疲労は感じているが心地よい達成感のようなものも感じていた。

たまには鍛冶以外の仕事をやるのもいいな。

「収穫したキャベツはどうするんだ？」

「洗ったものは乾燥させて、それ以外のものは木箱に詰めましょう」

「なら俺のマジックバッグに保管しておくか」

「あ、そうですね！　お願いします！」

その方が鮮度が落ちないし、詰め込みも楽だからな。

マジックバッグに収穫したキャベツを詰め込んでいく。

「キャベツいきます！」

「……ほい、シグ」

俺が収納していると、リリアナとアトラが左右からキャベツを放り投げてくる。

順番にキャベツを受け取ると、そのままマジックバッグに収納していく。

進んでいるだけでキャベツが集まってくるので楽だな。

効率はかなりいいが落としたら傷んでしまうので受け取る方は少しだけ怖いけど。

マジックバッグへの収納が終わると、俺たちはキャベツを木箱へと移し替える。

地味な作業ではあるが三人でやってしまえばあっという間だ。

「これで今日の仕事は終わりか？」

「はい、終わりです。こちらがシグさんの分です」

「ありがとう」

収穫した分の中からいくつかを報酬として貰う。

「にしても、収穫作業しかしていないのにこれだけ貰うのは気が引けるな」

「これは正当な労働の対価なので気にしないでください」

「そうか。すまないな」

「……次は一から作ろう」

最後の収穫作業をしただけなので貰うのは少し気が引けたが、これはリリアナとアトラから強く言われたのでしっかりと受け取ることにした。

この分は継続的に農作業を手伝い、貢献することでお返ししよう。

「シグさん、よかったら昼食を食べていきませんかー？」

収穫作業が完了すると、家の中からエプロンを着けたシンシアが出てきた。

終盤から見かけないと思っていたが俺たちのために昼食を作ってくれていたらしい。

「いいんですか？　ありがとうございます！」

ちょうどお腹も空いていたので昼食を同席させてもらうことにする。

「今日は天気もいいので外で食べましょう」

外テーブルの上にシンシアが料理を並べていき、リリアナ、アトラがお皿を並べていく。

俺も手伝おうとしたが座っているように言われたので大人しく座って待つことにした。

「春キャベツとベーコンのペペロンチーノ、春キャベツのスープ、春キャベツのサラダです」

テーブルの上には春キャベツを使った彩り豊かな料理が並んでいく。

俺ひとりで調理をしても絶対にこんなメニューにはならないだろうな。

精々が燻すか、そのまま焼いてステーキにするくらいだろう。

「どれも美味しそう！」

「早速、いただいてもいいですか？」

「どうぞ」

昼食の準備が整ったところで俺はフォークを手にし、春キャベツのサラダを味わうことにした。

「シャキシャキとして甘い！　普通のキャベツとは全然違うな！」

キャベツの新鮮な甘みとシャキシャキとした食感が口の中に広がった。

「春キャベツは通常のキャベツに比べて、葉が柔らかくて甘みも強いですから」

「なるほど」

ずっと外で作業をしていたためキャベツの瑞々しさが身体に嬉しい。フレッシュな食材に身体が喜んでいるのがよくわかる。

レモンをベースにしたソースが爽やかだ。

ソースの酸味がキャベツの甘さを引き立てており、いくらでも食べられる。

「お母さん、チーズちょうだい！」

「どうぞ」

リリアナとアトラは食べ進めている途中でパルメザンチーズを振りかけた。

俺も真似してパルメザンチーズをかけてみると、コクと塩気が加わり全体の味が引き締まった。

さすがは農家の娘たち。自分たちが育てた収穫物の美味しい食べ方を知っている。

サラダを食べると、次は春キャベツのパスタだ。

ニンニクの香ばしい匂いが食欲をそそる。

フォークを麺に巻き付けて口へと運ぶと、アルデンテに茹でられたスパゲッティはオリーブソースとの相性がよく、春キャベツとベーコンの風味をしっかりと吸収していた。

「春キャベツが甘くて美味しい！」

軽く炒めることで春キャベツの自然な甘さが引き立っており、シャキシャキとした食感がいいアクセントになっている。

「いくらでも食べられる！」

「……ペペロンチーノ美味しい」

リリアナとアトラもパスタを気に入っており、次々と口へ運んでいる。

春キャベツの甘みだけでなく、ベーコンの塩気ともマッチしているのでグングンと食べ進められる。

食べ盛りの子供たちには嬉しい一品なのだろう。

パスタを食べ進めたところで、次は春キャベツのスープをいただく。

琥珀色のスープの上には大きな春キャベツが鎮座しており、その周囲には細かく刻んだベーコン、グリーンピース、ジャガイモなどが浮いていた。

食べやすい大きさにしようとフォークで突くと、キャベツはあっさりと崩れた。

キャベツの美味しさを味わうために敢えて大きめのサイズで食べる。

「これは甘みがすごい……ッ！」

じっくりと煮込まれているお陰で春キャベツはとても柔らかく、甘みが最大限に引き出されていた。

「春キャベツだけでなく、他の野菜の旨みも出てる」

「……スープうまうま」

スープの味わい深さにリリアナは唸りを上げ、アトラは独特な感想を漏らしながらも匙《さじ》を動かし続けていた。

パンを浸して食べると、スープの旨みを吸い上げてくれる。二度美味しい。

夢中になって食べ進めると、あっという間に俺たちの前にある皿は空になった。

「お口に合いましたか？」

「はい、とても」

「それはよかったです」

頷くと、シンシアが嬉しそうに笑った。

キャベツを収穫するのは少し大変だったが、収穫後にシンシアの手料理を味わえるだけでも十分に価値があるんじゃないかと思える。

村でお手伝いを募集したら分け前なんてなくても男たちが押し寄せてきそうだ。

「シグさん、またウンベルトに向かう用事ってありますか？」

昼食の片付けを手伝っていると、リリアナが尋ねてくる。

春キャベツを収穫したのでまたウンベルトに卸したいと考えているのだろう。

前回、自由市に行ってから十日以上が経過している。

自由市で販売できる製作物は十分にあるし、そろそろ二回目の販売に向かいたいと思っていた。

「二日後くらいに向かおうと思っている。よかったら一緒に行くか？」

「是非、お願いします！」

あまり日にちを空けると、トールやガーランドにも顔を忘れられてしまいそうだしな。

次は前回よりも売れるといいな。

17話　刀鍛冶は幻の燻製屋となる？

春キャベツを収穫した二日後。

俺、リリアナ、アトラ、シンシアは再びウンベルトに向かった。

前回と同様にリリアナたちの荷馬車をマジックバッグに収納し、ほとんど手ぶらでの道のりとなる。

一度往復したことでフォルカ村とウンベルトの間を横たわる森の地形も思い出し、さほど苦労することなくウンベルトにたどり着くことができた。

安全なのはいいが、この道のりの遠さはいただけないな。

往復に最低でも六時間はかかってしまうのでほぼ一日が潰れる。

馬に乗って向かえば時間は短縮できそうだがひとりで面倒を見る自信がないし、まだこちらでの稼ぎが安定してあるわけでもない。貯金は十分にあるとはいえ、刀製作をするための資金が足りなくなってしまっては本末転倒だ。ここは様子を見ながら対策を考えよう。

そんなことを考えていると城門にたどり着き、衛兵によるチェックを受けることになる。

「あれ？　ガーランドさんは？」

前回、ここの城門でチェックをしていたガーランドがいない。

二週間ぶりに顔を出したし、買ってくれた短刀の使い心地を聞いておきたかったのだが。

「ガーランドさんなら巡回に出ています。自由市も警備コースなのでもしかしたら会えるかもしれません」

「そうですか。ありがとうございます」

あの人は街の衛兵を束ねる立場の人だ。ずっと城門の警備だけをしているわけではないのだろう。気を利かせてくれた若い衛兵に礼を言い、街の中に入った。

「では、私たちは卸しに行ってきます！」

「……シグ、また後で」

「わかった」

卸し作業のあるリリアナ、アトラ、シンシアとは城門前広場で別れ、俺は自由市へ向かう。

自由市の入口で受付をし、銀貨を払って仮設屋台と販売許可の木札を貰うと、前回と同じ場所で販売の準備をする。

早い時間に到着したからか大通り沿いのいい販売スペースはあったが、あまりコロコロと場所を変えるとお客が混乱してしまう可能性もあるからな。前回と同じ場所で販売することにした。

仮設屋台を組み立てて、マジックバッグから本日販売する品物を出していく。

今日は前回好評だった短刀を多めにし、ショートソードとロングソードもラインアップに加えた。

異国の武器に馴染みのない冒険者でもこれさえあれば、俺の力量をわかってくれるんじゃないだろうか。

そんな期待をしながら商品を陳列していくと、俺の屋台の前に人が並んでいた。

え？　これって……？　俺の屋台の前に並んでいるのか？

いや、でも実は隣の屋台とかだったら恥ずかしい。

「あの、もしかして、俺の店に並んでます？」

「ああ、そうだ。俺たちはお前さんが店を開くのを待っているんだ」

おそるおそる尋ねてみると、先頭に並んでいる冒険者風の男性がきっぱりと告げた。

どうやら本当に俺の屋台の客らしい。

並んでいる客を見たところ冒険者、行商人、市民と様々な人種の者がいる。

前回短刀を買ってくれたトールとガーランドが俺の評判を広めてくれたとか？

もし、そうであったらふたりには感謝しないとな。

これだけのお客がいれば、刀だって売れるかもしれない。

「少々お待ちください！　すぐに開きますので！」

「ああ」

お客さんを待たせるわけにはいかない。

俺は急いで屋台の準備をし、営業態勢を整えた。

「さあ、どうぞ！　見ていってください！　本日は短刀に加え、ショートソードやロングソードも――」

「岩猪の燻製ジャーキーをくれ！」

「え？　燻製ジャーキーですか？」

「ああ、そこにある瓶詰めのやつだ」

俺がきょとんとした反応を見せると、先頭にいた冒険者風の男は燻製品を指さした。

俺の趣味で売り出している燻製品だが、求められれば売らないわけにはいかない。

「あ、はい。これですね。一瓶で銅貨八枚です」

「うむ」

男は燻製品を受け取ると、用は済んだとばかりに屋台から離れた。

あれ？　俺の製作物は？　そっちには興味がないのか？

……まあ、これだけ人が集まれば、そういった癖のある人がひとりやふたりは紛れ込むだろう。

「えっと、次の方……」

「燻製ジャーキーをふたつ、燻製パウダーをひとつくれ」

気を取り直して次の客を応対すると、またしても燻製品を所望された。

「……あのよければ刀や短刀など――」

「俺には槍があるし必要ねえ。燻製品、貰っていいか？」

「あ、はい。合計で銀貨二枚になります」

槍使いの男は銀貨二枚を支払うと、ご機嫌な様子で燻製品を手にすると去っていった。

まあ、槍使いの人はしょうがない。自分に合わない武器を買っても仕方がないからな。

槍使いの人の次にやってきたのは、大きなリュックを背負った行商人だ。

行商人は各地で商品を仕入れ、それを別の土地で売り払って生計を立てる者だ。

行商人であれば、俺の作った刀や短刀を購入する可能性が多いにある。

「いらっしゃいませ。本日は何をご所望でしょう？」

「燻製品をください」

またしても燻製品と即答。

なんだ？　どうしてこれほどまでに燻製品ばかりが売れるんだ？

困惑しながら清算を済ませると、燻製品を手にした行商人が目の前で食べた。

「おお、これが幻の燻製品……ッ！　噛めば噛むほどに深い旨みとスモーキーな味わいが広がる！」

「……幻の燻製品ですか？」

列の原因が気になって俺は行商人に尋ねた。

「自由市に美味な燻製品が販売されていると噂が流れているんです」

「つまり、ここに並んでいる人たちは燻製品を求めに？」

「はい、ウンベルトの美食家たちですね」

ちなみにさっきの槍使いの男は有名なソロ冒険者であり、美食家としても有名のようだ。

「あの燻製品だけでなく刀や短刀はいかがですか？　他にもショートソードやロングソードもありますよ？」

「申し訳ありません。私は美味なる食品だけを取り扱っている行商人でして、他の商品については取り扱っておらず……」

「そ、そうですか」

逆になんでそんな変な行商人がくるんだか……。

「また足を運びますので、その時はよろしくお願いします」

「あ、はい。ありがとうございました」

行商人は丁寧に一礼をすると、大きなリュックの重さを感じさせない足取りで去っていった。

「ここか！　幻の燻製品が買えるって店は！　岩猪の燻製ジャーキーをくれ！」

「あたしは燻製ナッツをお願い！」

「こっちは燻製オリーブオイルを頼む！」

行商人がいなくなると、後ろに並んでいる美食家たちが次々と押し寄せてくる。

「……うちは燻製屋じゃなく刀鍛冶なんだがなぁ」

そんな俺の複雑な心境は誰にも伝わらず、燻製品だけが飛ぶように売れていくのだった。

●

燻製品が売り切れると、並んでいた美食家たちは綺麗に消えてしまった。

どうやら本当に食に目がないだけの一般人がほとんどだったらしい。

燻製品のお陰で今日の売上はかなりのもの。何も売れないよりかはマシだが刀鍛冶としては素直に喜べないところである。

販売スペースが空いたので製作物を並べていると、お店の前に誰かがやってきた。

「少しええか？」

「……燻製品ならありませんよ？」

「燻製品？　僕はそんなのは目当てできたんちゃうよ」

燻製品が目当てではない。その台詞を聞いた瞬間、俺は勢いよく顔を上げた。

顔を上げると、真っ黒な髪を切り揃えた糸目の男性がいた。

「いらっしゃいませ！」

「なんや急に手を握ってきて⁉　気色悪い！　僕が初めての客ってわけでもないやろ？」

「燻製品目当てではない今日初めて客なんだ！」

今の俺にはこの男性が神様に見える。

ちゃんと俺の製作物を見に来てくれる人がいるだなんて。

鍛冶屋なのに燻製品しか売れなかった本日の経緯を説明すると、男性は同情した様子だった。

話をしたところで解決するわけでもないが、誰かが受け止めてくれるだけで嬉しかった。

「なあ、後ろにある刀を見せてくれへん？」

「刀を知っているのか？」

「見たらわかる通り、僕は極東人やから」

自らの身体を指し示して、黒髪の男性が言う。

T字型の長いローブで襟元から足下まで一直線に落ちている。袖は幅広で袖口が大きく開いていた。

これは極東服と呼ばれる極東人が身に纏う衣服だ。

黒髪黒目という見た目もあり、間違いなくこの男性は極東人であった。

18話　刀鍛冶は極東の商人と出会う

「わかった。好きに見てくれ」

「おおきに」

後ろに掛けてある刀を渡すと、極東人の男性はうやうやしく受け取った。

今まで会ったことのある極東人は親父と楓くらいであったが、そのどちらとも雰囲気が違うし、口調も独特だ。極東人にも色々な人がいるんだな。

男性がゆっくりと鞘から刀身を引き抜く。

刀身だけでなく、鞘、柄といった刀の細部までをじっくりと観察している。

思えば、楓以外の極東人に刀を見せるのは初めてだな。

本場の人間が俺の製作した刀を見てどのように思うのだろう。なんだか緊張する。

男性はしばらく刀を観察した末に言った。

「……いやー、ここに刀を作る職人がいるって聞いて張っていたけど粘って正解やわ」

「満足できる出来だったか？」

「ああ！　正直に言うと王国人が作る刀なんて極東の刀に勝るはずがないと思っていたけど、これは見事にやられたわ。極東でも稀にしか見ることのできない一級品やな」

「そうか」

見た目によらずハッキリとした物言いをする極東人だ。

だけど、男性に悪意がまったくなかったので不快に思うことはなかった。

それに刀の本場は極東だからな。極東人である彼が刀にプライドを持っているのは何もおかしくはない。

「そうかって……これがどんだけすごいことかわかってるんか？」

「正直、よくわかってない。俺は極東の刀をほとんど見たことがないからな」

「見たことがない？　君、極東で修行を積んだんと違うんか？」

「違うな。親父から教えてもらっただけだ」

「その親父さんは極東人……？」

「ああ、昔は極東で刀鍛冶をやっていたと聞いた」

「名前は？」

「アードルグだ。知っているか？　かなり腕のいい刀鍛冶のはずなんだが……」

「それって君より上なん？」

「ああ」

「これより上ってなると思い当たるのは……」

「いるのか⁉」

「――いや、憶測でしかないしやめておこう」

「憶測でもいいんだ」

親父に関する情報があれば、何でも欲しい。

思わず問い詰めると、男性がやれやれとばかりに肩をすくめた。

妙に芝居がかった仕草が様になる奴だ。

「ならせめて苗字だけでもわからんの？」

「苗字？」

「極東人には皆、苗字っていう家名を表すものがついているんや」

だとすると、親父には極東人としての名前が別にあるってことなのか？

「まあ、親父さんのことは置いておいて商売の話をしよう」

親父のことは非常に気になるが、今は目の前の商売のことが先だ。

俺は深呼吸をして居住まいを正す。

「自己紹介が遅れたけど、僕は村雨息吹《むらさめいぶき》。極東からやってきた行商人や」

「刀鍛冶のシグだ」

「シグ、君の刀を僕に売ってくれへん？」

「それは構わないがイブキが使うのか？」

「いや、僕がシグの作った刀を王国人に売りつける。僕は極東品を中心とした商売を王国でしたいって思ってるねん」

「なんでわざわざこっちで商売をするんだ？」

「王国と極東の貿易は始まったばかりやろ？　王国人のほとんどは極東の商品や文化を知らんし、こっちには広まってない。つまり、こっちには競争相手がおらず、上手くいけば市場を独占し高い利益を出すことができるんや！　それに――」

尋ねると、イブキはこちらで商売をする理由を熱く語ってくれた。

うん、俺には商売のことはわからないが、イブキはこちらで挑戦をしたいようだ。

「イブキが王国で商売をしたいことはわかったが、どうして俺の作った刀なんだ？　刀も極東から仕入れればいいだろう？」

「それはそうなんやけど、自分のような力のない行商人があっちでいい刀を仕入れるのは難しくてな。本国の腕のいい刀鍛冶師の大抵は将軍家か大名のお抱えなんよ」

もっともな質問を投げかけると、イブキが苦笑しながら頬を掻いた。

極東でいう将軍とはこちらにおける国王のことで、大名は貴族に値する。

つまり、腕のいい刀鍛冶は特権階級の者たちが抱え込んでおり、イブキのような駆け出しの行商人では依頼を頼むことも引き抜くこともできないようだ。

「せやからはじめは刀以外の極東品を売って地道にやっていこうと思ったけど、ここに腕のいい鍛冶師を見つけたってわけや」

「なるほど」

「というわけで、改めて僕に刀を売ってくれへん？」

イブキがこちらを見据えながら頼み込んでくる。

まだ出会って短い間柄であるが、彼が生粋の商売人でありながら極東文化を愛しており、自国の名産品である刀に誇りを持っていることは伝わった。

イブキであれば俺の作った刀を粗雑に扱うことはないし、妙な客に売り払うこともないだろう。

「いいぞ」

「ほんま？　ありがとう！」

こくりと頷くと、イブキが感激して俺の手を握ってきた。

「おいおい、急に手を握ってきてどうした？　もしかして、僕が初めての取引先なのか？」

「ああ、実はそうなんや」

イブキがそう答えると、俺たちはどちらともなく笑った。

「さて、刀の買い取りなんやけど……」

「金貨二百枚だ」

「わかった。二本くれる？」

刀の金額を告げると、イブキは一切値切ることなく頷き、さらに追加で一本を要求した。

「そんなにお金はあるのか？」

「あるよ。極東の品を持ち込んでそれなりに稼いだ」

イブキは懐から巾着袋を開けると、そこから金貨のぎっしりと詰まった革袋をドンと目の前に置いた。見た目は違うが俺と同じくマジックバッグを所有しているらしい。

一声かけてから確認させてもらうと、革袋の中には金貨が四百枚入っていた。

これらのすべては彼が極東から持ち込んだ品で稼いだものらしい。

彼がこちらで大きな店を出す日は、案外近いのかもしれないな。

「他の商品も見ていい？」

「ああ、好きに見てくれ」

イブキは刀以外の製作物に興味を示し、短刀などを確認していく。

「……シグ、君は本当に腕がいいんやな。この街で有名になってないのが不思議なくらいや」

「ここには十五年ぶりに帰ってきたからな」

「それまでは何してたん？」

「ルサールカの方でギルド専属の鍛冶師をやっていた」

「道理でいい腕前なわけや」

イブキは納得したように頷くと、短刀、包丁、鋏を三本ずつ追加購入してくれた。

「本当はもうちょっと買いたいけど、さすがに元手が足らへんわ。今日はこんくらいにしとく」

「わかった」

無理もない。今回の買い物でイブキは金貨八百枚以上を使っている。

平民が慎ましく暮らせば十年以上は働かずに生活できる金額なのだから。

むしろ、こちらにやってきて間もないイブキがそれほどの金額を持っていることに驚きだった。

「シグはここに住んでるんか？」

「いや、ここから徒歩で四時間のフォルカ村ってところに住んでいる。ウンベルトには定期的に通っているな」

「そうか。なら次までに注文しておいていいか？」

刀や短刀をこれだけ買ったのに、イブキはさらに次に購入も考えているらしい。

「何を作ればいいんだ？」

「刀を一本、それと短刀を十本」

「ここは王国だがそんなに売れるのか？」

そんなに一気に買い取ってイブキがそれを売りさばけるのかが心配だ。

ここは極東とは違って誰もが刀を使用するわけでない。そんなに簡単に売りさばくことができるのか？

「それを何とかするのが僕の腕前や」

心配の声をかけると、イブキはニヤリと笑みを浮かべた。

それは確かな自信に裏打ちされた笑みであった。

俺と違って、彼は商売のプロだ。そんな彼にこのような心配をするのは余計だったのかもしれない。俺はそれ以上の心配をやめた。

「で、いつ頃にできそうや？」

「二週間後ならいけそうだ」

今回の出店で結構な数の製作物が売れてしまったので、また製作をしないといけない。

一応、前回作った分の刀が一本ほど残っているが、そちらはイブキに頼まれて作ったものではないからな。

俺の腕を見込んで頼まれた以上は、その人のために作った刀を売ってやりたい。

「ほな、二週間後にまたここに来るわ。僕は『鳥の宿り木亭』に泊まっているから何かあったらそっちに寄ってくれ」

「わかった」

握手を交わすと、イブキは優雅な足取りで去っていく。

どこかつかみどころのない不思議な極東の青年であったが長い付き合いになりそうだ。

彼の背中を見ながら不思議とそう思った。

「どうだ？　刀は売れたか？」

イブキがいなくなって客足が途絶えて退屈していると、今度はガーランドがやってきた。

金属鎧を纏って腰に剣を佩いている姿から今は仕事中のようだ。自由市も巡回コースとのことなので合間を縫って顔を出してくれたのだろう。

「ああ、いい出会いがあってな。刀を買ってくれた人がいたよ」

「それはイブキという行商人か？」

「……知っているのか？」

「ああ、ワシの短刀を目にして、それを作った刀鍛冶を教えてくれって頼み込んできたからな」

イブキは城門をくぐる際にガーランドの短刀を見て、目の色を変えて職人を紹介してほしいと頼み込んできたらしい。

「最初は断っていたんだが何度も通ってきてしつこくてな。刀のことをちゃんとわかってる極東人だったし、熱意もあったから教えてやったが迷惑じゃなかったか？」

「いや、とんでもない。むしろ、良縁と巡り合わせてくれて感謝している」

「ガハハ、ならばよかった」

礼を告げると、ガーランドは豪快に笑った。

「ところでシグよ。燻製品はないのか？　前に買った岩猪の燻製ジャーキーが美味くてな。妻も気に入った様子なのでまた買いたいんだが……」

販売台に視線をやったガーランドが首を傾げた。

「悪いな。燻製品は売り切れなんだ」

「そ、そうか……」

ガーランドがガックリと肩を落とした。

すごく残念そうだ。

「燻製チーズならあるけど持って帰るか？」

「いいのか⁉」

マジックバッグから燻製チーズの塊を取り出すとガーランドが嬉しそうな顔になる。

「イブキを紹介してくれたお礼だ」

「ありがとう、シグ！」

チーズを受け取ると、ガーランドがぐっと手を握ってきて笑みを浮かべる。

俺が勧めた燻製品にすっかりとハマってくれたようで嬉しい。

燻製チーズを受け取ると、ガーランドは本来の仕事である巡回へと戻っていった。

ガーランドがいなくなると客足はパッタリと途絶える。

時折、噂を聞きつけた美食家が顔を出すが燻製品が売り切れていることに残念がったり、屋台の前を通りかかった冒険者が二、三人ほど覗きにきたくらいで購入に繋がる出来事もなく時間が過ぎる。

そして、リリアナ一家と合流する時間となり、仮設屋台と木札を受付に返却した。

結局、この日のために作ったショートソードとロングソードは売れることはなかったな。

でも、通りかかった冒険者がそれらを目にして欲しがっていた素振りはあったので、一応は宣伝効果として置いておいてよかったのかもしれない。

あくまでメインは刀であるが、そこに繋がる入口として今後も置いておくことにしよう。

「あ、少しだけ調味料を買いに行ってもいいか？」

「私たちも調味料を買い足したいので一緒に行きます」

燻製品が思っていた以上に売れたので、今後のことを考えると調味料と燻製材を買い足しておいた方がいい。

リリアナたちは日用品の他に作物の種や苗を買い込むとのことなので露店区画の入口で一時的に別れて、それぞれの買い物を済ませることにする。

露店区画にはまだ慣れていない俺だが、今回用事があるのは前回と同じ露店商だけだったので何とかたどり着くことができた。

「幻の燻製屋の旦那じゃないか！」

俺の顔を見かけるなり露天商の男が声をあげた。

「お前もその噂を知ってるのか？」

「知ってるも噂を広めてやったのは俺だからな。旦那の燻製品が美味すぎて、食通に分けてやったら爆発的に広まったんだ」

「お前のせいかよ！」

やたらと美食家がやってきたのはこの露天商の仕業のようだ。

「お陰で今日の商売は繁盛しただろう？」

「まあな」

してやったりといったような笑みを浮かべる露天商。

急に燻製品目当ての客が押し寄せてきて戸惑っていたのだが理由を聞けてスッキリとした。

「そんな貢献をした俺にはささやかながらの対価を与えていいと思わないか？」

チラリと何かを求めるような視線を飛ばしてくる露天商。

「悪いが燻製品は売り切れだ」

「なっ⁉　本当にひとつも余ってないのか⁉　俺とシグの仲だろ？」

「そんな仲だったか？　俺はお前の名前すら知らないんだが？」

名前も知らないのにそんな間柄を主張されても困る。

「アルブラだ。ちゃんと覚えておけよ？　それと次にウンベルトに来る時に俺に卸す分の燻製品は確保しておいてくれ」

「わかった」

アルブラとそんな約束をし、俺は燻製に必要な塩、胡椒などの調味料と燻製材を買い込んだ。

買い物が終わると、リリアナたちと合流してフォルカ村に戻ることにした。

帰り道はこれといった異常もなく、リリアナ一家と和やかに会話をしながら無事に帰ることができた。リリアナたちを送り届け、マジックバッグに収納してあげた荷馬車や荷物を返却すると別れて自分の家に帰宅する。なんだかんだと一日仕事なのでその頃には疲労がピークに達しており、軽めの夕食をとると身体を清めてすぐに眠りにつくのだった。

19話　刀鍛冶はのんびり刀を製作する

膨れ上がるように発生した蒸気が鍛冶場を満たした。

水槽の中に投じられた一本の刀身。直前まで炉で熱せられていたそれは水を激しく泡立たせた。

水槽の中で急冷され、赤く発光していた刀身が徐々に鈍い灰色へと変化していく。

鉄鋏を操作して水槽から刀身を引き上げると、俺はそれを頭上に掲げて確認する。

刀身は根元から切っ先にかけて緩やかな反りを描いており、表面には緩やかな刃紋が波打っていた。

まだ火のついている炉に刀身全体を晒して温度を上げると、金床の上で槌を打って歪みを整えていく。

刀身が整ったら砥石を使って全体を研ぐ。

研ぎが終わると、刀身の柄の中に収まる茎という部分にヤスリをかける。

目釘が通る穴を空けると、ヤスリで形や表面を綺麗にする。

柄から抜けにくいように最後にもう一度ヤスリをかけて鑢目は残す。

最後にタガネで極東文字による自身の名前を刻んだ。これで刀身の形が整った。

刀身の製作が終わったところで俺は作業に区切りをつける。

前回は刀を製作したい思いが爆発し、徹夜をしてほぼ一日で完成させるという無理をしたが、本来はそのような無茶をするようなものじゃないからな。

ギルドのような無茶な納期もない。無理をせずにじっくりと納得がいくものを作ればいい。

鍛冶場の片付けを終えると工房の外に出る。

うだるような熱気から解放された時の爽快感が堪らない。

肌を撫でるような風が心地いい。肌の表面に浮いていた汗がスーッと引いていくようだ。

水をあおりながらボーッと日陰で休んでいると、不意に茂みの方がガサゴソと動いた。

森から獣でもやってきたのか？

鍛冶をやっていたために武器は何も持っていない。

あるとすれば、今作ったばかりの刀の刀身があるのみ。まだ完全に研ぎを終えていないし、他の部品の組み立ても終えていない剥き身の状態であるが他に得物もなかった。

仕方なく手と茎の部分に布を巻き付けて固定した。そのまま前を見据えて刀を構えると、茂みから狩人の装備を纏ったリリアナが出てきた。

「なんだリリアナか……」

「驚かせてしまってすみません」

リリアナだとわかった俺は刀を下ろし、刀と手を固定していた布を解いた。

「シグさんが作った新しい刀ですか？」

「まだまだ途中だけどな」

「え？　でも刀身ができていますし、ここまでくれば完成が近いんじゃないですか？」

「いや、刀身すらまだ完成していないんだ。ここから砥石の種類を変えながら刀身を研いで仕上げていかないといけないからな。それに鎺、鍔、柄、鞘といった部品を製作し、それらを組み立てていく必要がある」

「……私には半分もわからないですけど刀作りって大変なんですね」

リリアナがきょとんした顔をしながら言った。

刀の詳しい構造や製作工程を知らない人からすれば、少し複雑な話だったかもしれない。

「まあな。大変だからこそ作り甲斐があるし、完成した時は嬉しいもんだ」

手のかかる子ほど可愛いって感じかな？　まあ、俺には子供を育てた経験なんてないのでそんなことを語る資格があるのか疑問ではあるが。

「ところで今日はどうしたんだ？」

心の中で自嘲しながら尋ねた。

わざわざうちの前にやってきたということは何か用事があったんじゃないだろうか？

「あ、ちょっとシグさんに手伝ってほしいことがありまして……」

「キャベツの収穫か？」

「いえ、さっき獲物を仕留めたので一緒に運んでもらえないでしょうか？」

狩りに成功したのはいいが、いつもより大きな獲物を仕留めてしまい運ぶのが大変なようだ。

「いいぞ」

「助かります！」

リリアナにはいつも新鮮なお肉を分けてもらっているからな。これくらいお安い御用だ。

製作途中の刀は家に置いて自衛用の刀を腰に佩くと、リリアナと一緒に森の中に入る。

リリアナに案内してもらって二十分ほど森の中を進むと、大きな鹿が額や喉から血を流して力なく岩に横たわっていた。

「これはまたデカいな」

「はい、私もビックリしました」

この森に棲んでいる鹿の体長は百二十センチから百五十センチほどの個体が一般的だ。

しかし、リリアナが仕留めた鹿の大きさは二メートル近くの巨体を誇っていた。

角も大きく発達していて枝分かれしている。少なくとも八年は生きていた個体だろう。

「こんな大物を狙うとは大胆だな」

この辺りの鹿はそこまで気性は激しくないが、反撃してこないとも限らない。

これだけ発達した角で突進でもされたら人間はひとたまりもないだろう。

リリアナの腕前は知っているがかなり危険な狩りだ。

「いつもは狙わないんですけど、シグさんに作ってもらった矢じりならいけるかなって思って」

「そうか。役に立ってよかったが、あまり無理はするなよ？」

「はい、肝に銘じます」

ご近所さんとしては非常に心配ではあるが、職人としてはこの上なく嬉しい言葉なのであまり強く注意することもできないな。

「さて、こいつを運ぶ前にもう少し高いところに吊すか」

仕留めた鹿の喉はナイフで切り裂かれて放血処理がなされているが、リリアナひとりで運ぶには力が足りなかったらしくあまり高いところに吊せていない。体内に溜まった血液を抜くにはもう少し高いところに吊しておいた方がいいだろう。

リリアナと力を合わせて鹿を持ち上げると、より高いところに吊しておく。

「そろそろいいだろう」

「はい。内臓を取り出しましょう」

十分に放血ができたところで鹿を下ろし、お腹の辺りからナイフを入れて内臓を取り除く。

新鮮であれば内臓も食べてしまってもいいのだが、今回は放血に少し手間取り時間がかかってしまったので勿体ないが捨てることに。

「この後はどうする？」

「水に浸します」

狩った直後の鹿は体温が高いので腐敗をさせないために冷却させる必要がある。また体内に残っている血液を排出したり、肉の繊維がほぐれて柔らかくなるため効果的なようだ。

「この近くだとどこで浸せばいい？」

「少し歩きますが湖が最適かと」

森の中には小川がいくつか流れているがこの鹿の大きさを考えると少し狭いし、生活用水に繋がっているリスクもあるからな。多少、歩くことになるが仕方がない。

「なら収納して運ぼう」

ふたりでえっちらおっちらと運んでいると時間がかかってしまうのでマジックバッグに収納させてもらおう。

リリアナに近道を教えてもらってルートを進むとだだっ広い湖が広がっていた。

森の中にぽっかりと空いた空間には綺麗な水が流れており、水鳥が優雅に水面を歩いていた。

獰猛な野生動物や魔物の姿は見えず、とても穏やかな光景だった。

久しぶりにやってきたがいい景色だな。

昔は友人とここで泳いだり、親父と魚を釣っていたっけな。

どこか郷愁的な気分になりながら岸を歩く。

「ここに浸しましょう」

「わかった」

リリアナが指定した場所に鹿を置き、流れてしまわないように地面に杭を打ち込んでロープで繋いだ。

「あとは明日の朝に回収すればいいだけなんですが……」

「安心してくれ。明日の回収も手伝うさ」

ここまで手伝ってあとはひとりで頑張ってくれなどと鬼畜なことは言わない。

「ありがとうございます。お礼にいつもよりたくさんお肉をお裾分けしますね」

「おお、期待しているぞ」

幻の燻製屋という噂が広がってしまったせいで燻製品を増やさないといけなかったからな。

新鮮な鹿の肉が手に入るのはこちらとしても嬉しいものだ。

「では、また明日の朝によろしくお願いします！」

「ああ」

湖から戻ると、リリアナは家に戻り、俺は工房へと戻って刀の部品製作をするのであった。

20話　刀鍛冶は鹿肉を燻す

「シグさん！　鹿肉を解体したのでお裾分けです！」

「おお、ありがとう」

浸した鹿を引き上げて戻ると、ほどなくしてリリアナが解体した鹿肉を持ってきてくれた。

「これはデカいモモ肉だな！」

「元がかなりの大きさでしたから」

リリアナから貰った部位はモモ肉、すね肉、バラ肉、ヒレ肉といった部位である。

その中でも骨付きのモモ肉は特にデカく、十キロくらいの重さがあるように感じられた。

「さて、こいつらをどう燻していくか……」

「燻すのは決定なんですね」

「当然だ」

こんなにも素敵な鹿肉が手に入ったんだ。燻さないと勿体ないではないか。

それに次の自由市での販売に備えて、次の燻製品を作っておかないといけない。

「何か燻製にしてほしいものがあったら、ついでに燻製してやろうか？」

「え？　いいんですか⁉」

「ひとつ燻製するのもふたつ燻製するのも大した手間じゃないしな」

俺の大型燻製機ならこのモモ肉でもふたつ同時に燻製することができる。

「えっと、この四種類の中だとどれがオススメですか？」

「どれを燻製にしても美味しいが、強いていえばモモ肉を燻製ステーキにして、ヒレ肉を燻製ジャーキーにするのがオススメだ」

前者は言うまでもない美味しさが担保されており、後者も美味しさはもちろんのこと適切に保存したら数週間は保存できるからな。

「わかりました！　すぐに取ってきます！」

リリアナはポニーテールをなびかせるとほどなくしてモモ肉とヒレ肉を抱えて戻ってきた。

「ヒレ肉はともかく、モモ肉は大きさが大きさだから一週間以上かかるが問題ないか？」

「大丈夫です！」

「わかった。燻製が終わるのを楽しみにしていてくれ」

礼を告げると、リリアナが家の方に戻っていく。

彼女の背中を見送ると、俺は台所に移動する。

まずは塩漬けだ。大量の塩と三温糖を混ぜて、ミックススソルトを作る。

完成したミックススソルトを鹿のモモ肉に擦り込んでいく。

いつもの肉よりもかなり大きくて重いので塩漬けにするだけでも一苦労だ。

モモ肉の下処理が終わると、次はヒレ肉だ。

ヒレ肉をスライムパックに入れると、そこに塩、胡椒、ニンニクパウダー、タマネギパウダー、パプリカパウダー、砂糖を加えて揉み込んでいく。

こちらは燻製ジャーキーにするのでしっかりめの味つけだ。

モモ肉、ヒレ肉の下味をつけると、大型冷蔵庫に入れて塩漬けする。

ヒレ肉は軽く燻すだけであれば四時間から五時間で問題ないが、今回はガッツリとしたジャーキーにしたいので三日くらいは塩漬けにしたい。

モモ肉に関しては大きさが大きさなので四日か五日くらいは時間がかかるだろう。

やや時間がかかってしまうが、燻製は手間をかければしっかりと応えてくれるので仕事をしながら楽しみに待っていよう。

●

刀の製作が終わり、短刀を作りながら過ごすこと三日目。

ヒレ肉がいい感じに塩漬けできていたので、冷蔵庫から取り出して塩抜きすることにした。

三時間ほど塩抜きをすると清潔な布でしっかりと水気を拭き取り、二時間ほど乾燥させる。

これにより表面の水分が吹き飛び、より燻製が効果的になるからな。

乾燥が終わると、外に出て大型燻製機を取り出す。

ヒレ肉を串に刺すと、燻製機の扉を開けて上に引っかける。

それからヒッコリーの燻製チップを設置し、火をつけて煙を出す。

燻製機を操作して六十七度の温度を保てるようにセッティング。

二時間ほど燻製すると、ヒレ肉は燻煙の影響で艶のある深い色合いへと変化していた。

この色合いがまた食欲をそそられるものだ。

燻製したヒレ肉は再び風を通しやすい場所に干しておき熟成させる。

気温の高くない冬であれば五日から十日くらいしっかりと熟成させるのであるが、今の季節だと腐ってしまう可能性があるので二日くらいが適切だな。

ちょうどヒレ肉の熟成が終わる頃には、モモ肉の塩漬けが終わりそうなので非常に楽しみだ。

二日後。ヒレ肉の燻製ジャーキーが完成した。

網から取り出すと、ヒレ肉はしっかりと乾燥しておりサイズが一回りほど縮んでいた。

まな板の上に置くと、硬質な物を置いたような音がした。

かなり硬いが繊維に沿って力を加えてやると、あっさりと引き裂くことができた。

軽く火で炙ってから食べてみる。

豚や牛とは異なる深い味わい。

鹿肉特有の野性味あふれる風味とスモーキーな香りが鼻腔をくすぐる。

外側の表面はカリッとしているが中は適度にしっとりとしていた。

筋肉質でありながら柔らかな食感が非常にいい。

燻製によって旨みがギュッと凝縮されており、噛み締める度に旨みが染み出てくる。

「我ながらいい出来栄えだ」

ビールとウイスキーが非常に合うだろうな。

燻製ジャーキーを食べていると非常にお酒が呑みたくなったが、まだ真っ昼間な上に午後からも短刀作りが待っているのでさすがに止めておく。

「次はモモ肉だな」

ヒレ肉の熟成が完成し、マジックバッグに収納。

それから冷蔵庫で保管していたモモ肉の塩漬けを取り出し、今度は桶に水を張って塩抜き。

こちらも大きさが大きさなだけにかなり時間がかかるだろう。

たぶん、五時間から六時間といったところか。

それくらいあれば、短刀を二本は仕上げられるので工房の鍛冶場で仕事に集中。

イブキの注文は刀一本に短刀が十本なので次の予定日までに用意するのは余裕だな。

しかし、それとは別に自由市で販売するための品物も作っておかないといけない。

せっかくいいなと思って顔を出してくれたのにロクに品物がなかったら、自由市のお客もガッカリしてしまうだろうからな。

イブキとの取引も大事だが、新しいお客を獲得する機会だって見逃したくないからな。

ちょっとした隙間時間も逃さずに製作することにする。

作業に没頭すると短刀が二本完成した。夢中になってまったく時間を把握していなかった俺は慌てて台所に戻ってモモ肉の状態を確認。

かなりの大きさなので見た目だけじゃ塩抜きができているかわからないな。

試しにモモ肉の端を切ると、軽く肉を焼いて味見する。

「こんなもんだな」

塩辛ければ塩抜きを続行すればいいが今回は問題ないと判断。

水から引き上げると、布でモモ肉の水気をしっかり拭ってやる。

一時間ほど乾燥させて水分を飛ばすと、大型燻製機の扉を開けて二本のモモ肉をフックにかけて吊り下げる。

「……七十五度で七時間ってところか？」

こちらもヒッコリーの燻製材を使用し、燻製機を操作して温度を設定。

これだけの大きさをしたモモ肉を燻すのは俺も初めてであるが様子を見ながら判断すればいい。

それから七時間後。すっかりと夜が更けた頃合いにモモ肉を燻すことができた。

燻煙によって外側の表面は深い赤茶色へと変化し、美しい色合いのコントラストを描いていた。

燻製すると水分が抜けるためどの食材でもサイズが縮むのだが、元が大きい上に骨付きなのでボリュームが損なわれているように思えないな。

大型燻製機から取り出すと、こちらもカバーをかけて風通しのよい日陰で外干しする。

一日から二日ほど熟成させることで深い味わいになってくれるに違いない。

それから製作を進めること二日。鹿モモ肉の外干しが遂に終わった。

外干しをしたことで燻製後の深い赤茶色がさらに濃くなっていた。

外側は乾燥し、表面は光沢のある黒い光を放っている。

「よし、これで鹿モモ肉の燻製と鹿ヒレ肉の燻製ジャーキーの出来上がりだ」

モモ肉についてはこのまま数か月ほど熟成させることでさらに美味しさがアップするのだが、さすがにそこまで待てないからな。今回はここで完成としよう。

俺は出来上がったものをマジックバッグに入れると、リリアナの家に向かうことにした。

扉をノックすると、リリアナが顔を出して開口一番に言ってくる。

「あ！　燻製ができたんですね⁉」

「お、おお。よくわかったな？」

俺がこの家を訪ねる目的としては農業のお手伝いもあるのだが……。

「ここ最近、シグさんの家の近くを通る度に燻製の匂いがしていましたから」

「……それにシグからも燻製の匂いがする」

「なるほど」

リリアナが苦笑し、アトラが小さな鼻をスンスンと鳴らしながら言った。

自由市で販売する燻製品を蓄えるために今週はずっと燻製していたからな。

衣服を洗っているとはいえ、多少燻製の匂いがこびり付いていてもおかしくはない。

「というわけで今日は燻製肉を持ってきた」

「……わーい」

「ありがとうございます！」

マジックバッグから取り出した燻製鹿モモ肉とヒレ肉の燻製ジャーキーをテーブルの上に並べた。

「……黒くてつやつやしてる」

「しっかりと燻して乾燥させたからな。ジャーキーは繊維に沿えば手でもあっさりと裂けるし、包丁で簡単に切ることができるぞ」

「あ、本当ですね！」

アトラがジャーキーをつんつんと興味深そうに突き、リリアナは手で繊維に沿って裂いていた。

「……お姉ちゃん、食べたい」

「はい、どうぞ」

裂いたジャーキーをアトラとリリアナが味見とばかりに口にする。

「……美味しい。噛めば噛むほど味が出てくる」

「こんなに美味しい鹿のジャーキーは初めてです！」

「それはよかった」

燻製ジャーキーを口にするなり、ふたりは目を輝かせて感想を言ってくれた。

それなりに手間をかけて作ったので喜んでもらえると嬉しいものだ。

「せっかくなのでモモ肉も食べませんか？」

「それは嬉しいお誘いだが、ふたりとも昼食はまだなのか？」

「はい、まだです！」

「……一緒に食べよ」

「ならご一緒させてもらおうかな」

そこまで言われたら断る理由などない。

家でひとりで食べるより誰かと一緒に食べる方が美味しいからな。

「ところでシンシアさんは？」

「外にいますが、もうすぐ戻ってくると思います」

「そうか」

どうやらシンシアは村の中央広場で物々交換をしているようだ。

「なら皆で作るか」

まな板の上に燻製した鹿モモ肉を置くと、食べやすい大きさに包丁でカットする。

「わあ、断面が綺麗」

「外は硬いが中はしっとりってやつだ」

内部だけ美しいピンク色を保つのが意外と難しかったりする。

「これって下味がついているんですよね」

「ああ、だから火を通すだけで十分だ」

あくまで燻しただけで熱は通していないからな。ちゃんと焼いて食べないとお腹を壊してしまう。

「俺は肉を焼くからつけ合わせを任せてもいいか？」

「わかりました！」

「……任せて」

フライパンに油を引くと、食べやすい大きさにスライスしたモモ肉を投入。

ジュウウウッと油の弾ける音が鳴った。

「いい匂いだ」

燻煙の染み込んだ鹿モモ肉の香りが空腹の胃袋を激しく刺激する。

焼き加減はミディアムレアからミディアムがオススメだ。それが鹿肉のジューシーさと燻製の風味を引き出してくれるからな。

俺がモモ肉に火を通す中、リリアナは春キャベツを千切りにしており、アトラはニンジンの下処理をしていた。簡単にキャベツだけ切って盛り付けてくれればいいと思っていたが、どうやら他の野菜も加えてくれるらしい。

俺だったら絶対キャベツだけで満足していただろうな。

「あら？」

「こんにちは、お邪魔しています」

調理をしていると、籠を手にしたシンシアがこちらを見て驚いていた。

家に帰ったらご近所さんと娘が並んで料理をしているのだ。驚くのも無理はない。

「シグさんが燻製した鹿のお肉を持ってきてくれたんだ」

「あ、そうだったんですね。すみません。いつも本当にありがとうございます」

「いえいえ。世話になっているのはこちらの方ですから」

リリアナには新鮮なお肉を分けてもらっているし、工房に籠っているとアトラと一緒に顔を見せにきてくれている。どちらがお世話になっているかといえば、間違いなく俺だろうな。

「……もうできるから座ってて」

「わかったわ」

調理を手伝おうとしていたシンシアだが、アトラに背中を押されて着席することになる。

人数分のモモ肉は焼けており、あとはボイルしたニンジンとサヤインゲンを炒めるだけだからな。

ニンジンとサヤインゲンの表面が茶色くなるまで炒めると、それらをお皿へと盛り付けた。

「よし、これで完成だ」

アトラとリリアナがお皿をテーブルへと運んでくれる。

お皿には大きな鹿モモ肉の燻製ステーキが鎮座しており、千切りされたキャベツ、ニンジン、サヤインゲンがつけ合わせとして盛り付けられていた。

「どうぞ。食べてください」

「それでは遠慮なく」

席に座ると、俺たちはナイフとフォークを手にして鹿モモ肉の燻製ステーキを口にした。

外側はしっかりと燻製され、中はしっとりとして柔らかい。

肉の内部には野性味のある肉汁が閉じ込められており、スモーキーな香りが一口ごとに広がっていく。塩、胡椒といったシンプルな味付けと非常に合っていた。

「あら、美味しい」

「やっぱり燻製すると味が違いますね」

「……旨みが凝縮されてる」

シンシア、リリアナ、アトラが口々に感想を漏らした。

「燻製具合は問題ないか？」

「バッチリです！」

今回はやや大がかりな燻製だったために燻製できているか不安だったが、リリアナたちの舌にも合うようで安心した。

「つけ合わせの野菜も美味いな」

「……作るの頑張った」

思わずコメントすると、アトラが胸を張って嬉しそうにする。

ニンジンやサヤインゲンはボイルされて甘みが増しているだけでなく、燻製肉の脂を纏っているお陰か旨みも強くなっており美味しい。

さらに千切りされた春キャベツはとても瑞々しくて甘く、食べるごとに舌に残った脂を中和してくれるので常に新鮮な状態でお肉を味わえるのが嬉しい。

「いつも美味しい燻製肉をありがとうございます」

食べ終わるなりシンシアがぺこりと頭を下げて礼を言ってくれた。

「いえ、ひとつ燻すのもふたつ燻すのも手間は変わらないのでまた気軽に言ってください」

新鮮なお肉を貰ったり、農業に参加させてもらったりとお世話になっているからな。

これくらいはお安い御用だ。

「シグさん、また作ってもらいたいものがあるんですけど……」

食器を片付けたリリアナがおずおずと言ってくる。

「おお、いいぞ。次は何を燻製してほしいんだ？」

「いや、燻製じゃないです。矢じりです」

そっちか。会話の流れから燻製品を作ってほしいのかと思ってしまった。

「矢じりは何本だ？」

「二十本、お願いします」

「わかった。ちなみに消耗した矢じりは持っているか？　あればそれを材料にして作り直すことができるから少し安くできるぞ」

「本当ですか⁉　持ってきます！」

そのように言うと、リリアナが消耗した矢じりを持ってきた。

これだけの材料があれば打ち直して数本分くらいは賄うことができそうだ。

明日には完成させることを約束し、俺は工房へと戻るのであった。

21話　刀鍛冶は行商人に納品する

イブキからの注文の品や自由市で販売する武具を製作し、シンシア一家の畑を手伝ったり、リリアナの矢じりを作っているとあっという間に約束の日にちとなったので、ウンベルトに向かうことにした。

今回はリリアナ一家はいない。別の農作物の収穫と被ってしまったためにウンベルトに向かうことができないようだ。そのため今回は俺ひとりでの移動となる。

注文の品や自由市での販売用の武具や農具、燻製品と持っていくものは多いがマジックバッグがあるため手荷物になることはない。いつも通り護身用の刀を携えてのんびりと歩いて向かう。

徒歩で平原を歩き、森を抜けること三時間半。俺はウンベルトに到着した。

時間が短いのは、休憩をほとんど挟んでいないからだろうな。

これまでは常にシンシア、リリアナ、アトラがいたので会話に困らなかったが、ひとりでの移動となると話し相手がいないので少し退屈だった。

今後もひとりでの移動が増えるのであれば、馬を飼うことも考えるべきだろうな。

マジックバッグがあるので重さも負担にならないだろうし。

そんなことを考えながら衛兵のチェックを受けて城門を潜ると、大通りを真っ直ぐに進んで自由市に向かった。

「おい、あれ幻の燻製屋じゃないか？」

「自由市に入ったってことは今日が販売日か！　急いで仲間に知らせねえと！」

受付で銀貨を支払っていると、遠目にこちらを見ながらそんなことを呟く者たちがいた。

見覚えのある顔つきだったので前回燻製品を買いにきてくれた美食家だろうな。

受付を終えていつもの場所に移動すると、仮設屋台を組み立てて販売の準備をする。

すると、前回と同様に俺の屋台の前に人が並び始めた。

これが全員俺の刀を求めにきた客であれば、刀鍛冶冥利に尽きるのであるが、ここにいるのは残念ながら俺の燻製品が目当ての客だった。

現に販売台に刀、短刀、ショートソード、ロングソード、包丁、鉈、鎌、鍬などを並べるとまったく反応を示さない癖に、燻製品を並べ出すと揃ったように感嘆の声を漏らしていた。わかりやすいな。

「先頭の方どうぞー」

お店の準備が整ったので声をかけると、真っ先にやってきたのは有名な槍使いの冒険者だった。

本日の燻製品はミックスナッツ、スモークチーズ、鹿ヒレ肉の燻製ジャーキー、燻製塩、燻製オリーブオイル、燻製パウダーとなっている。

もう少し燻製品を増やしたいのだが鍛冶仕事が忙しかったからな。

時間があれば卵とか魚とか燻してみたいな。

「……おい、店主。前は岩猪のジャーキーじゃなかったのか？」

燻製品を眺めると、槍使いが眉間に皺を寄せながら尋ねてくる。

「あー、それは前回で売り切れてしまったので。今回は鹿ヒレ肉の燻製ジャーキーになります」

「こっちも美味しいんだろうな?」

「保証しますよ」

「じゃあ、そいつをふたつとスモークチーズを三つだ」

「ありがとうございます」

槍使いは瓶に入ったジャーキーと、スライムパックにて梱包されたスモークチーズを受け取るとすんなりと去っていった。

「あ、この前も来てくださった行商人の方」

「ええ、お久しぶりです。また仕入れにきちゃいました」

槍使いの次にやってきたのは前回噂話について教えてくれた行商人だった。

行商人はあの後に街を移動して売ったら飛ぶような勢いで売れ、人々から追加の燻製品を強く望まれたようだ。

「すべての燻製品を十個ずつと言いたいところですが、他の方に恨まれてしまうので三個ずつでお願いします」

大量に仕入れようとした途端、後ろの列から剣呑な空気が漂い始めた。

食べ物の恨みは恐ろしいと言うし、自重するに越したことはない。

「ついでに武具も三つずついかがです?」

「結構です。私は美食のみを取り扱う行商人なので」

しれっと武具も勧めてみたがあっさりと断られてしまった。

俺の燻製品を美味しいものだと思ってくれるのはとても嬉しいのだが複雑な気持ちだった。

「えらい繁盛してる様子やったな」

押し寄せていた美食家たちがいなくなると、イブキがやってきた。

客足が落ち着いたタイミングを計っていたのだろう。

「全員、燻製品が目当ての客だったけどな」

「あれだけ客がいてひとつも製作物が売れへんかったんか？」

「ああ、ひとつもな」

ひとつも武具が売れていないことを告げると、イブキがお腹を抱えて笑った。

「これだけの腕前を持ってる刀鍛冶やってのになぁ！」

「もういっそのこと刀鍛冶は廃業にして燻製屋になろうかな……」

「待って。それは僕も困るから勘弁して」

燻製一本に絞ろうと言うと、イブキが真顔になって懇願してくる。

その必死さからウンベルトでの販路を広げるために俺の力をそれなりに当てにしているようだ。

「ところで前回買った刀と短刀は売ることができたのか？」

極東と違って王国では刀はあまり生産されておらず、武器としても浸透していない。

そんな使い手の少ない王国内で刀や短刀を売ることができたのか。

心配の声をかけると、イブキはにんまりと笑みを浮かべた。

「ああ、ちゃんとしたところに持ち込んだら価値に気付いて色つけて買ってくれたで」

「さすがだな」

「いやいや、シグの腕前がいいからやで。あんないい品で利益が出されへん商人はすぐに辞めた方がいい」

　中々に厳しい言葉であるが、それを作った本人からすると悪い気はしない。

「いくら儲けたんだ？」

「それは秘密や」

　教えてはくれないがその表情を見る限り、かなり儲けたらしい。

　今後はもうちょっと刀の値段を上げてもいいかもしれない。

「注文の品はできてる？」

「できてるぞ」

　俺はマジックバッグからイブキから注文を受けて製作した刀一本、短刀十本を取り出した。

「確認させてもらうで？」

「ああ」

　イブキが刀を手に取り、ゆっくりと刀身を引き抜いた。

「うーん、これは困ったな……」

　じっくりと刀身を確認したイブキが眉根を寄せながら言った。

「気に入らなかったか？」

「いや、そうやない。前回の刀よりも質が上がってるってどういうことや？」

「ああ、そういう意味か。なんかすまん」

「シグが謝ることはない。せやけど、前のあれは手加減しとったんか？」

「そういうわけじゃない。ただ売る相手が見えないと気持ちが入らない性分でな」

前回、店に置いていたのは自分が刀鍛冶であることを示すための展示品的な側面が大きかった。

誰に買ってもらって、どういう風に使ってもらうかも定かではなかった。

しかし、今回は違う。

極東人の行商人であるイブキが買い、それを誰かに売るという流れがあった。

まあ、今回も厳密に使う相手はわからないので百パーセントの気持ちを込められたわけじゃないが、表面的に理解することはできたからな。

「ほんなら、君の真骨頂はオーダーメイドってわけやな？」

「そうなるな」

どこの誰がどのような目的で使うか。

そういった情報があった方が刀を作りやすいのは当然と言えるだろう。

「金貨三百枚の買い取りでどうや？」

「いいのか？」

「前回と明らかに質が違うしな。同じ値段で買い取るのもおかしな話や」

「ありがとう」

事前に約束していた値段と違うにもかかわらず、イブキは太っ腹にも引き上げた値段で買い取ってくれた。

「ちなみに短刀の方は――こっちも質が上がってるやないか……」

「……すまん」

短刀を引き抜いたイブキがあちゃーといった風に額に手を当てた。

「こっちはひとつ銀貨八十枚でどう？」

「それで問題ない」

元の設定した値段のほぼ二倍以上となる値段の提示だ。文句があるはずもない。

ちょっとした変更はありつつも清算が終わると、イブキは刀と短刀をマジックバッグに収納した。

「使い手の顔がわかる客がええってことは、今後も刀を欲しがる人がいたら紹介してもええんか？」

「できれば刀を実用しくれる客で頼む」

俺はただ家に飾るような美術品ではなく、実用品となる刀を作りたい。

親父がそうだったように俺もそんな刀鍛冶になりたい。

どれだけ言葉を取り繕おうとも刀は道具だ。使ってくれる者がいなければ、道具としての価値を果たすことができない。それは悲しいことだと思う。

「わかった。ならオーダーメイドはそういうお客に絞るわ」

「それで頼む」

S級ギルドで専属鍛冶師をしていた頃は客を選ぶなんてことはできなかったが、今は気楽な片田舎に住むしがない刀鍛冶だからな。これくらいのワガママは許されるだろう。

今しばらくは自由に刀を作っていたいからな。

●

「あああああああっ！　いたあああああ！」

イブキがいなくなって小一時間ほど暇な時間を過ごしていると聞き覚えのある声が響いた。

視線を向けると、以前うちの短刀を買ってくれた冒険者のトールと魔法使いのソラがいた。

「おー、久しぶりだな」

「久しぶりじゃねえよ！　ずっと探してたんだぞ!?」

「探していた？　俺に何か用か？」

「用があるのは俺たちっていうか姐さんなんだ」

「姐さん？」

駆け出しの冒険者であるトールとソラには面倒を見てくれている先輩がおり、その冒険者たちがトールの買った短刀をかなり気に入っているようだ。

しかし、俺は不定期で販売していたのでトールとソラは中々見つけることができず困っていたようだ。

「トール、私は姐さんを呼んでくるからここで見張ってて」

「わかった」

トールが頷くと、ソラが駆け出した。

いや、別に俺は逃げたりしないんだけどな。

「この間買ってくれた短刀はどうだ？」

「最高だ！　これのお陰で今まで倒せなかったブラックボアをあっさりと斬ることができた！」

話を聞いてみると、俺の作った短刀は早速と彼の冒険で役に立ってくれたようだ。

ブラックボアといえば、この付近に出没する黒い猪の魔物だ。

基本的な攻撃は突進くらいのものであるが、体重が百キロを超えているとかなりの脅威であり討伐ランクはDと定められている。

駆け出しであるトールがひとりで仕留めることができたのはかなりの快挙と言えるだろう。

「へえ、それはすごいじゃないか。よくやったな」

「いや、おっちゃんの売ってくれた短刀のお陰だよ」

「ああ、その通りだ。あれはお前の実力じゃなく短刀のお陰だ」

トールが照れくさそうに鼻の上を掻いていると、彼の頭の上へと乱雑に手を置きながら妙齢の女性がやってきた。

やや褐色がかった肌に真っ赤な髪。どこか爬虫類を思わせる瞳の奥から強者を思わせるオーラがあった。雰囲気的にB、いや、Aランクくらいの実力はあるだろうな。

「あ、姐さん――いてえっ⁉」

「誰が姐さんだよ。ローズさんって呼びな」

トールが声をあげた瞬間に拳骨が落ちた。

なるほど。確かにこれは姐さんと呼びたくなる気持ちがわかる。

「いらっしゃい」

「……あんたがトールに短刀を売った鍛冶師だね？」

おずおずと声をかけると、ローズに翡翠色の瞳を向けられた。

「ああ、正確には刀鍛冶だけどな」

「刀鍛冶？　確か刀を作るのが専門の鍛冶師だったか？」

「その通りだ」

高ランクの冒険者だけあって知識の方も豊富のようだ。

「へぇえ、これだけ立派なショートソードやロングソードが作れるってのに刀鍛冶ねぇ」

ツーッと展示しているショートソードの刀身を撫でるローズ。

「一応は一通りの武具の作り方は習ったからな」

「ははは、一通り習っただけでこれだけの物を作られちゃ他の鍛冶師も可哀想だぜ！」

俺の返答を聞いて、ローズが愉快そうに笑った。

「え？　このおっさん、そんなにすげぇのか？」

「ただの野良鍛冶師じゃないの？」

一方でローズからの評価を聞いたトールとソラが驚きの声をあげていた。

「……お前たちは後で勉強会な」

「「ええっ⁉」」

まあ、これでもS級ギルドの専属鍛冶師をしていたからな。そこいらの野良鍛冶師と一緒にされると少し悲しくなってしまう。

「ところで俺に用があるって聞いていたが……」

「あたしにも短刀を売ってくれ」

「いいぞ。一本で銀貨三十枚だ」

「銀貨三十枚⁉　それだけでいいのか？」

「開店記念価格ってやつだ。次からは少し値上げするつもりだ」

イブキからも値段が見合っていないと言われた。

燻製品のお陰で近頃はちょくちょくと名前も売れてきたし、そろそろ値段を上げてもいい頃合いだろう。

「えっ⁉　値上げするの？」

俺の値上げ宣言に驚きの声をあげたのは意外なことにもソラだった。

「ソラ、お前も護身用の短剣を探してただろ？　これにしろって！　おっさんの短刀は最高だぞ！」

「トールの言い方はキモいが、その通りだな。使い方は教えてやるから今買っておけ」

「わかった。じゃあ、私も買う」

悩んでいたソラであるがローズから扱い方を教えてもらえるとわかるとあっさりと購入を決めた。

そんなわけでローズとソラが短刀を一本ずつ買ってくれた。

こういうこともあるので自由市での販売分もきっちりと作っておいてよかったと思う。

22話　刀鍛冶は鍛冶に集中する

高温の炉に鉄材を入れる。熱が移り温度が高くなるのを待つ。

火炉の温度は千二百度を超えている。

「……溶けてきたな」

真っ赤を通り越して白みを帯びた黄色い光が輝き、どろどろに溶けたスラグが流れ出る。

それを掻き出し、分離し、残った良質な鉄を板金に加工する。

板金を火炉で加熱すると叩き成形だ。気合を入れて鋼を槌で叩いていく。

ただ延ばすだけでなく、この時に完成形となる斧の刃の形状をイメージしながら。

叩いて延ばして鋼を折り曲げると、藁灰をまぶして再び強く叩いた。

熱によって溶け合わさり、ひとつの塊となる。折り返しと呼ばれる技法によって強度を上げていく作業だ。

何度もこの折り返しを繰り返すと何十もの層ができ、刃の表面に美しい紋様ができる。

刀を作る時に見られる特徴と同じだ。

刃金の形が整うと地金との接合だ。刃金を薄く延ばして折りたたみ、その間に地金を入れる。

藁灰と泥を被せると火炉に入れた。

均一な温度管理が求められる作業だ。

炉の中にジーッと視線を向けて火の色で温度を見極める。

「今だ」

これは長年の作業と勘が必要とされる技術。

熱した鉄が柔らかくなったことを確信した俺は、火鋏を使って炉から鉄を取り出した。

真っ赤に変色した鉄の塊を金床の上に置くと、身体強化を発動して槌で叩く。

鍛造が終わると、斧のヘッドを水槽に入れることで急冷。水槽の水面がボコボコと泡立つ。

水槽から取り出すと、斧のヘッドを再び火炉で加熱。

適切な硬度と靭性を獲得させるために槌で叩いて成形しながら、ゆっくりと冷却させていく。

接合が完了した斧の刃を研磨し、しっかりとハンドルを取り付けると一振りの斧の完成だ。

「ふう、これで頼まれていた斧は完成だな」

ウンベルトから戻ってきた俺は再び工房に籠る日々が続いていた。

イブキから刀一本、短刀十本、包丁二十本、鋏十本を頼まれただけでなく、村人からも斧をはじめとした包丁、鋏などの金物の製作依頼が舞い込んだからである。

数週間前まで仕事なんてまったくなくて暇を持てあましていたというのに、こうも忙しくなるとは思ってもいなかった。仕事というのは重なる時は一気に重なるものなんだな。

斧の製作が終わって水分補給をしていると、不意に工房の扉がノックされた気がした。

ちょうど今は休憩している最中だったので俺は鍛冶場を出て様子を見に行く。

「こんにちは」

「……あ、シグ生きてた」

工房の扉を開けると、リリアナとアトラがいた。

「おお、リリアナとアトラじゃないか。どうしたんだ？」

「ここ十日ほどシグさんの姿を見ていなかったので様子を見にきました」

「え？　もう十日も経っているのか⁉」

「……うん、経ってる」

アトラがこくりと頷いた。

籠っていたのは五日くらいだと思っていたが、どうやら十日も籠り続けていたらしい。

鍛冶をしていると本当に時間が過ぎるのがあっという間だ。

「……シグ、忙しい？」

「ちょうど行商人からの注文と村人からの依頼が重なってな」

「ちゃんとお食事はとっていますか？」

「うーん、あまりちゃんととっているとはいえないな」

ここ五日、いや十日だったか。注文された製作物を作ってばかりいたのでまともに料理をした覚えがないな。

食べていたものといえば、マジックバッグに収納された保存食や燻製品を齧ったりした程度な気がする。

「そうなんじゃないかと思ってお料理を持ってきました」

「……栄養たっぷり」

「おお、これは美味しそうだ！」

アトラが手にしているバスケットの中には野菜たっぷりのサンドイッチが入っており、リリアナが手にしている鍋には美味しそうな野菜スープが入っていた。

「というわけで一緒にご飯を食べませんか？」

ややいつもより強引なのはリリアナたちが心配しているからだろうな。

こうでもしないと作業に夢中になってしまう俺はまともに食事をしないとわかっているから。

まだ製作するべき物は山ほどあるのだが、このままズルズルとやっていれば本当に身体を壊しかねない。

「わかった。ちょうど斧が作り終わったことでもあるし、今日はこの辺りで作業を切り上げよう。工房を片付けるから先に家に行っていてくれ」

「わかりました！」

家の鍵は開いているのでそちらに向かうように言い、俺は工房に戻って鍛冶場の火を落とす。

地面に散らばった灰を箒で集め、まだ使えそうな炭を炭箱に保存。散乱している鉄材をマジックバッグに収納し、鍛冶道具を元の場所に戻す。

そうやって工房を片付けている内に俺はふと思った。

——あれ？　俺、家の方もちゃんと片付けていたっけ？

リリアナとアトラを先に入れてしまったが、もしかするととんでもない散らかりようになっていたかもしれない。ただでさえ時間の経過が曖昧で自分がどんな食生活をしているかも曖昧なんだ。

家の中がまともであるとは思えない。

俺は鍛冶場を整理すると、急いで自宅へと戻った。

家の扉を開けて入ると、リリアナとアトラがリビングを掃除してくれていた。

「あ、すみません。ちょっと部屋の中が散らかっていたので先に片付けをしていました」

「いや、こっちこそすまんな」

家に招いておきながら客人に部屋の片付けをさせるだなんて恥ずかしい。

俺は慌てて片付けに加わった。

ソファーにかけてあった脱ぎっぱなしのシャツやズボンを回収し、洗濯籠へと入れていく。

「でも、意外です。シグさんにもこういう一面があったんですね」

「そうかな？　俺は基本的にだらしないと思うけど」

「あれだけ細かな鍛冶仕事をしていたので」

「あー、身の回りのことをするのは苦手じゃないけど、仕事が忙しくなると優先度が低くなってな……」

専属鍛冶師の時は、ギルドの清掃員が身の回りのことをやってくれていた。

当時はともかく、今は組織の支援もない個人活動だ。忙しくても自分の身の回りはきっちりしないとな。

「こういう時に鍛冶師の方は弟子に雑用を任せていますけど、シグさんは弟子をとらないんですか？」

「とるつもりはないな。第一、俺は誰かに教えられるような立派な人間じゃないし」

「そんなことないですよ。だってシグさんはこんなにすごい刀や包丁を作れるんですよ？」

「……シグなら親方になれる」

「仮に刀鍛冶の腕前があったとしても、いい指導者になれるかは別の話さ」

基本的に鍛冶の仕事は一朝一夕では身に付かないもので習得には十年、二十年という莫大な時間がかかるものだ。数十年単位の付き合いになる上に、その期間の間に技術を習得させてやらないといけないことを考えると大きなプレッシャーだ。

「そうですかね？　シグさんは優しいですし、面倒見もいいのでいけると思うんですけど」

「……それにシグの技術を廃れさせるのは勿体ない」

リリアナとアトラがポツリと呟いた。

今の俺があるのは、親父から受け継いだ技術があるからだ。

俺が死んでしまえば、親父の生きていた証もなくなってしまう。

それはどこか悲しく感じられた。

確かにこの技術を残したいとは思うが、今はまだ考えられるものじゃない。

刀鍛冶というのは過酷な仕事だ。技術を伝えたいと思っても、王国の田舎で弟子になりたいと思うような人物が現れる確率はかなり低いだろう。

「まあ、今すぐにどうにかなる話でもないし、地道に頑張るしかないさ」

「そうですね。お部屋も片付いたことですし一緒に料理を食べましょう」

その日はリリアナとアトラと一緒に栄養満点の料理を食べ、次の日からも俺は製作に励むのであった。

23話　刀鍛冶はドワーフと出会う

村人からの製作依頼が重なりつつも何とかすべての製作を終わらせた俺は、再びウンベルトにある自由市へやってきていた。

いつもの場所に仮設屋台を設置し、販売の準備を開始すると燻製品が目当ての美食家たちが並び出す。

四回目にもなると俺も慣れたもので動じることなく美食家たちをさばいていく。

今回は本業の製作物が多かったこともあり、早めに燻製品が売り切れてしまった。

燻製品がなくなると美食家たちはいなくなる。

すると、そのタイミングを狙っていたかのようにイブキが顔を出してきた。

「前に注文したやつはできてる？」

「ああ、できてるぞ」

頷くと俺は刀一本、短刀十本、包丁二十本、鋏十本と頼まれていた品々を並べた。

イブキはそれをひとつひとつ丁寧に確認していく。

「どうだ？」

「相変わらずいい腕や。問題ないで」

刀を鞘に収めると、イブキは満足げな表情を浮かべながら代金を渡してくれた。

俺は金貨や銀貨の枚数を数える。これだけ取引額が大きいと勘定を確かめるのも大変だ。

「今回は注文数が多かったけど継続的にいけそうな感じする?」

「んー、毎回となると少しきついな」

できなくはないが刀と向き合うための時間や研究のための時間が減ってしまい、余裕がなくなるのでやりたくない。それに今回のように村人からの製作依頼や研ぎ作業が重なってしまうと、日常生活がままならなくなってしまうからな。

「身の回りのことなんて他の職人と分担してやるか弟子にやらせればいいやん?」

「うん?　うちには他の職人なんていないし弟子もいないぞ?」

「は?」

「え?」

イブキが素っ頓狂な声をあげ、俺が間抜けな声を漏らす。

「刀ってのはひとりで作るもんちゃうやろ?　少なくとも鍛造する時には他の刀鍛冶、あるいは弟子と力を合わせてするやろうし、柄や鞘を作る職人だって別にいるはずやん?　せからシグの他にも刀鍛冶、あるいは助手がいるんやと思ったけど……」

「え?　そうなのか?　俺は普通に全部ひとりでやってるぞ?」

鍛造をふたりから三人で行うだと?　まあ、鍛造は大変なので誰かが一緒に叩いてくれれば楽であるが同じくらいの実力あるいは、相当な息が合っていないとかえって難しくないか?

というか他の部品を製作するのに専門の職人がいるなんて初耳なんだが。

「…………」

俺も驚いているが、それ以上にイブキは驚いている様子だった。

彼の知っている常識と俺の知っている常識が致命的に違う。

「少なくとも極東ではそれが常識やで？」

「そうなのか？」

驚きのあまり問い返してしまったが、イブキは紛れもない極東人だ。

本場での刀鍛冶を知っている様子だし、こんなことで俺に嘘をつくメリットはない。

「刀鍛冶は親父さんに習ったんやっけ？　その時に教えられんかった？」

「教えられなかったな」

親父もすべての工程をひとりでこなしていたし、俺も当然それを受け入れていて教えられた。

誰かと一緒に刀を製作するなんて考えたこともなかった。

もしかすると、親父ってめちゃくちゃスパルタだったのだろうか？

「……君が規格外なことは知ってたけど、親父さんも大概やな」

俺のことはともかく、親父が規格外だということには同意だ。

何せこれだけの月日を鍛冶に捧げていてもまったく後ろ姿が見えないんだからな。

「まあ、君がひとりでやってるんなら毎回これだけの製作をするのは厳しいのは当然やな。というか、ひとりじゃ普通はこの量は作れへんねやけどな」

俺もS級ギルドの専属鍛冶師としてこき使われていなければ、これだけの注文品をこなすことはできなかっただろうな。人間関係や労働条件は最悪に近い場所であったが実力がついたことだけは確かだ。そこだけはあのギルドに感謝してもいい。

会話をしながらではあったがようやく勘定の確認が終わった。

すると、イブキが製作した品物をマジックバッグへと収納する。

「次の注文はあるか?」

「いや、これだけの数を仕入れたし、しばらくはこれをさばくことに注力するわ」

「わかった。また注文したい時は遠慮なく声をかけてくれ」

「おおきに」

そう声をかけると、イブキは微笑みながら小さく会釈して去っていく。

聞きなれない言葉であったがタイミング的に感謝の意味合いがこもった言葉なのだろうな。

極東のことについて多少は知っているつもりだったが、俺もまだまだ知らないことがたくさんあるんだな。

今はまだそんな暇はないが、もう少し腕を上げて生活も落ち着いたらいずれは極東にも足を運んでみたいものだ。

イブキが去っていくと客足は穏やかになる。

燻製品の噂を聞きつけた一般市民と通りかかった冒険者がたまに品物を覗きにくるくらいだ。

前よりも製作物を見てくれる人が増えたが、いまいち購入に繋がらない状態が続く。

今日は客足も少ないし早めに上がってしまおうか。

ストックしていた食料も減っていたし、燻製のための調味料も減ってきたからな。

店を閉じて早めに買い物に繰り出してしまおう。

そう考えているといつの間にか屋台の前にひとりの少女がいた。

身長は低めだが、がっしりとした身体つきをしていた。

その特徴からして彼女はドワーフ族だな。

ドワーフは鍛冶や金属加工、採掘などの技術に優れている種族だ。彼女らの作る武器や防具は非常に高品質であり、名のある鍛冶師の多くはドワーフ族だと言われている。

ルサールカのような大きな街では結構な数を見かけたが、この辺りでドワーフを見たのは久しぶりだな。

顔つきはやや丸めでクリッとした翡翠色の瞳をしている。

橙色の長い髪は結ばれており、健康的な小麦色の肌をしていた。

鍛冶師が着るような作業着を纏っているが胸元が窮屈なのか前のボタンが外されていた。

自身の身長よりも大きなリュックを背負うことができているのは、ドワーフの膂力があってこそだろう。

「……短刀だ！」

彼女は販売台に並んでいる品物を見るなり、そんな呟きを漏らした。

ここらじゃ売っているのも珍しい武器だからな。

「これ、見せてもらってもいいですか？」

「いいぞ」

頷くと、ドワーフの少女はおそるおそる鞘から短刀を引き抜いた。

刀身だけでなく柄、鍔、鞘といった部品のひとつひとつまで丁寧に確認する。

イブキ以外にここまでじっくりと見られたのは初めてだ。

同じ職人だからこそそういった細部が気になるのだろうな。

しばらくしてドワーフの少女は刀身を鞘に戻して、そっと販売台へと戻す。

それから何か探すように視線を彷徨わせる。

「あの、刀は置いてないんですか？」

どうやら刀を探していたらしい。

イブキに渡してから販売用の刀を置くのをすっかり忘れていた。

「ああ、あるぞ」

「見せてください！」

「わかった」

マジックバッグから販売用の刀を取り出すと、ドワーフの少女へと手渡す。

彼女はうやうやしくそれを受け取ると、ゆっくりと鞘から刀身を引き抜いた。

「えぇー!?　何これ！　エロっ！」

「え、えろ？」

親父やかつてのギルドに所属していた冒険者を含めて、数多の者に刀を見せてきたがエロいなんて感想を漏らされたのは初めてだった。

意味がわからない。俺の刀の何がエロいんだ。

「お、おお！　おほほほほ～ッ！」

首を傾げている内にドワーフの少女は刀身を徐々に露出させ、女性にあるまじき恍惚とした表情と声を漏らす。

何だろうこの何ともいえない感じは。

まるで、自分の妻の衣服が知らない男に剥かれ、露わになった肌を視姦されているかのような。

俺は結婚したことがないので妻なんていないが、とにかくそんな不快なイメージがした。

「見るのは終わりだ」

「ああ！　なんでですか!?」

刀を取り上げると、ドワーフの少女が悲愴な声をあげた。

なんかこいつに刀を触らせたくない。

「お前が変態っぽいからだ」

「えぇー!?　お願いですから刀を見せてください！　ほんのちょっと！　先っぽだけでいいですから！」

ドワーフの少女が突然大声でそんなことを言うものだから周囲からの視線が痛い。

「わ、わかった！　見せてやるから変なことを口走るのはやめろ！」

「わーい！」

衛兵にガーランドをはじめとする知り合いもいるんだ。こんなしょうもないことで迷惑をかけたくない。

「あと刀を見て変な表情を浮かべたり、妙な声を漏らすのもなしだからな？」

「ぜ、善処します」

念を押すように言うと、ドワーフの少女は表情を硬くしながらも頷いた。

不安だ。

24話　刀鍛冶は弟子をとる

改めて刀を渡すと、ドワーフの少女が鞘から刀身を引き抜いた。

なんか鞘を這う手つきがいやらしいと感じるのは俺の気のせいだろうか？

気のせいだと思いつつドワーフの少女を眺めると、先ほどとは違って刀身を真剣な表情で観察していた。

一応は約束した通りに真剣に見てくれているらしい。

時折、吐息のような声が漏れていたが、それは姿、地金、刃紋の美しさに見惚れたが故に漏れたものなのでスルーしてやることにした。

「使っているのは鋼の一種でしょうか？　ですが、ただの鋼では刀身がこんな色合いになるはずがありません。あたしの知らない鋼を使っている？　それに刃の部分と峰の部分で色合いが全然違う。なんで？」

十分ほど好きにさせているが、ドワーフの少女はブツブツと呟きながらまだ刀を眺めている。

そろそろ返してもらおうかなと思ったところで彼女が動いた。

「ありがとうございます。お返しいたします」

「ああ」

息を吐きながらドワーフの少女が刀を返却してくれたので販売台にある台座に掛けた。

「……お願いがあります」

「なんだ？」

観察を終えるなり、ドワーフの少女が真剣な顔で尋ねてくる。

悪いが刀の値段に関して俺は一銭たりともまけるつもりはない。

交渉されたら鋼の心で突っぱねてやろう。

「あたしを弟子にしてください！」

「え？　弟子？　俺に？」

てっきり値段交渉だと思っていた俺は間抜けな声を晒してしまう。

「はい！　あなたにです！」

「いや、俺は弟子をとるつもりはないんだが……」

「そこを何とかお願いします！　弟子にしてくれるならあたしの身体を好きにして構いませんから！」

その気がないことを告げると、ドワーフの少女はその場で深く這いつくばって地面に額を擦りつけた。

見慣れない姿勢であるが必死に懇願をしていることだけはよくわかる。というか、こんな公衆の面前でなんて台詞を言ってくるんだこいつは！

「やめろバカ！　こんな場所でなんて懇願をするんだ！」

「やめません！　あなたが弟子入りを許してくれるまでは続けます！」

急いでドワーフの少女を立たせようとするが頑なに動かない。

ドワーフだけあって筋力があるな。

こんな自由市の往来で少女に頭を下げさせて懇願なんて体面が悪いことこの上ない。

ドワーフの少女のせいで変な視線が集まっている。

「わ、わかった。とりあえず、話を聞いてやるからその姿勢をやめろ」

「わかりました」

そのように声をかけると、ドワーフの少女はあっさりと起き上がって返事した。

販売台に休憩用の札を出すと、俺は仮設屋台の内側にドワーフの少女を招き入れた。

「ありがとうございます。親方」

「いや、まだ弟子にすると決めたわけじゃないからな？」

しれっと外堀から埋めようとするドワーフの少女に俺は突っ込んだ。

「あたしはドワーフ族のネネといいます！」

「俺は刀鍛冶のシグだ」

「よろしくお願いします」

「それでどうして俺に弟子入りしたいんだ？」

「あたしは数多くいる兄弟の中で流浪の役割を担っているんです」

「流浪の役割？」

「ご存知ないですか？　集落を離れ、外の世界を旅する者のことです」

流浪の役割を持つ者は、外の世界を回って各地にある武具の製作技術などを学び、月日が経過して故郷に戻ったら外の世界で獲得した知識、技術を伝えることを使命としているそうだ。

「それで俺の刀鍛冶の技術を学びたいと？」

「はい！　そうです！」

「刀の製作を学びたいのなら極東にいる刀鍛冶に弟子入りした方がいいんじゃないか？」

見てわかる通り、俺は極東人ではない。

純粋な極東人である親父から刀鍛冶を教えてもらったものの、極東に足を踏み入れたことはおろか、刀鍛冶を学んだことすらない。

先ほどイブキに指摘されたように本場での作り方すら知らなかった半端者だ。そんな奴から学ぶより伝統ある本場の刀鍛冶から学ぶ方がよっぽどいいだろう。

「先に申しておきますが、あたしは極東に渡って刀作りを見てきたことがありますが、親方の腕が劣っているとはまったく思えません。むしろ、極東にいるどの刀鍛冶よりも上だと思いました」

どうやらネネは実際に本場である極東を訪れ、そちらで刀作りの光景を目にしたのにもかかわらず俺に弟子入りしたいらしい。

「それはさすがに言いすぎだろ」

「そうかもしれません。あたしも極東の刀鍛冶のすべてを見てきたわけではありませんから。しかし、あちらにいる大名、将軍が抱えている刀鍛冶に匹敵するとは思っています」

「そ、そうか」

俺は大名や将軍お抱えの刀鍛冶が打った刀を見たことがないが、実際に目にしてきた彼女が言うには少なくともそれに匹敵するレベルなようだ。

実際に俺の刀はどのくらいのレベルなのか気になってはいたから、第三者からそのような言葉を貰えることは嬉しい。

「理由を丁寧に語りましたが、あたしがシグさんに弟子入りをしたい一番の理由は他にあります」

「それはなんだ？」

「――シグさんの刀はエロいんですッ！」

ネネの言葉を聞いた瞬間、俺は頭を抱えたくなった。

「何がだ？　意味がわからない」

「どうしてですか⁉　こんなにエロい刀を作っている張本人なのに⁉」

ネネが信じられないとばかりの表情を浮かべた。

いや、そんな顔をされても俺には刀のエロさなんてさっぱりわからない。

「男性であるシグさんでしたらエロいものに惹かれる理由はわかりますよね？」

「……エロいものに惹かれる理由はわかるが、刀に関するエロさについてはまったくわからない。俺の刀のどこがエロいんだ？」

「見てください、この刃紋！　まるで丸みを帯びた女体のシルエットのようで絶妙な曲線を描いています。刀を手に取るとそのずっしりとした重量感と均衡は天女の乳房のようで持つ者に力強さと安心感を与えます。そして、何よりの特徴であるこの切っ先！　雄々しい男――」

「わかったわかった！　ネネが俺の刀を気に入ってくれたのはわかったから！」

真っ昼間にしかも少女が口走るに相応しくない単語が出そうになったので、俺は慌てて手で口を塞いでやって淫猥な刀レポートをやめさせた。

ネネは最後まで言えないことに若干不服そうであったが、ひとまずは口を閉じてくれた。

「うーん、弟子かぁ……」

「親方には他に職人や弟子がいらっしゃるのですか？」

「いや、俺ひとりで製作している」

「刀鍛冶のすべての工程をおひとりで⁉」

「ああ、さっき極東の行商人も驚いていたが、俺は生まれてからひとりでしかやったことがないんだ……」

「益々すごいじゃないですか！　絶対にシグさんの弟子にしてもらいます！」

だからやめておいた方がいいと言おうとしたが、ネネの瞳はキラキラと輝いていた。

むしろ、逆効果のようだ。

「あたしが弟子になったら親方の身の回りのことはいたします。当然、弟子である間は無給で構いません。食事などは自分の費用で賄いますし、鍛冶場や材料の使用料もお支払いします」

「無給な上に費用はすべて自分で払うってお金は大丈夫なのか？」

「問題ありません。こういう時のためにお金はコツコツと貯めていましたから」

ネネは何枚もの白金貨を並べ、大きなリュックからいくつもの宝石や鉱石を取り出した。

それらは明らかに上質なもので、売却するだけで数十年は過ごせる金額になることが察せられた。

「刀鍛冶は体力も必要で火傷なんかの怪我のリスクもあるぞ？」

「ポーションも持っていますし、今更そんなことは気にしません」

「俺は弟子を持ったことがない。刀を作ることができても、教えることについては致命的に下手かもしれない」

「弟子とは師の技術を見て覚えるものです。弟子が刀作りを習得できなくてもそれは弟子の努力不足であり、間違っても親方の責任ではありません」

「刀作りを習得するには最低でも十年はかかるぞ?」

「覚悟の上です」

刀鍛冶の厳しさを伝えてみるが、こちらを見据えるネネの視線は一切ぶれなかった。

色々と言動がアレで残念なドワーフであるが刀鍛冶を学ぶ気持ちは本気のようだ。

つい最近、イブキからの製作依頼と村人からの依頼が重なって身の回りのことが疎かになってしまった。ネネが弟子になれば指導という手間は増えるかもしれないがそれらが改善する上に、馬を飼うことだってできる。ウンベルトでの販売が大きな収入となった今では道のりを短縮できることはかなり大きい。

俺にとって決して悪い話でもないんだが弟子をとった経験がないのが怖いな。

しかも、相手は異種族の異性。上手くやっていけるだろうか?

「親方は燻製がお好きなんですか?」

俺が思い悩んでいると、ネネが販売台に残った燻製品に視線を向けながら言う。

「ああ、刀作り以外の唯一の趣味といっていい」

「わたしの弟子入りを認めてくださるのであれば、各地を旅した時に手に入れた燻製チップを献上いたします」

こくりと頷くと、ネネがリュックから何種類もの燻煙材を取り出してみせた。

その中からひとつのチップを手に取ってみると、嗅いだことのないフルーティーで爽やかな香りがした。

「この燻製チップは一体……？」

「極東にのみ自生している桜という木を使ったものです」

極東に行ったことのない俺はそんな木があることも、燻煙材があることも知らなかった。

「他にも南の国で手に入れたコーヒーウッド、マンゴーウッド、スパイスウッドとアルカサール王国では手に入らない燻製材がたくさんありますよ？」

未知の燻煙材に衝撃を受ける俺に、ネネは次々と稀少な燻煙材を提示してくる。

そんな燻製材は知らない。使ったことがない。

それで食材を燻したら一体どんな風味が広がるんだ。是非とも使ってみたい。

「いかがでしょう？」

「わかった。お前の弟子入りを認めよう」

「ありがとうございます！　親方！」

思い悩んでいた俺は未知の燻製材によって背中を押され、ネネを弟子にすることに決めた。

●

ネネを弟子にすることにした俺は自由市での販売を切り上げ、必要な食材、調味料、砂鉄、鉄鉱石などを仕入れるとフォルカ村に帰還した。

「ここが俺の家だ。今日は遅いし、俺の家に泊まるといい」

「ありがとうございます、親方」

親方と呼ばれると未だに背中がむず痒くなってしまうので、それ以外の呼び方をするようにお願いしてみたがネネが頑として譲らなかった。意外と強情なところがあるようだ。

「あれが親方の工房ですか!?」

家に入ろうとしたところでネネが裏側にある建物を指さす。

「そうだ」

「中を見てもいいですか？」

普通は泊まることになる家のことが気になるはずだが、彼女にとっては家よりも工房の様子が気になるらしい。

明日にしろと言いたいところだがそう言うと勝手に忍び込んだりしそうだ。

「今日は遅いからちょっとだけだぞ？」

「ありがとうございます！」

俺は家よりも先に工房の中を案内することにした。

工房の扉を開けて中に入ると、壁際に設置されている魔道具を起動する。室内が温かな光で照らされた。

工房の入口はだだっ広いフロアとなっている。ここでは主に来客の対応をしており、作刀のためのスケッチや設計図を描いたり、ちょっと手作業などを行うような場所だ。

「展示されているのは親方の作品ですか？」

「そうだ。展示し始めたのは最近だから数は少ないけどな」

その刀鍛冶がどのようなものを作れるかは口で説明するよりも実物を見せた方が早いからな。

村人が依頼に来た時に安心して頼めるようにサンプルを置いている。

ネネは真剣な表情で展示品を見つめていると思ったら、だらしなく表情を緩めた。

「うへへ、ケースの中にエロい子たちがいっぱい」

「変な目で見るな」

「あたしは悪くありません！　こんなに卑猥《ひわい》な身体つきをしてるこの子たちが悪いんです！」

酒場の女給仕にちょっかいをかけて逆ギレする冒険者のような台詞だ。こんな場所で聞きたくなかった。

「刀以外の腕前も一級品とはさすがです」

ほどなくすると、ネネはようやく展示品の前から離れてくれた。

「一時期は刀作り以外のこともやっていたからな」

回り道かのように思えた昔の出来事であるが、その時の経験が今になって生きている。

S級ギルドにいた時の日々は苦しかったが決して無駄ではない。

「最後に鍛冶場だ」

「ここが親方の鍛冶場ですか！」

鍛冶場に案内すると、ネネが興奮の声をあげた。

鍛冶場には鉄と炭の匂いが充満しているが、ネネはまったく表情を歪めることはない。

嬉々として足を踏み入れて鍛冶場内に視線を巡らせている。

火炉、金床、手槌、向槌、鉄鋏、ノミ、テコ棒などといった鍛冶道具一式が揃っている。

俺にとっては見慣れた光景であるが、ネネにとっては新鮮な光景のようで目を輝かせて火炉を眺めたり、鍛冶道具を観察していた。

「ネネは極東の鍛冶場は見たことがあるか？」

「はい、少しですが」

「うちの鍛冶場と大きな違いはあるか？」

「あちらは大人数での作刀体制をとっているので施設全体が大きかったです」

「なるほど」

極東では分業して刀を作っているから大勢の職人が工房に集まっているのだろうな。

基本的な内装や鍛冶道具はそう変わらないようで安心した。

「お、親方！」

「なんだ？」

「あんなところに美女の裸が！」

ネネが突然叫び出すので慌てて視線をやると、台座の上に試作した刀身が置かれているだけだった。

確かに鞘にも柄にも収められていない剥き身の状態であるが、これを裸にたとえるとは相変わらずネネの感性がわからない。

「ただの試作刀だ。お前は何を言ってるんだ」

「で、ですがっ！」

「今日はもう遅いし、このくらいにしておくぞ」

「えぇー！」

なぜか大興奮しているネネを引きずるようにして工房を出る。

家に戻って荷物を置くと、俺はネネの寝室を用意することにした。

「ネネは休んでいてくれ。俺は部屋を用意する」

「いえ、あたしも手伝います」

俺が今使っているのはかつて親父が使っていた部屋であり、ネネにあてがう部屋はかつての俺が使っていた部屋だ。

帰ってきた当初は十五年以上使用されていなかったので物置部屋になっており埃が溜まっていたのだが、リリアナとアトラが掃除を手伝ってくれたお陰で何とか部屋の体面を保てている。

家具は最低限しかないし、ここ二か月ほど使用していなかったので若干埃っぽい。

「あー、やっぱり俺の部屋を使うか？」

さすがに若い女性にこんな部屋をあてがうのはどうも心苦しい。

「いえ、問題ないです。弟子が住み込みとして与えられる部屋としては十分すぎるほどです」

「ああ、そうか――ん？　住み込みだって……？」

「はい。親方の身の回りのお世話をするんですから住み込みです」

村にある空き家を探して適当にそこに住むだろうと思っていたが、どうやらこの弟子は俺の家に住む気満々らしい。

「安心してください。家賃はしっかりとお支払いします」

俺が気にしているのはそんなことじゃない。

「……それで本当にいいのか？」

「何がでしょう？」

念を押すように尋ねると、ネネが小首を傾げた。

「弟子入りするためとはいえ、初対面の男と一緒に同じ屋根の下で暮らすことは苦痛じゃないか？」

「あたしは気にしません。今までもそういう環境で修行していましたから」

他の工房などでは狭い部屋で男女の入り交じった弟子たちが寝食を共にするなんてことはザラだったらしい。他所の工房での下積み経験のない俺からすれば、そんな生活に驚きを隠せない。

「親方の工房の周りには家らしきものはなかったので仮に外に住むとなると、中心地に近いエリアとなってしまいます。毎日通うことを考えれば大きなロスになるのであまり気は進みません」

音を出しても周囲の迷惑にならないことを考えて人気のないところに工房を構えた。

周囲に家がほとんどないのは当然の話である。

仮に村の離れに住んだとしてもここまで片道で三十分はかかる。

気にするような時間ではないかもしれないが何かを学びたいと思う者にとって、その時間はかなり惜しいに違いない。

「……わ、わかった。ならここに住んでいい」

「ありがとうございます」

許可を出すと、ネネが深く頭を下げた。

俺が逆の立場であれば、絶対に住み込みを希望して刀鍛冶に関わる時間を増やしたいと思うからな。

本格的にネネが住み込むのであれば、この部屋にある荷物も片付けておかなければならない。

俺は部屋に積んである荷物を片っ端からマジックバッグに収納してやった。

すると、やや埃っぽいもののちゃんとした部屋が出来上がる。

「ありがとうございます！　あとの掃除はあたしがやっておくので親方は休んでいてください」

「わかった。掃除用具は好きに使っていいから困ったことがあったら言ってくれ」

「はい！」

ネネは室内に入ると窓を開けて換気し、俺の貸してあげた掃除道具で部屋を掃除し始めた。

刀を見る時は明らかに変態なのに普段は真面目ないい子だ。

できれば、常にこういう姿であれば嬉しいんだが、それは無理なんだろうな。

ネネが部屋を掃除している間に俺は浴場の湯船を洗うことにした。

ウンベルトまで移動すると、かなり汗をかく上に足も疲労するからな。

ゆっくりとお湯に浸かって疲労を取り除くのが一番だ。

ネネも掃除していたら身体が汚れるだろうし、旅の疲れもあるだろう。

魔道具を操作し、湯船にお湯を溜めておく。

ひとりで湯船を使用するとなんだか勿体なく感じてしまうが、ふたりだと罪悪感を抱くこともないな。

お湯を沸かしている間に、俺は家のリビングや台所、トイレなどを掃除しておく。

男ひとりの生活なら問題ないが、今日から他人が住むわけだしな。

まあいいやと見過ごしていた汚れなどをしっかりと落とす。

家の掃除をやっていると、ほどなくしてネネがリラックスした様子でリビングに戻ってきた。

「部屋の掃除は終わったか？」

「はい、整えることができました」

ふーと息を吐きながらソファーに腰かけるネネ。

「今日は疲れただろう。お風呂に入るか？」

「親方の家にはお風呂があるのですか⁉」

一番風呂を勧めると、ネネが驚いたように振り返る。

工房はあんなに隅々まで確認していたのに、これから自分が住む家についてはロクに確認していなかったようだ。興味のあるなしがハッキリとしているな。

「あるぞ。先に入るといい」

「それは大変ありがたいですが、親方を差し置いて弟子が先に入るわけにはいきません。一番風呂は親方がどうぞ」

「いや、そんなことは別に――」

「ダメです。あたしはあくまで弟子にさせてもらっている身なのですから」

普段は気さくで非常に話しやすいネネであるが、上下関係についてはきっちりとしたいタイプのようだ。俺は上下についてあまり気にしないタイプなのであるが、ネネがそうしたいのであればその思いを尊重しよう。

「……わかった。なら先に入らせてもらうよ」

そんなわけで素直に俺が先にお風呂に入る。

髪や身体の汚れを落として身体を温めると、とてもさっぱりとした。

やっぱりたくさん汗をかいた日はお風呂が一番だ。

「終わったよ」

「では、あたしも入らせていただきます」

衣服を着替えてリビングに戻ると、入れ違う形でネネがお風呂へと向かった。

「上がりました」

ほどなくしてネネが湯船から上がると、対面のソファーに腰かけた。

さらに纏めていた橙色の髪はすっかりと下ろされており、シャンプーをしたお陰か艶のある光を放っている。小麦色の肌も血色がよくなり、ほんのりと頬が上気していた。

作業着を着ている姿と、普段の姿に大きくギャップがある。

それにしても……。

「お前、その格好はどうなんだ？」

湯上がりのネネの姿はタンクトップにショートパンツといった普通の格好だ。

しかし、非常にスタイルのいい彼女がそれを纏うと、とんでもない破壊力になってしまっている。

タンクトップからは豊かな胸が大きく主張しており、際どい短さのショートパンツからはむっちりとした太腿が惜しげもなく晒されている。

ひとり暮らしであれば別に文句は言わないが、仮にも異性である俺の家に住み込みをしているのにその姿はどうなのだろう。

思わず指摘すると、ネネは自身の胸を誇るようにして言った。

「どうです？　エロいでしょう？」

「いや、そういうことじゃなくてな……」

うん、エロいと即答したいところであるが、こんなところで鼻の下を伸ばしてしまえば親方としての威厳が台無しだ。

「そんな格好でいたら襲われるかもしれないぞ？」

「いいですよ」

「はい？」

ネネは立ち上がると、こちらの座っているソファーへと寄ってきた。

そして、俺の隣に腰を下ろすと、覆い被さるようにして言ってくる。

「言ったじゃないですか。弟子入りさせてくれるなら身体を好きにしていいって」

そういえば、弟子入りを頼んだ時にそんなことを言っていたっけ。

あれは弟子入りしたいが故に適当に言っただけだと思っていたのだが、どうやら彼女は本気だったらしい。

「俺はそんな条件を呑んだ覚えはないぞ」

「いいんですか？　あたしの身体を好きにできるんですよ？」

「俺はネネが本気で刀が大好きで作りたいと思っているから弟子入りを許した。それだけだ」

ネネは刀に関係する言動こそ変態的でちょっとアレだが、刀を好きだという情熱や作ってみたいという気持ちは真剣だった。

だからこそ俺は弟子入りを認めたのであって、いってしまえば雑用や鍛冶の補助はついでの理由みたいなものだ。決して身体に惹かれたわけじゃない。

「そ、そうですか……」

ゆっくりと肩を押して起き上がると、ネネは素直に身体を引いてくれた。

「親方も人たらしですね？」

「どこがだ？」

ネネの意図する言葉の意味がよくわからず首を傾げると、彼女はクスリと笑うのだった。

25話　刀鍛冶は弟子と共に農業をする

翌朝。いつもより少し早めに目を覚ましたが、リビングの方には既に人の気配があった。

「おはようございます、親方！」

「おはよう、ネネ」

身支度を整えリビングにやってくると、台所ではネネが朝食の準備をしてくれていた。

「もうすぐ朝食ができますので！　座っていてください」

「ありがとう」

イスに座らせてもらって待っていると、ほどなくしてネネが料理を運んでくれた。

「お？　これは？」

「ベーコンチーズパンケーキです！」

どうやらパンケーキの中にベーコンとチーズを混ぜ込んで作った料理らしい。

「変わった料理を作るなぁ」

「冷蔵庫にあるものは使っていいかわからなかったので……」

思わず感心の声をあげると、ネネが苦笑しながら答えた。

食材のほとんどはマジックバッグに収納しており、冷蔵庫の中にあるのは塩漬け中の燻製品ばかりだった気がする。

「すまん。今度からはネネも料理できるように食材を冷蔵庫に入れとくよ」

「そうしてくださると助かります」

なんだかネネには朝から苦労をかけてしまった気がする。

これからは燻製品以外の食材も冷蔵庫に保存しておくことにしよう。

「いただくよ」

「どうぞ」

きつね色のパンケーキをナイフで切り分けると、中からこんがりと焼けた燻製ベーコンととろりとしたチーズが見えていた。とても美味しそうだ。

食べるとパンケーキの素朴な甘さとベーコンとチーズの塩気が絶妙にマッチしている。

レストランではふわふわとした生地のパンケーキが多いが、俺はこういった薄めのしっとりとした生地の方が好きだな。

「うん、美味しい」

「それはよかったです」

「ネネは料理ができるんだな」

「ひとりで旅をしていましたし、弟子入り先でも任されることが多かったので」

鍛冶師のほとんどは男だ。必然的にそういう役回りが回ってくることが多かったのだろう。

「ですので、料理に関しては任せてください」

意気込んでくれるネネの気持ちは嬉しいが、毎度料理ができないというのは俺的に困る。

「忙しい時は任せるかもしれないが、そうじゃない時は毎回やらなくていい」

「ですが、それでは……」

「悪いけど親方の命令ってことで頼む。あまり堅苦しい生活にしたくはないんだ」

俺は燻製をするのが好きだし、料理をすることが気晴らしになることもあるからな。

「わかりました。親方がそこまで言うのであれば」

渋っていたネネであるが命令であることを告げると納得してくれた。

ネネの意見を尊重するが、それで俺が息苦しくなっていては意味がないからな。

譲ってもらえる部分については譲ってもらおう。

「そろそろ畑を手伝うか」

朝食を食べ終わると、俺はポツリと呟いた。

ここ二週間ほど製作の方が忙しくてまったく畑を手伝うことができていなかったからな。

そろそろあちらの畑を手伝わないといけない。

「親方は農業もやっているのですか？」

「ご近所さんと共同でな」

「共同農業ですか」

「まあ、一緒にやっているというよりかはお手伝いをさせてもらっているようなものだけどな」

今のところ共同といえるほど頻繁に参加できていないからな。臨時のお手伝いというのが正しいかもしれない。

「そんなわけで午前中は畑をやってくる。ネネは午後までゆっくりしていていいぞ」

「あたしもお供します」

「いや、これは俺の趣味であって、ネネが手伝う必要はないんだぞ？」

「弟子たるもの親方の趣味にもお付き合いするものです！　それにご近所さんとあってはご挨拶をしておかないと」

別にいいと言っているがネネは参加する気満々のようだ。

まあ、弟子入りして俺の家に住むわけだから、リリアナ一家とも無関係というわけにはいかない。

挨拶がてら農業を一緒にするのも悪くないだろう。

「わかった。それじゃあ付いてきてくれ」

「はい」

そんなわけで俺はネネと共にリリアナ一家の畑に向かうことにした。

リリアナ一家の畑に向かうと、リリアナとアトラが春キャベツの収穫作業をしているようだった。

声をかけるとリリアナとアトラが笑顔でこちらにやってくる。

「お仕事はもういいんですか？」

「ああ、落ち着いたから手伝いにきた」

「……シグ、そっちの人、誰？」

アトラがジーッとネネを凝視しながら尋ねる。

彼女は少し人見知りだからな。見慣れない人が気になってしまうのだろう。

「もしかして、お弟子さんですか？」

ウンベルトに行く前にちょうど弟子の話をしていたのでリリアナはピンときたようだ。

弟子なんて考えていないといった矢先に弟子をとることになったのでちょっとだけ恥ずかしい。

「はい、そうです！　昨日よりシグさんの弟子として住み込みで働かせていただくことになりましたネネといいます」

「あ、やっぱり！　私は狩人と農家をやっているリリアナといいます」

「……私はアトラ」

「これからよろしくお願いします」

リリアナ、アトラが軽く自己紹介をし、ネネと握手を交わした。

アトラはまだおずおずといった様子であるが、ネネはコミュニケーション力も高いのですぐに仲良くなるだろう。

「今日はこのままネネも参加してもいいだろうか？」

「大歓迎です！　ちょっとお母さんを呼んできますね！」

リリアナは快く頷くと、パタパタと畦道を駆けていった。

ほどなくしてリリアナがシンシアを連れて戻ってきた。

「はじめまして、シンシアです」

「ネネといいます！　よろしくお願いします！」

「今日はシグさんだけじゃなくお弟子さんも手伝ってくれるんですよね？」

「はい。何をすればいいでしょうか？」

「では、今日は人手がたくさんあることですし、新しい畑の土作りをお願いします」

「土作りですか？」

「はい。共同農業になった時から拡張しようと思っていたんです」

シンシアに連れられて移動すると、そこには空いた土地があった。

既に彼女はここを確保しており、正式にシンシア一家の畑となっているらしい。

「えーっと、こういう時は……」

「まずは丈の長い雑草を切ってしまいましょうか。根に関しては鍬入れの時に切ることができますし」

「そうですね！」

土作りなんて久しぶりなもので何から始めるか迷ってしまったが、ネネは即答し、リリアナが肯定するように頷いた。

もしかすると、ネネは俺なんかよりも農業に慣れているのかもしれない。

新しい土地に足を踏み入れると、地面は硬く丈の長い雑草があちこちで生えていた。

「ほい、鎌だ」

「おほ！　親方が作ったものですね!?　さすがは親方！　農具の腕も一流です！」

作業に加われるようにマジックバッグから取り出した鎌を渡してやると、ネネが嬉しそうな声をあげて観察し始めた。

「後でじっくり見せてやるから先に作業をやってくれ」

「わかりました」

あまりにも鎌を眺めてばかりで動かないものだから声をかけると、ご近所さんの前もあってかネネは我に返ったようだ。

手袋をはめて鎌を手にすると、俺たちは丈の長い雑草を刈り取ることにする。

左手で草を掴み、草の成長点の下を狙って鎌を引いた。

あっさりと草が切れると、次の草を掴んでは鎌で刈り取ってやる。

「この鎌、恐ろしいほどの切れ味ですよ！　見惚れていると指まで刈り取っちゃいそうです」

「怖いこと言うなよ」

ネネなら本当にやらかしそうで怖い。

「でも、シグさんの作ってくれた農具のお陰で農業が楽になりました」

「……これならアトラでもたくさん草を刈れる」

リリアナだけでなく、アトラもザックザックと鎌を引いて草を刈っている。

農作業が得意なふたりに良質な農具を提供すれば鬼に金棒だ。

「次は鍬入れですね」

周辺のゴミや大きな石を除去しながら草を刈ると、次は鍬を使って深さ三十センチほど耕す。

既にシンシアがロープを張って畝の範囲を決めてくれているので、俺たちはその範囲の草の根を取り除きながら土を掘り返していけばいい。鍬を振り上げて、ドンドン土を耕していく。

「ネネさんは鍬の扱いが上手ですね！」

リリアナの言う通り、ネネの鍬の扱いはかなり堂の入っていたものだった。

「鍛冶師でも畑をやっている方は多くいまして、そのお手伝いをよくやっていました」

くっ、同じ職人ということで俺と同じカテゴリーかと思ったが、やはりネネは違ったようだ。

「……シグ、もっと頑張る」

「ああ、頑張るよ」

俺はアトラに励まされつつ無心で鍬を振るうのだった。

26話　刀鍛冶は弟子より最低な賛美を受ける

朝の共同農業を終えると、俺たちは工房に移動した。

工房の鍛冶場に入るなり、俺は口を開いた。

「ネネ、包丁を作ってくれ」

「いいんですか⁉」

「何年も槌を持たせない修行に意味はないからな」

修行期間中は槌を握らせない工房もあるらしいが俺はそういった方針は反対だ。

学びたいのであれば修業期間中であろうとガンガンと槌を握ってもらう。

本当は刀を作ってくれと言いたいところだが、彼女は刀については大まかな知識があるだけで作ったことがない。作れないものを作らせても実力はわからないからな。

「ネネの実力を見せてくれ」

「わかりました！　鍛冶道具を持ってきます！」

遠慮なく作業に入るように告げると、ネネが嬉しそうな笑みを浮かべて工房を飛び出していった。

早速、鍛冶ができるのが嬉しいらしい。

彼女が鍛冶道具を取りに戻っている間、俺はマジックバッグから包丁作りに必要な素材を取り出していく。基本的に材料はすべて収納しているからな。今後は彼女が自主練をできるように常にいくつかは置いておかなければ。

必要な素材をテーブルに置き終わると、ネネがリュックを背負って戻ってきた。

ネネはリュックの中から自身の使用する大槌、小槌、金床といった道具を取り出した。

「炭箱はそこにある」

「わかりました」

ネネは小さなスコップで炭箱から火炉に炭を投入していく。

種火をつけると乾燥した枝や新しい炭を入れて、ふいごを操作してゆっくりと風を送り込む。

古い炭で燻っていた火が新たな燃焼物を見つけて燃えていく。

俺のように魔法を操るようなことはしないが、実家の工房で鍛冶をやっていただけあって実にスムーズな火熾《ひおこ》しだ。

たちまち鍛冶場に熱が籠り始め、見学しているだけの俺の額からも汗が噴き出した。

手拭いで額の汗を拭うと、ネネは鉄棒の端を鋏で掴んで加熱した炉の中へと通した。

千度を超える高温に鉄棒はたちまち赤く変色して柔らかくなる。

取り出したら台の上で固定し、鋏で押さえながら手槌で叩いていく。

薄暗い工房の中で火花が散っていた。

小柄な身長から考えられないほどの膂力で鉄を叩いている。

小さくても女性であっても彼女はドワーフということだろう。

この辺りで俺の場合は硼酸、硼砂、酸化鉄などを使って鋼を貼り合わせていくのだが、ネネの場合は微妙に配合率が違うようだ。

これに関しては工房によって違いがあるし、職人の個性でもあるからな。

それでも大まかな素材と手順は同じだ。

再び炉の中で熱し、槌で叩いて完全に素材同士を癒着させ、包丁の形へと引き延ばしていく。

そして、熱せられた鉄の棒は目的の形へと近づき、生鉄と呼ばれる包丁の身の部分が完成した。

打ち上げた包丁の成分を安定させるためにここで包丁を寝かせておく。

「親方、どうでしょう？」

しばらくして刀身が冷めたところで俺はネネの包丁を確認させてもらうことにした。

「いい出来だが、まだまだ粗いところがあるな」

鋼材の不純物が微妙にだが取りきれていない。そのせいで素材としての特性が微妙に変化してしまっている。それに長く火に晒されたせいか鉄が摩耗しており、素材としてのよさが殺されている。

まだここの火炉に慣れていないのもあるだろうが温度管理が少し甘い。

「なるほど」

指摘すると、ネネは感心したように頷いた。

指摘されると不機嫌になってしまう職人も多いが、ネネはそのように臍を曲げることなく素直に受け止めることができるようだ。

失敗を素直に認めて反省し、次回に活かせる者が成長できる。

刀鍛冶とは自身との戦いだ。

「次は俺が包丁を作る。ネネは見ていてくれ」

「はい、親方！」

ネネが目をキラキラと輝かせて後ろに陣取る。

俺が鍛冶するところを傍で見られるのがよっぽど嬉しいらしい。

親父以外の誰かが傍で見ていることが初めてなので少し緊張してしまうな。

スコップで炭を投入すると、ふいごを風魔法で操作する。

「魔法を操作しながら火作りを？」

「触れずに操作できる方が鍛錬に集中できるからな」

この技術に関しては『栄光の翼』にいた時も他の職人から驚かれたな。

手を使わなくてもふいごを操作できるので慣れればとても便利なのだが、他の作業と並行しながらやるのが難しいらしい。親父に教えられ、幼少期の頃から当たり前にやってきたことなので気付かなかったことである。

マジックバッグから鉄棒を取り出すと、鉄鋏で端を掴んで加熱した炉の中へと通していく。

千度を超える高温に鉄棒はたちまち赤く変色して柔らかくなる。

そこに硼酸、硼砂、酸化鉄などを使い、鋼を貼り合わせると再び炉の中へ。

加熱して取り出したら台の上で固定し、鋏で押さえながら手槌で叩いていく。

力強く槌で叩いていき、素材同士を癒着させていく。

地金と鋼が完全に結合したら身体強化を発動し、大槌で徐々に包丁の形へと延ばしていった。

「どうだ？」

刀身の形ができたところで俺は額から流れる汗を手で拭い、振り返って尋ねた。

「さすがは親方です。槌を打つ度に鉄が喜び、嬌声をあげているのがわかります！」

今まで聞いた中で一番酷い賛美だった。

ふざけているのかと問いかけたくなったがネネは常に真剣だ。

ちょっと鍛冶に関することになると頭のネジが外れるだけなのだろう。悪い奴ではない。

「ですが、あたしはどうしたら親方のようになれるのでしょうか？　明確に違いがあるはずなのにそれがわかりません」

「しっかりと鉄の声を聞け」

「……鉄の声？」

鍛冶は感覚の部分も大きいので具体的にどのように説明するのか難しい。

「お前には嬌声ってやつが聞こえるんだろ？　だったらお前の槌で鉄の気持ちのいい部分を叩いてやれ」

「なるほど！　あたしも親方のように鉄をあんあんと喘がせるテクニシャンになります！」

俺なりにネネの感覚に合わせて言葉にしてみたが伝わったみたいだ。

他の人の前では到底聞かせられない酷い会話であるが、ネネを弟子として迎え入れた以上は今後もこのようなやり取りが続くことは確定しており、ちょっと絶望した。

●

夕方を迎える頃には四本の包丁が焼き入れを終え、反りや曲がりの修正、荒研ぎ、下地研ぎといった作業を残すだけとなった。特に急ぎでもないので残りの工程は明日にでもやればいい。

「よし、そろそろ終わるか」

「はい！　あ、親方！　後片付けはあたしが――」

「一日目じゃ細かい鍛冶道具の位置もわからないだろう。そういうのは慣れてからでいい」

「わかりました。早く覚えます」

俺が好んでいる鍛冶道具の配置もあるし、それを鍛冶場に入って一日目の弟子にこなせというのは無理な話だ。

火を落とすと、燃え残った炭を炭箱に移していき、ネネが鍛冶場の床に散らばった炭や灰、鉄粉などを掃除する。

鍛冶場の道具の置き方をネネに教えながら戸締まりを終えると、俺たちは自宅へと戻る。

「親方、一番風呂をどうぞ」

「ありがとう」

どうやら帰ってすぐに湯船を清掃し、お湯を溜めてくれていたようだ。

遠慮なく一番風呂で鍛冶場の汚れと疲労を落とすと、次にネネがお風呂に入っていく。

ネネは長湯するタイプではないのですぐにお風呂から上がってくるだろうが、何もせずにリビングでくつろいでいるのも退屈だ。

そういえば、ネネがやってきたというのに歓迎会をしていなかったな。

突然の弟子入りということや、ウンベルトから帰還したこともあって昨日はロクな夕食もとらず、すぐに眠ってしまっていた。

ここらでちゃんとした夕食を振る舞ってあげないとな。

27話　刀鍛冶は弟子に燻製料理を振る舞う

竈に火をつけると、大きめの鍋に水を入れて温める。

湯を沸かしている間にタマネギを串切りし、ザワークラウトを軽く水で洗ってザルに絞っておく。

別の鍋に火をかけると、油を引いてタマネギをさっと炒める。

タマネギがきつね色になったらその上にザワークラウトの半量を敷き詰め、その上に燻製ソーセージ、燻製ベーコン、燻製豚肉を投入し、乾燥させたネズの実、ワインを注ぐ。

ブイヨンを溶かした水を加えて上の層のザワークラウトが湿気る程度に調整。

弱火でコトコト煮込んでアルコールを飛ばしていく。

あと小一時間ほどすれば、燻製肉とザワークラウト煮込みが出来上がる。

驚くほどに柔らかくて甘い燻製肉にネネも驚くに違いない。

「あっ、親方！　あたしも手伝います！」

鍋を煮込んでいると、お風呂から出てきたらしいネネが慌てて寄ってくる。

「気にするな。これはネネを歓迎するための食事だからな」

「あたしのための食事ですか？」

「そうだ。そんなわけで歓迎される側は大人しく待っていてくれ」

「……わかりました。親方がそうおっしゃるのでしたら大人しく待ちましょう」

俺が堅苦しい生活が苦手だと理解したのだろう。ネネはあっさりと退いてくれた。

「ところでネネは酒が呑めるか？」

「呑めます！　大好きです！」

何気なく尋ねると、ネネが鼻息を荒く大きな声で返事した。

うん、やっぱりな。ドワーフだけあって彼女もお酒が大好きらしい。

「そうか。なら燻製ビールを用意しよう」

「燻製ビール？　ビールって燻製できるんですか？」

「ああ、できるぞ。ウイスキー、ワイン、ビールなどのお酒本来の香りを引き立てながら奥行きのある味を感じることができる」

スモーク前後で呑み比べをするとまったく違う飲み物になっているといっても過言ではない。

「親方、あたしドワーフなのでお酒にはうるさいですよ？」

ネネが腕を組みながら言う。

燻製するということは完成形であるビールに手を加えるということだ。

下手をすればビールそのものの香りや風味の邪魔をすることになりかねない。

それはお酒を愛するドワーフからすれば、到底許せることではないだろう。

「安心しろ。俺も燻製にはうるさい方だ」

俺だって燻製にはこだわっている。

燻製したことで素材のよさが台無しになるくらいならば燻製しない方がマシだと思っている。

それでもなお燻製するということは元の味を超える、あるいはそれとは別物の味わいに変えることができる自負があるからだ。

俺がこだわった燻製ビールでネネを唸らせてやろう。

とはいえ、ビールの燻製は最後だ。

先に大きな鍋で沸騰しているお湯に多めの塩を入れて、パスタを茹でる。

パスタが茹で上がると、ザルでよく湯を切ってフライパンに移す。

パスタの茹で汁を少し加えると、冷蔵庫からドライトマトの入った瓶を取り出した。

「親方、それは？」

ただ待っているのも暇だったのか傍で見ているネネが尋ねてくる。

「燻製ドライトマトのオイル漬けだ」

「これも燻製品ですか？」

「そうだ」

厚めにスライスしたトマトに塩、バジル、オレガノなどの好みのハーブをつけて天日干しで乾燥させてドライトマトを作る。それから六十度から七十度で二時間ほど燻製したら裏返し、また二時間ほど燻製。粗熱を取ったら燻製オリーブオイルと共に瓶詰めにしてやり、冷蔵庫で一日ほど寝かせたら完成する。

そのまま食べてもよし、サラダやドレッシングとして使うのもいいが、今回はパスタに絡めてペペロンチーノにする。

フライパンの中に燻製ドライトマトのオイル漬けを投入すると、スモーキーで甘酸っぱい風味のオイルの香りが台所に漂う。

「親方！　これ絶対に美味しいやつですよ！」

普通のオリーブオイルで食べても美味しいんだ。燻製オリーブオイルを使えば、もっと美味しくなるに決まっている。

仕上げにブラックペッパー、レモン汁をかけてよく混ぜ合わせ、味付けを調整すると器にパスタを盛り付けて完成だ。

パスタが出来上がる頃にはザワークラウトのアルコールがすっかりと飛んでいたので、こちらも器に盛り付けてテーブルへと運んでしまう。

「最後は燻製ビールだ」

冷蔵庫からキンキンに冷えたホワイトビールのグラスを取り出し、その上にグラストップスモーカーを被せた。

「親方、これは？」

「まあ、見ていてくれ」

ネネが小首を傾げる中、俺は蓋を外してグラストップスモーカーの小さじ半分ほどのリンゴチップを入れた。バーナーでチップを燃やすと、グラス内に降り注ぐようにして煙が出始める。

「なるほど！　グラス内の液体に香りをしっかり移せるような仕組みなのですね！」

「そういうわけだ」

燻製機に丸ごとグラスを入れても仕方がないからな。

こうやって下に煙が出るようにすればグラス内の液体だけに香りづけができる。

「これはどこで売っているのですか？」

「俺が考えて作った」

液体だけを便利に燻製したいと思って仕事の合間に考えて自作したものだ。

「……親方は本当に燻製が好きなんですね」

「まあな」

ネネの感想には半分ほど呆れが入っていたが、そこは敢えて気付かないフリをすることにしよう。

「よし、蓋を開けていいぞ」

「わあ！」

グラストップスモーカーを外すと、グラスの中から煙が立ち昇った。

リンゴのチップを使ったほのかな甘い香りだ。

「では、いただいてもいいですか？」

「ああ、ネネの弟子入りを祝して乾杯だ」

グラスを持ち上げて軽くフチの部分を重ねた。

ネネは鼻を近づけて燻製されたホワイトビールの香りを嗅ぐと、そのままグラスを勢いよくあおる。ゴクゴクゴクッと喉を鳴らし、グラスから半分ほどビールがなくなったところでネネは唇を離した。

「親方！　これは最高ですね！　ホワイトビールのフルーティーさとリンゴチップのフルーティーさが相乗効果を生み出しています！」

「ということはドワーフ的にも合格か？」

「はい！　合格です！」

「よかった」

ドワーフに呑ませるのは初めてで緊張していたが、ネネも気に入ってくれてよかった。

安心した俺はグラスをあおる。

スモーキーな香りとやや甘みのある個性的な味わいだが、呑めば呑むほどに癖になるような味わいがする。ホワイトビール本来のフルーティーさとリンゴチップのフルーティーさが互いを邪魔することなく見事に調和していた。

このホワイトビールは燻製した麦芽を使っているので元々燻製との相性がいい。この醸造所を見つけるのには苦労したものだ。

「では、食事の方を……」

ホワイトビールを呑むと、ネネが大皿に盛りつけられたザワークラウトと燻製肉を小皿に取った。

その中から大きな豚肉をフォークで突き刺して口へ運んだ。

「――ッ!? 柔らかくて甘いです！」

「だろう？」

酒と一緒に煮込むと、肉の臭みを取り除くだけでなく柔らかくする効果があるからな。さらにお酒に含まれる自然な甘みや酸味が料理全体に溶け出して深みが加わるんだ。

思った通りの彼女の反応にニヤリと笑みを浮かべながら俺もソーセージを食べる。

パリッと皮が破けて中からジューシーな肉汁があふれ出た。

スモーキーな風味と野性味のある肉の旨みが口の中で広がる。そこに酸味のあるザワークラウトが広がって肉汁を中和してくれる。

「うん、いい組み合わせだ」

口の中がこってりすることなく後味がスッキリとして無限に食べられそうだ。

甘めのマスタードをつけながらベーコン、豚肉を口にする。

どの燻製肉もしっかりと煮込まれているお陰で柔らかく、お肉の甘みを楽しめるな。

「次はパスタです！」

ザワークラウト煮込みを食べ終わると、次は燻製ドライトマトのペペロンチーノだ。

熱々のパスタをフォークで搦めて口へと運ぶ。

「スモーキーで甘酸っぱい風味のオイルがパスタとよく合っています！」

「ああ、明らかに普通のパスタよりもワンランク上だな」

スモーキーでフレッシュなトマトとピートスモークオイルの相性が抜群だ。

それらがしっかりと麺に絡んで、少し大人な味わいのパスタへと進化している。

パスタをすると濃厚な味わいを燻製ホワイトビールが押し流してくれる。最高だ。

「親方、今日はあたしのためにありがとうございました」

「遅くなって悪かったな」

「いえ、このような催しをしてくれるだけで嬉しいものです」

「ここらでは一緒に酒を呑める相手もいないからな。たまにでいいからまた付き合ってくれ」

「これだけ美味しいお酒が呑めるなら毎日でもお供します」

ドワーフと毎日酒を呑み交わすとなると酒代がバカにならないことになりそうだが、よき晩酌の友ができたことは素直に嬉しいものだ。

28話　刀鍛冶は弟子と共に鉄鉱石の採掘に向かう

「親方、鉄が少なくなってきました」

工房の鍛冶場にやってくると、先に準備をしていたネネからそんな報告が飛んできた。

ネネがやってきてから鍛冶に必要な素材のいくばくかは工房で保管するようにしているが、もうその量が少ないらしい。

「わかった。鉄を追加しよう」

「お願いします。ちなみに鉄はあとどのくらいあるのでしょう？」

ネネに言われて咄嗟にどのくらいあるのか答えられなかった。

「……ちょっと確認してみよう」

不安になった俺はマジックバッグにあるすべての鉄を作業台の上に載せてみる。

「……この量ですと一か月も保たないかもしれませんね」

「間違いなく保たないだろうな」

以前のペースであればもう少し保っていただろうが、ネネの弟子入りによって生産量は増えて、鉄の消費も増えてしまった。このままの勢いで消費すると間違いなく枯渇する。

ネネが指摘してくれてよかった。これが前回のように製作の最中に起こっていたとしたらゾッとする。

「よし、今から鉄の採掘に向かおう」

「この村の近くで鉄が採れるのですか？」

「ああ、良質な鉄が採れるぞ」

フォルカ村を囲っている山と山の間には磁鉄鉱の眠る崖がある。

親父がこの村に工房を構えたのは、刀作りのために必要な良質な鉄が採れるからだ。

「そういうわけで採掘の準備だ」

「わかりました！」

そんなわけで午前中の鍛冶仕事は中止とし、俺とネネは鉄の採掘に向かうことにした。

家に戻って準備を整えると、俺とネネは出発して森へと入る。

ネネはこの森に入るのは初めてなので案内役として俺が先頭に立つ。

入口付近は時折人が足を踏み入れるためか進みやすいが、奥に進んでいくごとに徐々に道が険しくなっていく。好き放題に伸びた枝葉は陽光を遮り、足下ではあちこちで根が生えていた。

「あまり人が通ってはいない様子ですね」

「そうみたいだな」

昔、通っていた頃は鉈を片手に道を切り開いていたものだが、俺と親父がいなくなってしまって誰も通らなくなってしまったらしい。

さすがにこのままでは通れないのでマジックバッグから鉈を取り出し、枝葉を叩き折って進むことにする。

「親方、あたしにも手伝わせてください！」

明らかに俺の作った鉈を使いたいだけの様子だったが、これだけ枝が伸びて道を塞いでいるとひとりで切り開くのも大変だ。

「……わかった。手伝ってくれ」

「うひょー！　これまた肉付きのいいえっちな身体をしてますね！」

仕方なく鉈を手渡すと、ネネが興奮の声をあげた。

やや肉厚な刀身をした腰鉈なのだが、彼女にかかればそのような表現になるらしい。

相変わらずの変態的表現に呆れながら進むこと一時間。

俺とネネは目的地へとたどり着いた。

採掘場は過去に崖崩れによってできた断層だった。

断層は丸見えになっており、土や粘土に混ざって黒っぽい磁鉄鉱が見えている。

「おー！　これは見事な磁鉄鉱ですね」

「よかった。十五年前と変わっていないみたいだな」

断層を見上げながらネネが感心の声を漏らした。

赤鉄鉱や灰鉄鉱は質が悪く、錬金術師がいたとしても良質な鉄を抽出することが難しいからな。

それに比べて磁鉄鉱は質が高く、鍛冶に非常に向いている。

「よし、それじゃあ採掘を始めるか」

「はい、親方！」

崖の上に登ると、ネネと一緒に採掘を始める。

ツルハシを振り上げ、その重さを活かすようにして地面に突き刺す。先端が突き刺さるとテコの原理を活かすように持ち上げて、土を掘り起こした。それをひたすらに繰り返すだけだ。

近くにいるネネに視線をやると、俺以上の速度でツルハシを振り上げては突き刺している。

豪快な動きのように見えるが全身の力をしっかりと使っている。

「さすがだな」

「ドワーフなので採掘は得意です！」

故郷でも鍛冶を営んでおり、鉱山での採掘も経験済みなのだろう。

崖が崩れないようにしっかりと見極めながらツルハシを突き刺し、足場が崩れないように地面を崩していた。恐らく採掘に関しては俺以上に上手いので口出しする必要はないな。

ツルハシを振るっていると、黒っぽい土が混ざり始めて鉱脈へと差し掛かった。

慎重にツルハシを振るって岩盤を砕いていると、土に塗れた黒っぽい塊が出てきた。

「おっ、磁鉄鉱だ」

このずっしりとした重さと黒い断面は間違いなく磁鉄鉱である。

「親方、こっちも採れました！　念のため確認をお願いします！」

「ああ、間違いなく磁鉄鉱だ。この調子でドンドン採掘してくれ」

「任せてください！」

屈託のない笑みを浮かべるとネネはガンガンとツルハシを振るっていく。

マジックバッグに磁鉄鉱を収納すると、俺もツルハシを振るって採掘をするのであった。

「……ふう、これだけあれば十分だな」

太陽が中天に昇る頃。俺たちの周りには大量の磁鉄鉱が積み上がっていた。

これらすべてがそのまま使えるわけではないが、これだけあれば精錬したとしても当分は鉄に困ることはないだろう。

「ネネ、大丈夫か？」

「すみません。親方、少しだけ休憩させてください」

「……わかった」

チラリと横を見ると、ネネが大の字になっていた。

火照った身体を冷ますためか作業着を脱ぎ捨てており、インナーである黒のタンクトップが露わになっている。小麦色の肌からは玉のような汗が噴き出しており、呼吸をする度に豊かな胸が上下していた。

……正直、鈍なんかよりもネネの身体の方がエロいだろうに。

とはいえ、そんな指摘をするわけにもいかず、俺はただ視線を逸らして快晴な空を眺める。

しばらくすると呼吸が整ったらしく、ネネが仰向けになったまま口を開いた。

「親方は一向に疲れた様子がありませんね」

「刀を打つことに比べたらそこまで体力を消耗することでもないしな」

煮え滾るような鍛冶場で数十キロの大槌を何十時間も打ちつけるんだ。それに比べれば、外で軽いツルハシを振るうことくらい何ともない。

「さすがは親方。伊達におひとりで刀を打ってはいませんね」

「逆にネネは筋力はあるが体力が不足しているな」

ドワーフとして強靭な肉体を備えており、少女とは思えないほどの筋力を有しているネネであるが、この程度の採掘作業でバテているようでは刀を鍛えることはできないだろう。

「うっ、これからの課題として体力をつけるようにします」

「よし、体力作りの一環としてネネにはここにある磁鉄鉱を工房まで運んでもらおうか」

「親方⁉　さすがにそれは殺生では⁉」

ネネが勢いよく上体を起こし、悲鳴のような声をあげた。

「冗談だ」

ネネが安堵するように胸を押さえた。

「だけど、明日からは毎日ここまで走り込みな。ちなみにこれは冗談じゃないぞ」

「え」

にっこりと笑いながら告げると、ネネが能面のような表情を浮かべた。

体力がないから不安なのだろうか？

「大丈夫だ。俺も子供の頃はよくやらされていた。何度も山に登っていれば自然と体力がつくぞ」

ただの人間であり、子供の頃の俺でもできたことだ。

強靭な肉体を持つドワーフにできないはずがない。

「……あ、はい。頑張ります」

励ますように肩を叩くと、ネネはなぜか遠い目をしながら頷くのだった。

29話　刀鍛冶は弟子と共に営業する

鉄鉱石の採掘をしたお陰か工房の鉄不足は解消された。

さらにネネがやってきてくれたお陰で雑事に煩わされる時間も減り、俺は鍛冶に集中することができていたのだが、そろそろウンベルトに顔を出した方がいい気がする。

しばらくは製作の注文はないとイブキは言っていたが、三週間も期間を空けるとどうなっているかわからないからね。

「ただいま戻りました」

決意を固めたところで扉が開き、ネネが戻ってきた。

鉄鉱石の採掘によって体力不足が露見したネネは体力を増やすために、あれから毎日トレーニングに励んでいる。まだ初めて一週間も経過していないためにたいした変化はないが、帰ってくるのもやっとといった初日に比べれば随分とマシになったと思う。

「ネネ、ウンベルトに向かうぞ」

「えええっ⁉　ウンベルトまで走り込みですか⁉　さすがにそれは無理です親方！」

「いや、違う。普通に販売だよ」

「そ、そうですか」

ここ最近、体力トレーニングに励んでいるせいか訓練に対して妙に敏感になっている。

慣れたらウンベルトまで走ろうと思っているが、さすがに今の段階からやろうとは思わない。

「な、何か悪寒が……」

「気のせいだ。準備して向かうぞ」

「はい、親方」

そういうわけで俺とネネは朝からウンベルトに向かう。

ネネと一緒にウンベルトに向かうのは初めてであるが、ルートに関しては出会った当日に共にしているので彼女も戸惑うことはない。途中で小休憩を挟みつつ、何事もなくウンベルトにたどり着いた。

「おお、シグ！　最近、顔を出していなかったから心配したぞ！」

城門にやってくると衛兵たちを束ねるガーランドが声をかけてくる。

前回から少し間が空いていたので心配してくれていたらしい。

「心配かけてすまんな。ちょっと弟子をとることになって色々とバタバタしてたんだ」

「おん？　そういえば、見慣れない子が増えてやがる」

「親方に弟子入りした、ネネです！」

ガーランドから視線を向けられ、ネネがハキハキと名乗りを上げる。

「おお、元気のいいドワーフの娘っ子だな。シグには世話になってる。その内、世話になることもあると思うからよろしく頼むぜ！」

「こちらこそ！」

ガーランドが手を出すと、ネネも手を差し出してガッチリと握手をした。

「ところでフォルカ村の森で異変はなかったか？」

ふたりの自己紹介が終わると、販売品のチェックをしながらガーランドが尋ねてくる。

「異変？　特にないな」

「となると、そっちの方は問題ないのか……」

「何かあったのか？」

「近頃、ウンベルト周囲の森が荒れていてな」

冒険者の情報によると、普段は棲息していないはずの魔物が出現したという情報がポツポツと上がっているらしい。

「単に住処を移動したのか、それとも縄張りを荒らす魔物が現れたのかもしれないな。まあ、お前さんなら問題ないと思うがな」

「いや、俺はただの刀鍛冶で全然大丈夫じゃないんだが……」

「嘘つけ。ワシの目は誤魔化せんぞ？」

あくまで刀が扱えるだけで本職の奴らには及びもしないんだが。

ひとまず、ガーランドのくれた情報にお礼を言いつつ、俺たちは何事もなくウンベルトの中に入らせてもらった。

ウンベルトに入ると、大通りを真っ直ぐに進んで自由市へと向かう。

受付で木札と仮設屋台を受け取ると、いつもの場所で販売の準備を始めた。

「親方！　準備を始める前から店の前に列が！」

ネネの視線の先にはまだ開店していないというのに列を作っているお客の姿があった。

「……ああ、いつも通りの光景だな」

「さすがは親方！　既に自由市の中でも名が通っているのですね！」

ネネがキラキラとした尊敬の眼差しを向けてくる。

残念ながらあいつらは彼女の想像する客たちじゃないんだが、口で説明するよりも実際に体験してもらう方がいいだろう。

販売台に布を敷くとマジックバッグから刀、短刀、包丁、鋏といった金物だけでなく、鉈、鍬、鎌といった農具を並べていく。それとついでに燻製品も。

「親方、燻製品も売るんですか？」

「まあ、ちょっとした趣味だ」

むしろ、ここにいる客に限るとこっちの方がメインなんだがな。

「燻製品の値段だが、岩猪の燻製ジャーキーが銅貨八枚で鹿の燻製ジャーキーが銅貨六枚な」

「あの、燻製品よりも先に武具の値段を教えてほしいのですが……」

「そっちもおいおい教えるから安心しろ」

戸惑うネネを無視しつつも、重点的に燻製品の値段を覚えさせた。こっちの方が大変だからな。

「よし、値段はバッチリ覚えたな？　ひとまず、店番は任せたぞ」

「え、ええ？　はい」

ネネがこくりと頷くのを確認し、俺は屋台の前に並んでいる客たちに開店の合図を告げた。

「岩猪の燻製ジャーキーを三つ、燻製パウダーをふたつ頼む！」

「こっちは燻製オリーブオイルをふたつ、燻製塩をひとつだ！」

「私は燻製オリーブと燻製ミックスナッツをお願い！」

「え⁉　全部燻製品⁉　なんで⁉」

全員が燻製品しか注文してこないことにネネは酷く狼狽している様子だった。

無理もない。うちは本来刀鍛治だからな。

「ドワーフの娘、早く勘定をせんか！」

「は、はい！　すみません！　銀貨三枚と銅貨六枚になります！」

気が動転していたネネであるが美食家に叱咤されると、我に返って自らの責務を果たしていく。

実家の工房では店番をやっていた経験もあるので接客や計算にも問題はないな。

この調子ならネネひとりで店番を任せることもできそうだ。

「す、すごいです！　親方の作った物がすごい勢いで売れていきます！」

「ふふふ、すごいだろう？」

「はい！　刀や短刀じゃなくてなぜか燻製品が！　どうなっているんです⁉」

「趣味の燻製品を置いていたら、そっちの方が有名になってしまったんだ」

「確かに親方の作った燻製品は美味しいですが、普通こうなりますか⁉」

その突っ込みに対しては俺も頷きたいところだ。

燻製品に自信はあるが、それ以上に刀鍛冶の方が自信あるんだけどな。

どうしてこうなってしまったのかわからない。

「はぁ、はぁ、三週間ぶりの燻製パウダーだ！」

「これがないと身体が震えて眠れないのよねー！」

「……親方、燻製品と見せかけて怪しい粉とか混ぜてませんよね？」

「誰がそんなことするか」

あれは燻製中毒者がふざけているだけだ。

そんな症状がないことは普段から口にしているネネが一番よくわかっているだろうに。

ただそんな疑いをかけてしまうほどにこの街の美食家たちは俺の燻製品にハマっているようだ。

「親方！　燻製品が少なくなってきました！」

「今追加してやる」

今回は三週間という期間が空いたからか燻製品を楽しみにしている美食家たちが多いようだ。

それを見越して多めに燻製品を作っておいてよかった。

マジックバッグから燻製品を取り出して販売台に並べていくと、後の販売業務はネネに任せて一息つく。これまではひとりですべてをこなさないといけなかったが、ネネが弟子になったことでこういった仕事を任せられるのは大きい。俺は職人であってこういう販売は得意じゃないからな。

「親方、ようやく客足が途切れました」

「お疲れ様」

小一時間ほど経過すると美食家たちはいなくなり、俺たちの屋台は落ち着きを取り戻していた。

いきなり癖のある大人数の客をさばいたことでネネは疲労困憊のようだ。

「おや？　見慣れないドワーフの子がいるやん？」

ネネを労っていると涼しげな顔でイブキがやってきた。

「弟子だ」

「ネネといいます！」

「僕は行商人のイブキや。シグとは定期的に取引させてもらってるよ」

取引相手とあってかぐったりとしていたネネはすぐに上体を起こして、きっちりと挨拶をした。

そんなネネを見て、イブキは何を考えてるのかわからない微笑みを浮かべている。

「へえ、君は弟子をとるタイプには見えんかったけど？」

「俺もそう思っていたんだけど、この先ひとりで何もかもをやっていくのは大変だからな」

「ふうん、ということは注文数も増やすこともできたり？」

「すぐには無理だな」

自由市で販売するショートソードやロングソード、ナイフくらいであればネネに製作を任せてもいいが、イブキを通じて他者に販売する刀、短刀、包丁などはまだまだ任せられないからな。

これから刀の製作を学びながら、じっくりと基礎を学んでもらうつもりだ。

「特に刀はそう簡単に生産数を上げられるものじゃないからな」

「わかった。なら、今回は包丁十本と鋏を十本頼んでいい？」

「刀はいいのか？」

「たぶん、そっちは別件で手がいっぱいで無理になると思うから」

「別件……？」

首を傾げていると、イブキが顔を寄せてくる。

「実は君に刀を作ってもらいたいって言うてる人がいてな」

「もしかして、オーダーメイドですか⁉」

前のめりなネネの声にイブキは驚きつつも頷いた。

「……どんな奴からの製作依頼だ？」

「セイア＝スカーレットっていう王国の男爵令嬢や」

「聞いたことがない名前だな……？」

「あれ？　知らん？　本人は君と面識があるって言ってたで？　なんでも酔っぱらった冒険者が暴れた時に助けてもらったって」

「ああ、あの時の女騎士か！」

『栄光の翼』を離脱し、これからどうしようかと迷っていた際に広場で暴れていた冒険者と対峙していた女騎士だ。

「あの人がどうして俺に刀を注文するんだ……？」

思い出したのはいいが、セイアという女騎士がどうして俺に刀の製作を頼むのか理解できない。

彼女は王国の騎士であり、剣を扱っていたはずだが。

「それに関しては本人から直接聞いた方が納得するんとちゃう？　今からでもよければ彼女の泊まっている宿に案内するで」

どうやらあの女騎士はウンベルトに滞在しているようだ。

「……わかった。話を聞きに行こう」

製作を受けるにしろ、断るにしろ本人から話を聞くのが一番いい。

30話　刀鍛冶は女騎士と再会する

自由市での営業を切り上げると、俺とネネはイブキに案内してもらってウンベルトにある宿にやってきた。

エントランスにはフカフカの青いカーペットが敷かれており、品のいい調度品の数々が設置されていた。受付と思われるカウンターにはシルクシャツを身に纏った従業員が佇んでいる。

明らかに俺たちが普段泊まるものよりもグレードの高い宿であるが、決して華美ではなく質実剛健といった落ち着いた雰囲気だな。

「僕はセイア様を呼んでくるから君たちは応接室で待っててな」

「わかった」

イブキが振り返りながら金貨一枚を渡してくる。

これを従業員に渡して先に待機していろということだろう。

イブキが先に進んでいき、俺とネネは従業員に声をかけて応接室に入らせてもらった。

案内された応接室の床もカーペットが敷かれており、中央には大きなテーブルとイスが鎮座していた。周りにはちょっとした観葉植物が置かれており、窓からは気持ちのいい陽光が差し込んでいる。

「平民をこんなところに招くだなんてお優しそうな依頼人ですね」

「まあ、少なくとも横暴な貴族ではないだろう」

男爵令嬢でありながら先日の事件でも暴れている冒険者に立ち向かって市民を守ろうとしていた。平民だからといって見下してくるような傲慢な貴族ではないはずだ。

「親方は今回の依頼人とお知り合いなんですよね？」

「知り合いとはいっても危ないところをちょっと助けてやっただけだ。俺は彼女に名乗ってすらいない」

「え？　それなのに親方のことを調べて、わざわざウンベルトまで刀の製作を頼みにきたってことですか？」

「たぶん、そういうことなんだろうな」

ルサールカで刀を打てるものは数えるほどしかいないし、第三騎士団に所属するセイアであれば、城門の入出記録を調べることも容易だろう。

「それはかなり親方の刀に惚れ込んでいますね」

助けるためにやむなく刀を一回振るっただけなのだが、もしそうだとしたら嬉しいものだ。

などとネネと会話をしながら待っていると、応接室の扉がノックされた。

「どうぞ」

「失礼します」

返事すると、鈴の音を転がしたような心地よい声が響き渡り、女性が入ってきた。

「お会いするのはあの時に助けられて以来ですね」

「え、ええ。そうですね」

腰まで真っ直ぐに伸びた金色の髪に凛とした青い眼差し。

以前は騎士団のエンブレムのついた銀色の胸当てに手甲に腰鎧といった装備を纏っていたが、本日は勤務中ではないからか白のブラウスに紺色のキュロットスカートといった装いだ。

凛々しい女騎士の姿との差が大きく驚いてしまう。

「交易都市第三騎士団所属のセイア＝スカーレットといいます。改めましてあなたのお名前をお伺いしてもいいでしょうか？」

前回はギルドを辞めてすぐだったので面倒事になることを嫌い、セイアに名乗るようなことはしなかったが今はそのようなしがらみはない。

「前回は名乗りもせずに申し訳ありません。刀鍛冶のシグと申します」

「刀鍛冶ですか？」

「刀を専門に製作する職人のことをそう呼びます」

「なるほど」

簡潔にいえば、刀鍛冶は刀を専門に製作する職人であり、鍛冶師は広範的に金属加工を行う職人だ。まあ、俺も他の金属加工をするのだが、本来は刀の製作を専門にする職人だからな。

「こちらは弟子のネネです」

「ネネと申します」

「よろしくお願いします」

それぞれの自己紹介が終わると、俺たちはイスに腰かける。

対面にセイアが座り、その隣にしれっとイブキも座っていた。

「お前も座るのか？」

「仲介役として最後まで見届けておきたいからね」

「ええ。イブキさんもいてくださると心強いです」

何を考えているかわからないイブキがいるのは不気味だが、客人であるセイアがそう言っては追い出すわけにもいかない。こいつのことは気にしないようにしよう。

「シグさん、先日は私のことを助けてくれてありがとうございます」

「いえ、セイア様が無事であったのなら何よりです」

セイアがいきなり頭を下げるものだから俺は内心で少し慌ててしまった。

貴族が平民に頭を下げることなど滅多にない。こんなところにやってきてわざわざお礼を言うとは本当に律儀な性格だ。

「本日は、私に刀の製作を頼みたいとか？」

「はい！　シグさんに刀を打ってほしいのです！」

「セイア様は観賞用に刀をお買い求めでしょうか？」

「いや、実用品としての刀が欲しいです」

剣術の使い手ということもあり、刀の美しさに惚れたのかと思ったが、そういうわけでもないようだ。

「……なぜ刀が欲しいのでしょう？」

セイアは王国剣術を習得した剣の使い手だ。なぜ、何十年と歳月をかけた武器を捨ててまで刀を欲するのかが気になる。

イスに腰かけるセイアがこちらを見据えながら口を開いた。

「あの分厚い鉄の塊のような長剣を、その半分にも満たない薄さの刀が斬り裂いた光景が脳裏から離れないのです。一刀の元に世の理不尽を、脅威を跳ね退ける姿は私にとっての力の象徴となりました。ご存知の通り、私はまだまだ未熟です。第三騎士団として配属されたもののまだ日が浅く、実戦経験も少ない。そんな弱い私でもシグさんの打ってくれた刀があれば、どんな脅威にも立ち向かっていける。そんな気がしたんです」

「わかります。親方の立派なものを知ると、もう他のものでは満足できなくなりますよね」

「はい！　そうなんです！」

肝心の言葉が省かれているせいで淫猥な物言いだ。

とてもじゃないが男爵令嬢に聞かせるものじゃない。

幸いなことにセイアは微妙な意味合いを理解していないようで純粋な眼差しを浮かべて頷いていた。

本当にセイアが純粋な子でよかったと思う。

一方、セイアの隣にいるイブキはギョッとしていた。

そういえば、こいつは変態モードのネネを見るのは初めてだったな。

普段はクールな商人が慌てふためいている姿を見るのは少しだけ面白い。

「ですが、武器の良し悪しで自らの弱さを補おうなんて格好悪いですよね」

「いや、別にいいんじゃないでしょうか？　確かに達人であれば、どんな武器を使ったとしても結果を残すことはできるでしょうが、全員がそのような極地に至れるわけではありません。力が足りないのであれば、いい武具を揃える。当然の考えかと」

「そうですかね？　なんだか自分の弱さを露呈させているようで恥ずかしいのですが……」

相手が手練れで何人いても、どれだけ武器が悪かろうが勝利することができる。

それは騎士として立派な考えかもしれないが酷く高慢な考えであり、バカげた基準だった。

「どれだけ卓越した達人であろうと魔物の強靭な鱗や皮膚を貫けるだけの武器がなければ、役に立ちませんから」

俺の持論をセイアはぽかーんと呆けた顔をしながら聞いていた。

そんな風に考えたことなどなかったかのように。

「ですから、強くなるために私の刀を欲してくださるというのはとても嬉しいものです」

「ということは、私に刀を打ってもらえるのでしょうか？」

「ええ、いいですよ」

セイアであれば観賞用として屋敷に保管するのではなく、騎士として市民を守るために刀を振るってもらえるだろう。

実戦として使われることを望んでいる俺としてはとても望ましい。

「わかっているとは思いますが、剣と刀はまったく使い方が異なります。今までセイア様が学んできた剣術を変えることになりますが、その覚悟はありますか？」

「もちろんです。シグさんの刀を使いこなし、強くなるためであれば努力は厭いません」

最大の懸念点である、剣を扱うこととの差についても本人が覚悟しているのであれば問題ないだろう。

「では、お金の話をいたしましょうか」

「はい」

「うちでは刀を一本の製作では金貨二百枚からが最低の価格となっています」

「……え」

「これは男性に向けた汎用品ですので女性であるセイア様が扱うものに適しておりません。そのためセイア様にご用意する刀はオーダーメイドとなり、汎用品よりも大きく跳ね上がることになります。最低でも金貨四百枚は見積もっていてほしいです」

「金貨四百枚⁉　イ、イブキさん、刀というものはこれほどまでに高額なのでしょうか？」

見積りを伝えると、顔色を青くしたセイアが声を震わせる。

どうやら彼女が想定していた以上の金額だったらしい。

「刀というものにはただの鉄ではなく、玉鋼という特殊な素材を使用しておりますから。ちなみにシグが使っているのはどこの玉鋼なん？」

「極東のタタラ工房で作られたものだ」

イブキに尋ねられ、俺はマジックバッグから玉鋼を取り出してみせた。

「あー、これは第一タタラ工房で作られたかなり高純度な玉鋼やな。これを王国で仕入れて、シグほどの技量のある刀鍛冶が刀を作ったとすれば、金貨四百枚でも安いくらいですよ？」

「そ、そうなのですね」

極東人であるイブキが正当な価格であることを保証すると、セイアは動揺した様子ながらも頷いてみせた。額から汗がダラダラと流れている。

ここ最近は羽振りのいいイブキと取引をしていたので感覚が狂っていたが、金貨四百枚ってかなりの大金だからな。

貴族といえばお金持ちのイメージがあるが、実際の財政状況もかなりピンキリである。男爵家となると、そこまで税収は大きいものではないだろうし、刀の代金を工面するのが難しいのかもしれない。

「分割でお支払いしていただくという方法もありますが？　いかがいたしましょう？」

普段は分割など受け付けないがセイアはイブキからの紹介であるし、スカーレット家のご令嬢だ。彼女であれば、料金を踏み倒すこともないだろう。仮に踏み倒されたとしても正式な請求書をスカーレット家のお屋敷に送りつければいいだけだ。

「……いえ、一括でお支払いいたします」

「それは私としては助かりますが、よろしいので？」

「ええ、問題ありません」

念を押すように尋ねると、セイアはきっぱりと答えた。

先ほどまで予想外の金額に慌てていたのに今となっては落ち着きを取り戻している。

まるで何か覚悟を決めたような顔だ。

セイアの妙な落ち着きっぷりが不思議だったが、本人が払ってくれると言っているし、何度も確かめるのも失礼だからな。

「わかりました。では、セイア様のために刀を打たせていただきます」

「本当ですか!?　よろしくお願いします！」

セイアがぱあっとした笑みを浮かべると手を差し出し、俺はそこに手を重ねるのであった。

●

刀の製作に関する注意事項をセイアに伝えると、早速俺は製作のための作業に入ることにした。

「作刀に入る前にセイア様の身体を計測してもよろしいでしょうか？」

セイアに合わせた刀を作るために身長、腕の長さ、手の大きさなどを知っておく必要がある。

先ほど握手をしたので大まかな手の大きさは理解したが、それら以外の細かい数値もあるに越したことはない。

「ええ、構いません」

女騎士であるセイアは武具を製作するのに計測の重要性をわかっているのか、素直に協力してくれる。

「ありがとうございます。ネネ、頼んだぞ」

「はい、親方！　それではこれから計測いたしますね！」

「はい、よろしくお願いします！」

この場で計測するために男性である俺とイブキは一時的に廊下に出る。

こういう時に弟子が女性だとスムーズに作業が進んで助かるものだ。

「いやー、急に頼んで悪いなぁ」

「別にいいさ。こういうお客の依頼なら大歓迎だ」

セイアであれば刀を実用品として扱ってくれる。

美術品としての刀も作れなくはないが、やはり刀を作るのであれば実際に使ってもらう方が俺としては嬉しいからな。

それに何より彼女は性格がいい。

『栄光の翼』に所属している冒険者たちは高位のランクの者が多いからか、自尊心も高く、性格もワガママな者が多かった。執拗に価格の値下げをしようとする一方で、無茶な注文も多いので辟易とすることも多かった。

それに比べてセイアはとても素直な性格をしており相手への気遣いもできるので、作刀の打ち合わせがとてもしやすい。これは非常に助かることだ。

「そうか。ならよかったわ」

「ちなみにこの場合の紹介料とかってどうなるんだ？」

ふと気になったので尋ねる。

俺からすればイブキには優良な顧客を紹介してもらったということになるんだろうか？

「セイア様から紹介料は貰っているから気にせんでええよ。シグは僕のお抱えってわけでもないし、何かを払う義務もないからなぁ」

それもそうか。別に俺とイブキは正式に契約を交わしているわけでもない。ただ互いの利益になるために個人的に融通をしているにすぎない。

彼がセイアに紹介を頼まれ、そこで報酬が支払われているなら俺が何かをする必要はないだろう。

「わあ、セイア様の身体エロい！　さすがは騎士だけあって想像以上に身体が引き締まっていますねぇ～」

「え！　私の身体エロいですか……？」

「何よりスタイルがいいです！　きっと騎士団の訓練の賜物なのでしょう。引き締まった身体をしながら女性らしい肉体の柔らかさ。何よりブラウスの下に潜んでいたこの豊かな実り！　まさか、これほどの大きさを秘めているとは思いませんでした！」

「あ、あの、ネネさん？　刀を作るための計測ですよね？　そんなところを触る必要があるんですか⁉」

イブキと共に廊下で突っ立っていると応接室から微かに会話が響いてきた。

うちの弟子が男爵令嬢にとんでもないことをしているような気がする。

親方としては弟子の行いにヒヤヒヤだ。

「……君も変わった弟子をとったなぁ」

「あれさえ目を瞑れば真面目でいい奴なんだ」

「まあ、君も含めて腕のいい職人は変わり者が多いからなぁ」

チラリとこちらを見ながらイブキが言う。

ネネはともかく、俺は普通の職人なんだが。

「親方、計測が終わりました」

「お、おお」

イブキに文句を言おうとしたところで応接室の扉が開いた。

中に入らせてもらうと、なぜかセイアが顔を真っ赤にしている。

「セイア様、大丈夫ですか？」

「だ、大丈夫です！　も、問題はありません！」

ネネの肌がやたらと艶々としているような気がするが、深く追及すると墓穴を掘りそうなのでやめておこう。

「次はセイア様が剣を振るう姿を見せてくれないでしょうか？」

「素振りでしょうか？」

「はい、素振りでも打ち込みでも構いません。なるべく実戦に近い動きで剣を振るってもらえたらと」

「わかりました」

「ほな、中庭でしょう。従業員に頼んで貸切にさせてもろたから」

適当に外にある空き地でも探して行おうと思ったが、イブキが先に押さえてくれたらしい。

さすがは行商人。仕事が速いものだ。

そんなわけで俺たちは応接室を出て、そのまま芝生の生えている中庭へと移動。

宿の中庭であるためにそれほど広い敷地ではないが、ひとりの人間が剣を振るって動き回るには十分な広さだった。庭には俺たち以外の客の姿はない。

庭に面している入口や廊下では、不用意に客が入り込まないように従業員が立っている姿が見受けられた。

周囲の安全が確保されていることを確認すると、セイアが中庭の中央へと歩んでいく。

セイアは剣を抜くと、その場でいつも行っているだろう素振りを始めた。

俺たちは離れたところでそれを眺める。

王国剣術の基礎的な型からはじめ、次の型へと移行する。

メリハリのある剣の動きと流れるような身体さばきは彼女が何千、何万回と繰り返してきたであろうことがわかるものだった。

「彼女らしい真面目な剣だ」

「せやけど、ちょっと硬すぎるな」

剣術としての基礎はしっかりとできているが、それだけだ。

その型にある意味や極意までは理解しきれていないのだろう。無駄を省くことができておらず、研ぎ澄まされた剣閃だとは言えない。

同じ騎士を相手にした訓練であれば問題ないが、先日の冒険者のような型にハマらない相手には苦戦するだろう。

そう評しながら剣の動きや筋肉の使い方を観察していると、突然セイアの動きが変わった。

「動きが変わりましたね？　踏み込みも左足ではなく右足ですし、足さばきも滑るような歩法になっています」

「あれは刀を使うことを意識してやってるんやろ」

イブキの言う通り、セイアの素振りは剣を主体としたものではなく、刀を意識したものへと変化していた。

「あれ？　セイア様は刀を知らなかったんじゃなかったのでは？」

もちろん、俺はセイアに刀の握り方や構え方、身体の動かし方を教えた覚えはない。

となると、俺が振るった一刀を見て、彼女が自分なりに理解して再現したのだろう。

右半身を前にし、全身運動を駆使するようにして上段から振り下ろす。

まだまだ粗い部分はあるが、先ほどの剣を振るった動きよりも格段に鋭い一閃である。

とてもたった一度の動きを見ただけとは思えない一撃だ。

「……セイア様、刀の方が才能あるんちゃう？」

正直、俺も思ったことであるが、さすがに何十年と剣を励んできたであろう彼女を前にして言うことはできなかった。

「ありがとうございます。もう十分です」

終了の声をかけると、彼女はゆっくりと息を吐いてから剣を鞘に収めた。

「セイア様にお作りする刀の刃渡りですが二尺三寸ほどにしようかと思います」

「えっと、それはつまり？」

「六十九・六センチになります。俺が差している刀よりも二センチから三センチほど短いくらいの長さです」

「私としてはシグさんの刀と同じ大きさがいいのですが……」

セイアにしては珍しくこだわりをみせた。

それは恐らく彼女が俺の刀を意識しているが故のこだわりなのだろう。

「セイア様と私では身長、体格、筋肉量といったものが違います。二尺三寸にした方がよりセイア様が思い描いた動きを再現できると思いますよ」

今の剣であれだけの再現ができているのだ。彼女の身体に適した刀を作ってやれば、その剣筋はもっと鋭くなるに違いない。

「わかりました。シグさんがそうおっしゃるのであれば、その長さでお願いします」

「ありがとうございます」

具体的な刀の形、長さ、重さなどはイメージすることができた。

ここまできたら後は工房に戻って刀を作るだけだ。

「あとは刀を製作するだけです。一週間ほどお時間をいただければと思います」

「問題ありません」

「わかりました。では、完成次第こちらの宿に――」

「あ、あの！　その件についてなのですが、私も刀の製作を見学することはできませんか？」

これでやり取りは終わりかと思われたが、セイアが思い切ったように言ってくる。

「鍛冶場の見学ですか？」

「はい。自分の扱う刀がどのように出来上がるのか興味があるんです！」

ただ興味本位で言っているわけではない。

自身の命を預ける武器がどのようにして作られているのか知りたい。

彼女の瞳はからそう訴えかけるような熱量を感じた。

「構いませんよ」

「ありがとうございます！」

許可を出すと、セイアは嬉しそうに頭を下げた。

「親方、セイア様はどこに泊まるんでしょう？」

「あ、私でしたら空いている宿や近くの空き家にでも泊まらせていただければ……」

「フォルカ村には宿はありませんし、親方の家の近くに空き家はまったくありません。村の中心部に行けばあるかもしれないですが、片道で三十分はかかります」

俺たちの住んでいる村は辺境なので貴族がやってくることなんて皆無だし、行商人がやってくることも少ない。需要がなければ宿が建つこともないだろう。

「ちなみにネネさんはどちらにお住まいなのですか？」

「あたしは住み込みで働いているので親方の家で寝泊まりしています！　ちなみにまだ部屋は余っていますのでセイア様も泊まります？」

「こら、バカ。男爵令嬢になんて提案を――」

「是非、お願いします！」

ネネの提案を一蹴しようとすると、セイアが食いつくように反応した。

「あ、あの、それでいいんですか？」

「シグさんはそんなことをする方ではないと信じていますから」

考えを改めるように問いかけるとセイアは曇りのない眼差しで言った。

女性にそんな風に言われてしまえば、こちらとしてはダメだとは言えなくなってしまう。

「だとしても、未婚の貴族の女性が男の家に寝泊まりするというのは外聞がよろしくないのでは？」

「演習などで男女が同じ場所に寝泊まりすることはよくあることなので、その辺りは気にしなくて大丈夫ですよ」

騎士ともなれば、実戦の中で男女が同じ場所で寝泊まりをすることもあるので、俺が懸念していることにはならないらしい。

「それにシグさんには刀の使い方も教えてもらいたいんです！　一週間という限られた時間を活か

すためにも是非ともシグさんの家でお世話になれればと！」

どこかのドワーフからも聞いたような台詞だった。

まあ、確かに刀を作って渡すだけというのも冷たい気がする。

「多少の生活の不便には目を瞑ってくださいよ？」

「お世話をしていただくのですから文句はありません。お手伝いできることがあれば、気軽に言ってください」

俺の作った刀をちゃんと扱ってもらうためにも最低限の基礎くらいは教えておかないとな。

「なんや愉快なことになったな」

困惑する俺を見てニヤニヤと笑っているイブキが無性に腹立たしかった。

●

セイアが荷物を纏めている間に、俺とネネはウンベルトで必要な食材の買い出しを済ませておく。

買い物を終えると宿を引き払ったセイアと合流し、三人でフォルカ村に帰還。

帰り道は特に魔物と遭遇することもなく、何事もなく家にたどり着くことができた。

セイアは常識のある方なので、どこぞの変態ドワーフと違っていきなり工房を見学したいと言い出すこともなく、素直に家へと入ってくれた。

「あまり広くない部屋ですが」

セイアにあてがった部屋は来客用に残していた空室だ。

こちらも少し前までは完全に物置部屋と化していたのだが、ネネのような一件があったので空いた時間に少しずつ片付けておいたのである。

とはいえ、まさか貴族の女性を寝泊まりさせることになるとはな。

あまり広くもない一室に寝泊まりさせることを申し訳なく思っていると、セイアが苦笑した。

「騎士団の宿舎よりもよっぽど広くて綺麗ですよ」

「そうなのですか？」

「あちらではふたりから四人の同室部屋が基本ですから」

国の支援がある騎士団の宿舎であれば、もっと広々とした個室があるのだと思っていたが意外と世知辛いようだ。

「何か困ったことはありませんか？」

「では、ひとつだけいいですか？」

「なんでしょう？」

「私に対して堅苦しい言葉遣いや礼儀などは不要なので、シグさんとネネさんにはいつもの口調で接してほしいです」

「ですが……」

「これから一週間ほど同じ家で生活するのですからお互いが楽に過ごせるようにしませんか？」

セイアにとっても俺たちに気を遣われながら生活するのはストレスのようだ。

だったら遠慮する必要はない。

「わかった。そこまで言うのなら楽にさせてもらうよ」

「それでお願いします」

俺が口調を変えると、セイアは満足そうに頷いた。

「セイアの口調はそのままなのか？」

「私は全員に対してこの口調なので気にしないでください」

口調こそは変わっていないが若干言葉は砕けているし、彼女なりに素の部分をさらけ出してくれているのだろう。彼女なりにリラックスしているのであれば問題はない。

「ひとまずはゆっくりしてくれ。お風呂の用意が整ったら声をかけるよ」

「お風呂があるのですか!?」

こくりと頷くと、セイアはいたく感動した表情を浮かべた。

まあ、一般の家に風呂なんてものはないからな。

部屋を出るとすぐにお湯を沸かしてセイアを浴場へと案内する。

あとのお世話はネネに任せて俺は軽めの夕食を作り、明日に備えて早めに就寝することにした。

31話　女騎士は鍛冶場を見学する

朝の鍛錬を終えると、私はシグが刀を打つところを見学する。

「ここがシグさんたちの工房……」

シグの家の裏手側に回って足を進めると、小ぢんまりとした石造りの建物が見えた。

屋根、壁、扉にところどころと補修の跡が見える。

かなり年季が入っているように見えるが、それが何とも趣深い。

「中に入るぞ」

「はい！」

シグの言葉に返事をし、私は扉をくぐって中に入る。

工房の中は薄暗く、濃厚な鉄と炭の匂いが漂っていた。

入口は販売スペースになっているのかL字のカウンターが置かれており、壁にはシグが打ったと思われる作品が掛けられている。

ロングソード、ショートソードなどをはじめとする武器の他に鍬、鎌、鉈といった農具なども存在した。それらの品は素人の私が見ても一目で一級品の物であるとわかるほど。

刀を専門に打つ刀鍛冶だと聞いていたが、シグは鍛冶師としても一流の腕前を持っているらしい。

このような腕前を持っていれば、宮廷鍛冶師や貴族のお抱え鍛冶師、あるいは高位ギルドの専属鍛冶師とどこでもやっていけそうなものだ。

それなのにシグはどうしてこのような辺境で刀鍛冶を営んでいるのか。

色々と彼の素性が気になるところであったが、長く生きていれば誰だって何かしらの事情や思いはあるもの。今は疑問を気にしないことにした。

製作物を眺めていると、ショーケースの中に収まっている刀が目についた。

「ふわぁー！　これが刀ですね！」

滑らかな反りのある白銀色の刀身。

鎧戸の隙間から差し込んだ光を反射して輝いている。

「今から刀を打つところを見るんだろ？」

刀を眺めていると、シグから呆れを孕んだ声が飛んでくる。

「すみません。つい……」

「まあ、俺の打った刀に見入ってくれるのは悪い気がしないけどな」

そうだった。これから自分の刀を打つところを見学させてもらうのだ。

完成したものを眺めて満足してどうする。

ショーケースの前から離れると、足を進めようとしていたシグが立ち止まる。

彼が何か真面目な話をすると悟った私は居住まいを正して聞く態勢になる。

「通常、客人が入れるのはここまでだが、今回は特別に鍛冶場まで入れる。ただし、不用意に動き回ったり、勝手に周囲のものを触ったりしないことを約束してくれ」

「はい、約束いたします」

「それならいい」

しっかりと返事をすると、シグは満足げに頷いて廊下を突き進んだ。
細い廊下の先には扉があり、そこを潜るとシグの鍛冶場があった。
小さなフロアにはたくさんの鉄器が置かれている。
テーブルの上だけじゃなく壁にも掛けられ、天井からも吊されていた。
手槌、向槌、鉄鋏……素人である私にはその程度の道具しかわからない。
鍛冶場の右手には炉があり、勢いよく炎が燃え盛っている。
炉の前には先に準備に取り掛かっていたネネがおり、棒のようなものを操作している。
あれが何かわからないが、火の温度を調節しているのだろうか。
……それにしてもすごい熱さだ。
ただ立っているだけなのに身体中から汗が噴き出してきそうなほどだ。
「これからもっと熱くなる。装備は外しておいた方がいいぞ」
「あっ、そうですね」
朝の鍛錬を終えた後なので今の私の格好は騎士団の装備をつけている。
このままだと熱が籠って間違いなく倒れる。
私はその場で胸当て、肩鎧、手甲などの装備を外して黒のインナー姿になった。
「親方、炉が温まってきました！」
しばらく見守っていると、ネネが振り返りながら言った。
シグは火炉の前に近づくと、じっくりと炎を眺める。
ネネと場所を入れ替わると火炉に炭を投入し、棒を動かし始めた。

「……これくらいだ」

「なるほど。勉強になります」

火の温度を調節したのだろう。私には先ほどとの違いがまったくわからなかった。

職人にだけわかる世界というものか。

気が付けばシグの顔立ちは職人の顔になっていた。

先ほどまでの柔らかい雰囲気とは違ってどこかひりつくような気配を漂わせている。

それだけ刀と向き合うのに真剣だということだろう。

「今回はネネも見学だ。刀を作るための工程をしっかりと目に焼き付けてくれ」

「はい、勉強させていただきます！」

弟子であるネネも一緒に作業を手伝うのかと思ったが、どうやら彼女は弟子入りして間もなく詳細な刀の作り方を知らないようだ。

そんなわけでネネは私と並んでシグの製作過程を見学することに。

「まずは原料である玉鋼の精錬だ」

シグが玉鋼を火炉の中に放り込む。

パチパチと炭や枯れ枝が音を立てて炎が燃え盛った。

あっという間に鍛冶場内の温度が跳ね上がる。

既にインナーの中はぐっしょりと汗をかいていた。

シグの言う通りに装備を外しておいて正解だ。

あのままなら五分と経過せずに倒れていたかもしれない。

真っ赤に変色していく玉鋼がとても綺麗だ。

シグが火鋏を使って素早く玉鋼を取り出す。

金床の上に固定すると、シグは槌を大きく振り上げた。

――カアァァンッ！　カアァァンッ！

鍛冶場内に甲高い音が響き渡る。

無造作に槌を打ちつけているようにも見えるが、その動作は恐ろしいほどに正確だ。

赤熱した玉鋼が薄く平らに引き延ばされていく。

ふと隣にいるネネを見ると、一瞬たりとも見逃さないと言わんばかりの表情をしていた。

ひとつひとつの作業を脳裏に刻み込んでいるのだろう。

やがて、玉鋼が叩いて延ばされると、熱した状態で水槽へと入れた。

……一体、なんのために冷やしたのだろう？

聞きたいけれど、この雰囲気で質問するのは躊躇われる。

「少しくらいなら質問に答えるぞ？」

そんな私たちの心を見透かしたようにシグが言った。

悟られたことに驚いていると、ネネが威勢よく手を挙げた。

「はい！　ここで玉鋼を急冷させたのはなぜでしょう？」

「玉鋼には硬い部分と柔らかい部分がある。それらを分別するためだ。炭素量が多い部分が自然に砕ける。砕けなかった部分は小槌で叩いて割る。これを小割りというんだ」

「硬いものと柔らかいものに分けた後はどうするのでしょう？」

ネネに続いて私は気になった部分を尋ねる。

「心鉄と呼ばれる柔らかい鋼を皮鉄と呼ばれる硬い鋼で包むことで刀の特徴である折れず曲がらず、よく斬れるという属性を付与することができるんだ」

どうやら刀というのは、性質の異なった鋼を貼り合わせて作るもののようだ。

彼の説明は端的ではあるが非常にわかりやすい。説明することに慣れているのだろう。

小割りを終えると、シグは質のいいものを選んで同質の鋼で作った棒の上に積んでいく。

端から見ると、大人が積み木をして遊んでいるようにも見えるが、本人は至って真剣に作業をしている。

シグは選別した鋼を隙間のないように積み重ねると、水を含んだ和紙にて全体を包み込んだ。

それを火床に入れて熱する。

そして、ネネが扱っていた棒を操作する。

「ネネさん、あれは何ですか？」

「あれはふいごといって火に風を送り込んでいるんです」

ネネにこっそりと教えてもらう。

あれは送風装置であり、取っ手を押したり引いたりすることで風を送り込むことができるようだ。

「シグさんは風魔法を使っていますよね？」

「ええ、親方は常時風魔法を使うことで微細な温度変化を行っています。言うは簡単ですが、他の作業に集中しながら平行して火の温度まで魔法で管理するなんて神業ですよ」

騎士でたとえるのであれば、剣での近接戦闘中に魔法を詠唱して発動するようなイメージだろうか？

軽く想像しただけでも私にはとてもできないと思った。

三十分ほど時間をかけて熱すると、向槌で軽く押さえるように叩いて鍛接。

「ここからは鍛錬だ。鋼を繰り返し鍛えることで不純物を取り除き、炭素量を均一化させる」

鋼を叩いて長方形に薄く延ばされる。

槌を握るシグの腕の筋肉が隆起していた。

身体強化を使用し、より強い力を込めて槌を振るっている。

先ほどよりひと際大きく甲高い音が鍛冶場に響き渡る。

叩かれる度に驚くほどの火花が散り、離れて見学していた私やネネの足下にも飛んできた。

真ん中にタガネで切れ目を入れて折り返すと、またもや熱して槌で叩く。

そんな行いをひたすらに繰り返す。

――折り返し。

極東に伝わる独特の鍛冶技術なのだとネネが教えてくれた。

シグが一心不乱に槌を打ちつけては折り返す。

凄まじい気迫だ。

あまりの熱量に見ているだけで私たちも呑み込まれそうになる。

「これが刀の鍛錬なのですね……ッ！」

鋼の塊が職人の手によって形を為していく。そんな工程を見て私は美しいと思った。

それぞれ十数回ほど鍛え上げると、皮鉄、心鉄が形成された。

「ふう、この辺りで少し休憩にするか……」

鎧戸から僅かに差し込んでくる陽光は明るく、いつの間にか昼時になっていることがわかった。

シグが作業を切り上げると、私たちは一度工房の外に出ることにした。

熱気の籠っていた鍛冶場に比べると、外の空気は清々しいほどにさっぱりとしていた。

日陰に座って水分補給。私の身体は想像以上に水分に飢えていたようだ。

水がとても美味しい。

「鍛冶場の中は熱かっただろう？」

私が落ち着いたのを見計らってかシグが声をかけてくれる。

「想像以上の熱さでした。騎士団では真夏に鎧を装備しながら走り込みなんかをするのですが、それとは比べものにならない過酷さです」

騎士団の過酷な訓練に慣れており、熱さには強い方だと思っていたが考えを改めないといけない。

「何せ千三百度や千八百度の炎が燃え盛っている室内だからな」

「そんなにですか!?」

その温度が具体的にどのくらいなのかは理解することができないが、尋常ではない温度だというのはわかる。離れていてあれだけの熱さだ。より近くで作業しているシグの熱さはとんでもないのだろうな。

「ネネさんも平気なのですね？」

「あたしは慣れていますから」

ぐったりとしている私と違って、隣に座っているネネはけろりとしていた。

それはシグも同じだ。

あのような環境下にいて平気な顔をしているふたりが信じられない。

このような過酷な環境の中で鉄や鋼を鍛え、武具を製作してくださる職人方には畏敬の念を感じざるを得ない。

しばらく身体を休ませると、シグが立ち上がる。

「まだ見学は続けるか？」

「お邪魔でなければ、もう少しだけ見学させてください」

正直に言うと体力は消耗し、立って見学しているだけでもかなり疲れる。

だけど、あの鋼の塊がどのようにして私の刀になっていくのか。

それをしっかりと目に焼き付けたいと思った。

32話　刀鍛冶は女騎士に刀を納品する

新しい炭と乾燥した枝葉を放り込み、ふいごを風魔法で操作して炉の温度を上げる。

十分な温度に到達し、炉で心鉄を熱する。

心鉄を細長く延ばし、皮鉄は平たく延ばす。

皮鉄を炉で熱するとUの字に曲げて、その上に心鉄を置いて巻き付ける。

「なるほど。このようにしてふたつの素材をひとつに……」

「造り込みと言われる工程だ。これによって外側は硬く内側は柔らかい鋼の構造に仕上がる」

造り込みには数種類ほどの手法があるが、今は工程を覚えさせるのが先なのでそちらの説明については また今度でいいだろう。

造り込みによって刀身の構造ができたら鋼を熱しながら刀身の形になるように打ち延ばしていく。

「これは素延べですか？」

おずおずとネネが尋ねてくる。

製作の工程を細かくは知らないネネであるが、極東で工房見学をしたからかいくつかの部分は知っているようだ。

「そうだ。素延べは刀が出来上がった時の姿を決める重要な工程だ。刀の厚みも切っ先もすべて手槌一本で成形する」

「このような手槌だけであのような整った形にできるのですか⁉」

セイアが驚きの声をあげる。

「それをやるのが職人だ」

まあ、正確には鉄敷が平らだから平らにすることはそこまで難しくないが、打ち延ばすために手槌を正確な場所に振るうのが困難なのも事実だ。

「親父が言うには定規を使いながら成形する職人もいるらしいが俺は使わないな」

「熟練した職人の目や腕は定規よりも正確だと言いますからね」

だからこそ、仕事は身体で覚えろと職人は最初に叩き込まれるのだ。

いくら理論立てて考えてもすべてが上手くいくわけではない。

結局のところ頼りになるのは脳ではなく身体の感覚なのだ。

全体的に四角形でしかない素延べの状態から熱して叩き、断面を細長い五角形にしていく。

柄の中に収まる部分である茎の形も作り、刀身の先端を斜めに切り落とし、加熱しながら小槌で叩いてイメージした切っ先の形へと整える。

刀の切っ先も丸みを帯びていたり、直線的であったりと様々な種類があるが、今回は中切っ先にしておいた。

切っ先が出来上がると刀身の表面にある凹凸をヤスリの一種であるセンで磨いていく。

刀身を作業台に固定し、両腕を使って前後に滑らせる。

センを滑らせていくと、くすんでいた刀身が徐々に明るい色合いになっていく。

刀身を平らにすると、ヘラを使って刀身全体に焼刃土を塗っていく。

今回はゆったりとした波のような湾れ刃を採用し、刃紋を意識しながら土置きする。

二色の焼刃土に塗れた刀身を乾燥させると、炉に入れて慎重に加熱する。

刀身全体が均一に熱せられるように必要に応じて抜き差しをし、温度を見極める。

「……ここだな」

刀身が八百度ほどに加熱されると炎から刀身を抜いて一気に水槽に沈める。

膨れ上がるようにして発生した蒸気が鍛冶場を満たした。

「こ、これは……？」

「刀身を急冷することで鉄組織が変化し硬度が増す上に反りができるんだ」

真っ赤に変色していた刀身は徐々に鈍色へと落ち着いていった。

数十秒ほど待機すると水槽から刀身を引き出し、頭上に掲げて確認。

刀身は根元から切っ先にかけて反りを描いており、表面には緩やかな刃紋が波打っていた。

「焼き入れ成功だな」

刀身を隅々まで確認すると、ふーっと安堵の息を吐く。

「焼き入れとはそれほどまでに難しい作業なのでしょうか？」

「異なる硬度の鋼を組み合わせて鍛造し、熱した刀身を急冷するわけだからな。この瞬間がもっとも刀身にヒビや傷が入りやすい。作刀におけるもっとも難しい作業で一番神経を使うんだ」

どんなに作業が上手くいっていたとしてもここでぽっきりと折れる可能性もあるからな。

ちなみに自由市で販売するための刀や、イブキに製作を依頼された刀の何本かは焼き入れで失敗して作り直しになっていたりもする。だからこそ、ちゃんとした形に仕上がってくれると嬉しいものだ。

出来上がった刀身を炉で加熱すると、手槌で叩いては眺め、叩いては眺めを繰り返す。

歪みが取れて完全に冷えたら、粗めの砥石で全体を研ぐ。

すると、流麗な刃紋が確認できた。

「刀身に模様ができているだろう？　これを刃紋というんだ」

「刃紋……とても綺麗ですね」

「艶やかな肉体のラインが浮き彫りになっていてエロいです！」

約一名、意味のわからない感想を漏らしているが、依頼人が満足してくれているのであればいい。

「これで完成でしょうか？」

「いや、ここから砥石で磨き上げていかないといけない。荒砥石、備水砥、改正砥、名倉砥、細名倉砥、内曇刃砥、内曇地砥、刃艶砥、地艶砥、ぬぐい、刃取り、磨き、ナルメ、化粧磨き」

「えええええ!?　そんなに砥ぐんですかぁ!?」

「ああ、これくらいはやる」

研ぎ工程の多さにネネが愕然とした表情になった。

「私も自分で剣を研ぐこともありましたが、普通はここまでしませんよね？」

「並々ならぬ刀身の輝きだと思ってはいましたが、そこまでやるとは刀鍛冶の人たちは変態です！」

セイアに言われるのはいいが、変態に変態だと言われるのは納得ができなかった。

その日は全体の研ぎの半分の工程である下地研ぎを終えたところで作業を切り上げるのだった。

砥石で刀身を磨き上げ、柄、鍔、鞘、鎺といった部品を作成といった工程を行っていくと、ちょうどセイアが滞在して七日目に刀が完成した。

出来上がった刀は俺が今までに作ったどの刀よりも質がよかった。

依頼人と直接会い、その人となりや、身体の使い方を詳細に知っているからだろう。

刀を製作する際のイメージがとてもしやすかった。

イブキが言った通り、俺はオーダーメイドを作る時が一番に力を発揮できるのだろうな。

工房の外に出ると、裏手にはネネの炭切りを手伝っているセイアの姿があった。

七日も滞在していると、うちの生活にもすっかり慣れたようで彼女は退屈しのぎにちょっとした作業を手伝うようになった。

炭を切る作業は圧倒的にネネの方が速く、カットする大きさも正確ではあるが、セイアの手際も中々に悪くないものだった。

「セイア、刀ができたぞ」

「遂にできたのですか⁉」

炭切りに区切りがついたところで声をかけると、セイアが鉈を手にしながら寄ってきた。

「あ、ああ。すぐに渡すから、ひとまず鉈を置いてくれ」

「ご、ごめんなさい！」

セイアはすぐに鉈を納屋へと置きに行った。

この一週間、ずっと刀が出来上がるのを間近で見ていたからな。

早く完成した刀を振りたくてしょうがないのだろう。

鉈を置き、炭で汚れた手袋を外すと、セイアが戻ってくる。

待ちきれないといった表情をしながらこちらを見上げるセイアの姿は、ちょっとだけ犬のように思えた。

「これがセイアの刀だ」

「私の刀……」

鞘に収まった刀を差し出すと、セイアは少し下がって腰を曲げると両手を広げて受け取った。

「なんだか騎士の任命式や叙勲式のようですね」

ネネがぼんやりと呟く。

俺も少し思ったたが、本人は至って真面目なので茶化すのは憚られた。

「バランスが問題ないか試してもらいたい。少し振ってみてくれるか？」

「任せてください！」

スッと立ち上がると、セイアは右手で鞘を掴んで素振りをするのに相応しい場所へと歩く。

刀の抜き方、収め方、握り方、振り方といった基本的なことは鍛冶の合間にセイアに教えていた。

その成果を示す時だ。

周囲に家も工房も木々もないだだっ広い平坦な草地へとやってくると、セイアはピタリと足を止めた。

自身の掴んでいる黒鞘を腰に差すと、鯉口を切って刀身を抜き放った。

鎺を左手の親指で柄の方向に押し出し、右手を柄に掛けて刀身を物打ち辺りまで鞘から抜く。

抜いている刀身が切っ先まで来たら、鞘を水平にして左手で後ろへ引き、右手で一気に刀身を抜く。抜刀の基本だ。

「うおおおおおおお！　親方！　あの刀、とんでもない色気ですよ⁉　今まで拝見したことのあるどの刀よりもエロいです！」

「わかったから今は静かにな？　セイアも集中しているんだ」

興奮して大声をあげるネネを嗜めた。

セイアは刀身を抜くと、正中線に沿うようにして身体の真正面に刀を構える。

「この七日間で随分と様になりましたね」

「そうだな」

最初は刀をスムーズに抜くことすらままならなかったことを考えると、かなり様になっていると言えるだろう。

セイアはスッと刀を上段へと持ち上げると、そのまま一気に振り下ろした。

――――ザンッと空間を薙《な》ぐような音がした。

「剣での素振りよりも剣筋が鋭く、迫力がありますね」

「ああ、いい剣筋だ」

セイアは刀を振り下ろすと、スッと右足から踏み込んで真横へと薙ぐ。

振り切った刀を切り返し、そこから逆袈裟に斬り上げる。

刀を習ってたった一週間とは思えないほどに筋のいい太刀筋だった。

朝早くに起床し、ネネと一緒に走り込み。その後は暇さえあれば木刀を振るっていた。

そんな生活サイクルが実を結んだのだろう。

やがて、刀を振るっていたセイアの動きがピタリと止まった。

「刀の振り心地はどうだ？」

「素晴らしいです！」

尋ねると、セイアはこちらを振り返りながらいった。

「刀がまるで自分の身体の一部のように感じられます。とても振りやすいです！」

「そうか。ならよかった」

眩い笑顔を浮かべながら感想を語ってくれるセイアを見ると、自然とこちらの頬も緩んだ。

こんな辺境まで足を運んでくれた依頼者が、自分の打った刀を喜んでくれる。

職人としてこれほど喜ばしいことはない。

「シグさん、最後にお願いがあるのですが……」

「なんだ？」

感慨深く思っていると、納刀したセイアがこちらを真っ直ぐに見据える。

「シグさんの刀を振るう姿を見せていただけないでしょうか？」

「あ！　あたしも親方の素振りが見たいです！」

「俺はあくまで刀鍛冶であって刀使いではないんだが……」

「それでも私は見たいです」

俺なんかの素振りを見るよりも楓のような凄腕の冒険者か、極東人の素振りを見せてもらった方がよっぽど参考になると思う。そんなことを伝えるが、セイアの意志は変わらなかった。

「わかった。ちょっとだけ振ってみよう」

「ありがとうございます！」

俺なんかの素振りが参考になるかはわからないけどな。

俺は家に引っ込むと、壁にかけてあった自身の刀を掴んだ。

そのまま外に出ると、セイアとネネが今か今かといった表情でこちらに視線を注いでくる。

ふたりの期待が重い。

最近は刀を打ってばかりだったので、ちゃんと刀を振れるかどうか心配だ。

鯉口を切り、すらりと刀身を抜き放つ。

「いつの間に抜いたのでしょう？」

「親方の動きを注視していたのにまったく気付きませんでした」

セイアとネネから息の呑む声が聞こえる。

外野の声が聞こえるということはまだ集中できていない証だ。

刀を持ち上げて身体の正中線に構えて、意識を集中。

しばらくその場で佇み、ノイズが聞こえなくなったところで身体を動かした。

刀を振り上げ、真っ直ぐに斬り下ろす。

そこから横薙ぎ、斬り上げ、突きと刀を振るっていく。

ヒュンヒュンと風が鳴る。

――刃鳴り。

刀を速く振るった際に生じる風切り音のことだ。

刃筋を立てて、より速く振るえば刃鳴りとなる。

しかし、俺が思い描いていた音とはほど遠い。

まだまだ身体が寝惚けているようだ。気を引き締めて刀を振るい続ける。

力任せに振るうのではなく、身体の全身の筋肉を使うように振るう。

ほどよい脱力、刃筋を意識、仮想敵である人間を意識して刃を滑らせるようにして斬る。

すると、剣速から遅れる形で風切り音が響き、その音がより甲高いものになってきた。

ようやく全身の筋肉が起きてくれた。

身体がスムーズに動くようになったことを確かめると、ここからは無駄を削いでいき、さらに高めていく作業だ。

より深く踏み込み、より速く刀を振るう。

ただそれを追求するのみ。

気が付けば、身体中から滝のような汗が流れていた。

どれくらい時間が経過していたのかわからない。

ここまで無心に刀を振るい続けたのはいつぶりだろうか？

というか、なんで俺は刀の素振りをしているんだ？

そんな疑問がふつふつと湧いてきてしばらくすると、俺はセイアとネネに請われて素振りを始めていたことに気付く。

我に返ると、振るっていた刀をピタリと止めた。

「すまん。熱中してしまった。どれくらい経った？」

「……小一時間ほどです」

刀を鞘に収めながら尋ねるとセイアが答えてくれた。

「とても素晴らしい素振りでした！」

「親方が刀を振るう度に血飛沫を上げて倒れる人を幻視しました！」

セイアとネネが興奮したように感想を語ってくれる。

普段、他人に素振りを見られることなんてないし、感想を言われることもなかったので気恥ずかしい。

「シグさんの素振りを目標にこれからも励みたいと思います！」

「俺はあくまで刀鍛冶だからな？　参考程度でいいんだぞ？」

セイアの決意表明を聞いて、俺は慌てた。

参考程度であれば構わないが、目標にまでされるとちょっと荷が重い。

どうにかして俺はセイアを宥めようとするが、なぜか彼女は考えを改めてくれなかった。

「ところで親方。この刀の名はなんというのでしょうか？」

「『遥風《はるかぜ》』だ」

ネネに問われ、俺は地面に文字である『遥風』という字を書いた。

「極東文字ですね」

「どういった意味が込められているのでしょう？」

俺たちにとってセイアは遥か遠くからやってきた風だ。

かつて俺が住んでいたルサールカから遥々とウンベルトまでやってきた。

その足取りの速さはまるで風のようで衝撃的な再会に驚いたものだ。

一方、剣の道から刀という新しい道へと切り替えたセイアにとってはこれからが長い道のりだ。

今までとは違った道を進むことは困難であり、苦しいことであろう。

そんな彼女の背中を後ろから風のように押してあげられるような。

心の拠り所になれる刀になってほしいと思って名付けた。

込めた意味を説明すると、セイアは文字を脳裏に焼き付けるようにして眺め、反芻するように名前を呟いた。

「……『遥風』いいですね。素晴らしい名前をありがとうございます！」

セイアは鞘に収まった刀を大切そうに抱えながら笑みを浮かべた。

名付けにはそれほど自信があるわけではないが、セイアが喜んでくれたようでよかった。

33話　刀鍛冶は異変を察知する

「刀が完成した以上、そろそろ戻らなければいけません」

昼食を食べ終わると、セイアは俺たちに告げた。

「えー⁉　もう帰っちゃうんですか⁉」

「すみません。上司にはできるだけ早く戻るようにと言われていますので……」

驚きの声をあげるネネにセイアは申し訳なさそうに言う。

セイアは交易都市ルサールカの第三騎士団に所属している騎士。

都市の防衛を担う騎士ともあれば、一刻も早く職場に戻るべきだ。

「寂しくなっちゃいますね」

「ネネさん、私もです。叶うのであれば、このまま一年くらいはここで工房を手伝いながら修行したいところです」

「セイアさん、是非そうしましょう！」

興奮したネネがセイアの手をギュッと握り込んだ。

「そんなことをしたら上司が泣くぞ」

これだけ長期間の休暇が取れているのはセイアの家柄が特別なのもあるだろうが、職場での彼女の働きぶりや性格が評価されての許可だと思える。

信頼して部下を送り出したというのに帰ってこなくなったら上司が可哀想だ。

「お気持ちは嬉しいのですが、クリストフ団長の期待を裏切るわけにはいきませんので」

「そうですか……」

後ろ髪が引かれる思いはあるようだが、セイアの気持ちは職場に戻ることにあるようだ。

「このまま真っ直ぐにルサールカに行くのか？」

「いえ、一度ウンベルトに戻って旅の準備をしたいと思います。ご紹介していただいたイブキさんにお礼を伝えたいですし、完成した刀を見せるお約束をしていますので」

「だったら俺たちもウンベルトまで同行しよう」

「ちょうど買い足したいものもありますしね」

ここ一週間はセイアのための刀作りに集中していたので、他に作っていた製作物はほとんどない。

セイアから報酬も貰ったので懐はかなり暖かく、急いで自由市で稼ぐ必要もない。

これはセイアを見送るための方便のようなものだ。

「ありがとうございます」

セイアもそれはわかっているだろうが敢えて触れずにぺこりと頭を下げて感謝した。

貴族とはいえ、一週間も同じ家で過ごした仲だからな。

せめてウンベルトまでくらいは見送ってあげたい。

「じゃあ、準備を整えたら出発だ」

「はい！」

協力して食器を片付けると、俺たちはウンベルトに向かうための準備を整えて家を出発する。

フォルカ村を突っ切り、その先にある丘陵地帯を歩くと、ウンベルトとフォルカ村の間を横たわる森へと差し掛かった。

三人とも戦闘をこなせる上に体力もあるので余計な気遣いをする必要はない。

余分な荷物は俺のマジックバッグに収納しているので身軽だ。

お陰で道のりをサクサクと進むことができ、ウンベルトに比較的に近い位置にて休憩を挟むことができた。

「この調子なら日が暮れる前にウンベルトに到着するだろう」

「それなら明日の昼までには準備も整えられそうです」

「いや、イブキのことだから旅の準備も整えてくれていると思うぞ」

ウンベルトに顔を出したセイアが、すぐにルサールカに戻ることを見越して動いていることだろう。

「であれば、今日は一休みできそうなので嬉しいです」

刀を見せてほしいと言ったのも帰り道の食料や道具を売りつけるためなのかもしれない。

純粋なセイアが心配であるが、さすがに貴族を相手に高値で売りつけるようなことはイブキもしないだろう。

十五分ほど休憩をすると、俺たちは再びウンベルトへと足を進める。

この調子で進めば小一時間もしない内に森を抜けることができるが、森を突き進んでいく内に俺は違和感のようなものを覚えた。

「……親方、どうしました？」

俺が警戒している姿を感じ取ったのかネネが尋ねてくる。

「なんだか森が妙に静かだと思ってな」

「そうなのでしょうか？　私はこの森を通るのが二回目なのでよくわかりません」

「ここまで他の生き物の気配がないっていうのはなぁ……」

「確かに言われてみれば妙です」

セイアが戸惑い、俺と一緒に森を通っているネネが神妙な顔をする。

魔物と遭遇しないこと自体はよくあることなのだが、それ以外の生き物とまったく遭遇しないというのはおかしい。

まるで、森自体が何かに怯えているようだ。

ふと、耳を澄ませているとシュルシュルと何かを引きずっているかのような音が響いた。

「――何かくるぞ！」

慌てて音のした方向に視線を向けると、茂みから滑るようにして灰色の大蛇が出てきた。

一般的な蛇の何十倍も大きな体躯《たいく》をした魔物だ。

胴回りは巨木のように太く、硬質な灰色の鱗に覆われている。

大蛇はシュルシュルと緩慢な動きでとぐろを巻くと無機質な瞳でこちらを睥睨した。

「親方！　アッシュスネークです！」

「こんなところに出てくる魔物じゃないだろう？」

アッシュスネークはここよりも遥か東の森に棲息している魔物だ。

俺が住んでいた頃にこの森に出現したことは一度もなかった。

十五年の間に棲息場所が変わったのか？

いや、アッシュスネークは討伐ランクがDとそれなりに危険度の高い魔物だ。

そんな魔物の棲息区域が変わったのであれば、ウンベルトの市民やフォルカ村の住民が知らないはずがない。

まあ、細かいことを考えるのはこいつを倒してからだな。

「おふたりとも下がってください！　ここは騎士である私が——！」

セイアが声をあげると同時に様子見をしていたアッシュスネークが弾かれたように動いた。

前に出ようとしたセイアを頭から呑み込もうと大きく顎が開かれる。

俺は滑るように移動して前に出ると、抜刀と同時にアッシュスネークの頭を斬り落とした。

アッシュスネークの胴体がドタバタとのたうち回るが、十分に距離を空けていれば巻き込まれることはない。ほどなくして胴体から力が抜けて動きが止まった。

「うう、民を守るべき騎士なのにまったく動けませんでした……」

「気概は嬉しいが、もっと相手をよく見ないとな」

こちらに意識を向けてくれるのは嬉しいが、敵を前にして意識を逸らしてはいけない。

特に刀を扱う場合は間合いが命だからな。

「アッシュスネークの頭をたった一刀で刎ねるとは、さすが親方ですね！」

「相手の攻撃がわかりやすかったからな」

相手が真っ直ぐにわかりやすく間合いに入ってくれたので、タイミングを合わせて斬り下ろすだけだ。

「しかし、アッシュスネークがこんなところに出てくるとは……」

「森の様子も変ですし、少し嫌な予感がしますね」

そういえば、ガーランドが森の生態系が少し乱れていると言っていた。

もしかすると、アッシュスネークの出現もその影響なのかもしれない。

「早めに森を抜けてウンベルトに向かおう」

「私もそれがいいと思います」

ゆっくりと進んでいると、他の魔物にも襲われかねない。

アッシュスネークから必要最低限の素材だけを回収すると、俺たちは足早にウンベルトに向かった。

34話　刀鍛冶と弟子と女騎士は決意する

ウンベルトにやってくると城門前はいつもより人気が少なかった。

いつもは入場待ちとして待機している商人、旅人、出稼ぎとしてやってきた村人の姿が見えず、代わりに城門の前には多くの衛兵、冒険者、傭兵といった者が待機しており、どこか物々しい雰囲気が漂っていた。

すいすいと街道を進んでいくと、城門前にいたガーランドがこちらに手を振った。

「おお、シグ！　道中で魔物と遭遇しなかったか？」

「アッシュスネークと遭遇したぞ」

端的に情報を伝えると、他の衛兵から呻き声のようなものが漏れた。

「アッシュスネークか……あいつは東の森にしか出現しないはずだったのだがな。そっちにまで流れたのか……」

「前に言っていた魔物の不審な動きが増えているのか？」

「ああ、今や周辺の森で多数の魔物が集結しつつある。事態を重く捉えた冒険者ギルドは厳戒態勢を敷き、ワシらもそれに協力しているところだ」

ウンベルトを管理している領主はここから離れた街に屋敷を構えているので、恐らくはギルドと衛兵団の独断であろうが仕方のないことだ。

ここは四方を森に囲まれた辺境の街。

もし、ギルドや衛兵団が想定している最悪の事態であれば、遠くにいる領主の指示を待っている内に街が滅びる可能性があるからな。

「魔物暴走か？」

魔物が一定のエリアに集まりすぎることで引き起こる活性化現象。

それぞれの魔物から漏れ出す魔力が混ざり合うことで互いを強化させる。

強化された魔物はより狂暴性を増し、率先して人を襲うようになる。

「状況からして恐らくはそうだろう。今、斥候を得意とした冒険者たちに情報を集めてもらっているが、魔物たちがいつここに押し寄せてきてもおかしくはない」

ウンベルトは四方を魔物の巣食う森に囲まれているので魔力暴走が起これば、必然的に周囲から魔物が押し寄せてくることになる。

「大変なことじゃないですか！　急いで市民の避難誘導をしないと！」

「避難って、どこに行くつもりだ？」

「もちろん、街の外です！」

「ここは四方を森に囲まれている街なんだぞ？」

「あ、そうでした」

交易都市との地形の違いを思い出し、セイアが失念の声を漏らした。

交易都市であるルサールカの周囲は平原が多く、大小様々な町や村、集落が集まっているので騎士や冒険者が時間を稼いでいる間に反対側の門から市民を逃がすといったことができるかもしれないが、周囲を森に囲まれたウンベルトではそうはいかない。

一番近い人里でもフォルカ村と同程度の距離が開いており、たどり着くには魔物の領域である森を越えなければならない。非戦闘員の市民を大勢連れて移動するのは不可能だ。

「それにしても、皆さん随分と落ち着いていますね？　こういった状況に陥ると、もっと街はパニックになるものですが……」

鍛冶の技術を学ぶために様々な土地を旅してきたからだろう。ネネが素朴な疑問をあげた。

「魔物に街が襲撃されるのは、そう珍しいことではないからな。半年前にも同じようなことが起きていた」

「……ガーランドさん、八か月前です」

あやふやなことを言って部下に耳打ちされるガーランド。

ウンベルトは未開拓の森を切り開いて作られた街だからな。

さすがに魔力暴走は日常的とはいえないが、魔物に襲撃されることくらい慣れっこなのだろう。

親父と一緒に街を出入りしていた時にも、こういった事件はあったからな。

「まあ、そういうわけだから街からはしばらく出ない方がいいぞ」

●

ウンベルトの大通りはいつも通りの賑わいを見せているが、全体的に武装している冒険者の数が多かった。

城門前には武器や医薬品などの物資を商人やギルド職員が運び込んでおり、着々と防衛戦の準備が進められている。

その支援物資を届ける者の中に見覚えのある黒髪の男性がいた。

「三人とも大変な時に戻ってきたなぁ」

声をかけて近寄ると、行商人であるイブキが同情的な声音で言った。

「まったくだ」

こちらはただセイアを見送りにきただけだというのに、思わずトラブルに巻き込まれてしまったものだ。我ながらタイミングが悪かったと言える。

「イブキも街の防衛を手伝っているのか？」

「まだ魔物暴走と決まったわけじゃないけど、十中八九そんな雰囲気やしな。戦いが起こると人だけやなく物も大量に動くからな。商人の儲け時や」

にっこりと微笑みながら商人らしいことを宣うイブキ。

「あまり値段を吹っ掛けてやるなよ？」

「大丈夫。さすがにそこは加減してる」

儲け時だからといって大きく値段を吊り上げるようなことはしていないようだ。

イブキはこの街を拠点として動いているみたいだし、冒険者をはじめとする市民に悪感情を持たれるのは得策じゃないのだろう。

「で、ここに戻ってきたってことは刀ができたんやな？」

現状についての軽いやり取りを済ませると、イブキが本題とばかりに尋ねてくる。

非常時かもしれない状況なのに随分と呑気なものだ。

「あ、はい！　イブキさんのお陰でシグさんに刀を打ってもらうことができました！　紹介してくださり、ありがとうございます！」

「うんうん、セイア様が無事に刀を作ってもらえてよかった。よかったら完成した刀を見せてくれる？」

「完成したらお見せするお約束でしたからね。どうぞ」

セイアが鞘に包まれた刀を差し出すと、イブキが丁寧な手つきで受け取って観察する。

すぐに刀身を確認するのではなく、鞘の糸巻き具合や模様といった装飾を丁寧に観察。

それからゆっくりと鞘から刀身を引き抜いた。

イブキは刀身を眺めるとジッと動かない。いつも何を考えているのかよくわからない微笑みを浮かべているのだが、刀身を見た瞬間に表情が抜け落ちた。

三分と経過してもイブキはジーッと視線を刀身に固定しており、何も言葉を発さない。

「……あの、イブキさん？」

「ああ、ごめん。あまりにも見事な刀に見惚れてもうてたわ」

セイアが声をかけることでようやく現実に引き戻されたのかイブキが刀身から目を離して返却。

「セイア様、この刀を売ってくれへん？」

「ダメです！」

イブキの提案を拒絶するようにセイアが鞘を両手で抱き締めた。

「セイアさんが払った費用の倍額を出すわ」

「えっ!?　金貨八百枚!?　い、いいえ、いくらお金を積まれようともこの刀をお渡しすることはできないです！　ごめんなさい！」

一瞬だけぐらついたセイアだがすぐに心を強くして断りを入れた。

「紹介したお前が欲しがってどうするんだ」

「いやぁー、あまりにも出来がよかったから。ちなみに同じようにお金を出したらあれと同レベルの刀を作ることってできる？」

「前にも言ったが無理だな」

どんな顔や性格をしているかも知らない者に、心を込めて作れというのは俺にはできない。

俺は自分の作りたい刀や、誰かのために作ってあげたくなるような刀を作りたい。

S級ギルドにいた時のような気持ちの籠らないような仕事をするのはゴメンだった。

「職人としては、そういった熱いモチベーションが大事ですからね！」

ネネには俺の言い分が理解できるのか納得したように頷いていた。

「そっかぁ。あのレベルの刀があれば、もっと手広く商売ができるんやけどな。まあ、でも今回は君の真骨頂を見られたってことで満足しとくわ」

俺たちの職人としての矜持《きょうじ》を理解したのか、イブキはすんなりと引き下がってくれた。

「ところで、君たちはこれからどうするん？」

本来であれば、セイアはルサールカへと出立するための準備をし、俺たちは見送りついでに食料品や日用品を買い込むはずだった。

しかし、ウンベルトの周囲にいる魔物が活発化し、魔物暴走である疑いが強いために迂闊《うかつ》に街を出ることもできない。

「私は街の防衛に加わろうかと思います」

どうするべきかと迷っていると、セイアが覚悟の籠った表情を浮かべながら言った。

「ここは交易都市やないんやで？」

セイアはあくまでルサールカの騎士なのでこの街を守る義務などない。

「それでも私は貴族であり騎士です！　無関係の街だからといって市民の危機を見過ごすことはできません！」

それでも彼女は騎士としてこの街を守りたいようだ。

正義感が人一倍強いセイアであれば、そのような決断を下すと思っていた。

「おふたりは？」

「微力ながら協力させてもらおうと思う」

フォルカ村に帰ろうにも外には大量の魔物がうろついているので戻るという選択肢はない。

だからといって何もせずに街の宿に引っ込んでいるのも性に合わない。

やれることがあるのであれば、俺たちも手伝うべきだろう。

「親方がそう決めたのであれば、あたしもお供いたします」

ネネは迷うことなくそう言って頷いた。

「俺たちは職人だ。戦士たちのために武具を作り、戦いで壊れたのであればすぐに直してやろう」

35話　刀鍛冶は斥候に出る

「……なあ、ネネ？」

「なんでしょう？　親方？」

「どうして俺たちは森の中にいるんだ？」

街の防衛戦に参加することにした俺とネネは、東門の外にある森にやってきていた。

俺たちは刀鍛冶だ。

前線を支える戦士のために武具を作ったり、戦闘中に壊れた物を直すのが仕事であり、後衛から支援するのが役目であって、断じて前線で戦うのが役目ではない。

「ガーランドさんとローズさんに頼まれてしまったので」

ガーランドに掛け合って防衛戦に参加させてもらうことになったのだが、俺とネネが配属されたのはなぜか東門であり、魔物の戦力確認を任されている。

「普通、刀鍛冶を前線に送り出すか？」

「あの方たちは親方の実力を見抜いていますからね」

「確かに冒険者の資格も持ってはいるがBランク程度だぞ？」

冒険者の資格なんて自分で素材を集めるためと、作った刀で試し切りをするために取ったようなものだ。鍛冶の片手間に取ったものなのでお世辞にも自慢できる腕前ではない。

「親方、Bランクというのは十分に高位の冒険者です。特にこのような辺境の街にはそれほど多くいませんから」

交易都市ルサールカには掃いて捨てるほどにいたのだが、ここではそうたくさんいるものではないようだ。だとしたら、俺のような者が前線に送られるのも納得だな。

ちなみにセイアは西門を任され、そちらの防衛に当たっている。

「この辺りに魔物の気配はないみたいだな」

俺たちが調査している範囲はウンベルトから比較的近い位置ということもあって魔物の姿は見えない。

魔物暴走が起きる間際には必ず魔物たちが集結するという兆候が見られる。

その一団を目視することができれば、攻めてくる方角を絞り込むことができ防衛が楽になるんだけどな。

「もう少し奥まで進んでみるか」

「そうですね」

そうやってネネと共に森の奥に進んでいくと、遠くから人の声のようなものが聞こえた。

まだ距離が遠いために判然としないが、誰かが声をあげて動き回っているのは確かである。

「親方！　人間が複数に追いかけられています！」

ドワーフの発達した聴覚は鮮明に気配の主を捉えたらしい。

このタイミングで森の外に出ているということは、俺たちと同じく斥候の役目を担うものなのだろう。

俺たちよりも奥深くを探っていたということは、集結した魔物の情報を持っている可能性が高い。

そう判断した俺は声の聞こえる方向へと即座に駆け出した。

「ちょっ！　親方、速っ！」

ネネを置き去りにしながらも俺は前に進む。

乱立する木々を避け、茂みを飛び越えながら直進していくと、岩猪に跨《また》がった小鬼たちに追い立てられるふたりの冒険者の姿が見えた。

「ソラー！　魔法で一気に敵を焼き払ってくれ！」

「走りながらじゃ無理！　魔法を放つには魔物を足止めしてくれないと！」

「あんな数の魔物を俺ひとりで食い止めるとか無理だろお⁉」

追われているのは以前、自由市で俺が販売していた短刀を買ってくれたトールとソラだった。

そして、そのふたりを追いかけているのはゴブリンライダー。

猪、狼などの動物を飼い慣らし、騎乗しながら戦闘をこなすことのできる機動力に優れたゴブリンである。

ゴブリンライダーたちはふたりを囲うように展開しながら徐々に距離を詰めている。

獲物であるトールとソラの体力が消耗したところで仕掛けるつもりなのだろう。

「きゃっ！」

接近しながら様子を窺っていると、走っていたソラが木の根に引っかかってしまい転倒した。

「ソラ！」

「に、逃げて！」

「バカ言え！　幼馴染を置いて逃げられるかよ！」

思わず足を止めてしまったトールにソラが必死に叫んだ。

しかし、トールは逃げることなくひとりで魔物に立ち向かうことを選択。

転倒したソラの前に出ると、腰に差した短刀を引き抜いて正面で構えた。

「グギャギャギャグアッ！」

その時を待っていたゴブリンライダーたちが得物を手に嬉々としてトールとソラへと襲い掛かる。

俺は右手の柄に手をかけながら身体強化で一気に加速。

「伏せろ！」

そのまま鞘から刀身を抜き放ち、水平に斬り払った。

扇状に広がった斬撃は飛び掛かってきたゴブリンライダーたちを両断。

宙へ舞ったゴブリンたちの上半身が落下するよりも速く、返す刀で岩猪を袈裟斬りにした。

血振りをすると同時にボトボトとゴブリンライダーだったものが地面に落下する。

残心し、周囲に魔物がいないことを確認して振り返る。

「ふたりとも大丈夫か？」

「お、おっさん!?　なんでここに!?」

「こっちの門の配置につけってガーランドとローズさんに言われてね」

そう述べるとふたりが苦い顔をする。

どうして俺をこちらの門につけたのか疑問だったが、ローズは可愛がっていた後輩を守りたかったのだろうな。ふたりを見て納得した。

「親方ー！　大丈夫ですか？」

同行していたネネが戦槌を担いでえっちらおっちらと走ってくる。

「ああ、無事に合流できたぞ」

ドワーフ族は手先が器用で力も強いが鈍重なので俺の速度についてこられないのは仕方がない。

「え、えっと……」

「シグだ」

このふたりとは自由市で二回取引をしただけで名乗っていなかったからな。

「シグさん、危ないところを助けていただきありがとうございます！」

「おっさん、本当に助かったぜ！」

ソラが杖を抱えながら深く頭を下げ、トールが快活な笑みで礼を言う。

「気にするな。それより、ここにふたりがいるってことは斥候に出ていたんだろ？　何か情報は掴んだか？」

「そうだ！　この先に魔物の集団がいたんだ！　間違いなく魔物暴走だ！」

尋ねると、トールが思い出したように叫ぶ。

やっぱり、魔物暴走か。

「魔物が集結していた場所は？」

「え、えーっと……」

「ここから北東に三キロ進んだところに魔物が集結していました！　魔物の種類はゴブリン、ゴブリンライダー、オーク、ウルフが中心で三百体以上。統率個体はわかりませんでした」

トールはまごついていたが、ソラが簡潔に報告してくれた。

魔物暴走では集結した魔物を指揮するような強力な個体がいるのだが、さすがにトールとソラではそこまで探ることができなかったらしい。

「それだけの情報があれば十分だ」

大まかな方角、魔物の種類がわかっただけでも対策はかなり取りやすくなる。

「ネネ、狼煙《のろし》を上げてくれ。東門の奴らに知らせたい」

「はい、親方！」

ネネはその辺に落ちている枝葉を拾って積み上げると、着火の魔道具で火をつけた。

火種が大きくなると木の皮や追加の枝を放り込む。

火がさらに大きくなりもくもくと煙が上がると、ネネはそこに赤い粉末を放り込んだ。

途端に煙は赤色に染まり、空へと立ち昇っていく。

これで東門の守備についている奴らに北東から魔物が押し寄せると伝わるはずだ。

「よし、俺たちも東門に戻って守備につくぞ」

「ああ！」

合図を済ませると、俺たちは回れ右をしてウンベルトの東門へと戻ることにした。

トール、ソラ、ネネのペースに合わせながら来た道を引き返していると、東門の方角から赤い狼煙が上がった。

どうやら俺たちの情報は無事に伝わっているらしい。

そのことに安堵しながら小一時間ほど森を突き進むと、ウンベルトを覆う巨大な石壁と東門が見えてきた。

「トール、ソラ、他の奴らに情報を共有してやれ」

「わかりました！」

ふたりを送り出すと、東門の守備をしている衛兵や冒険者たちが集まってきた。

トールとソラが正確な報告をすると、すぐに衛兵と冒険者は動き出した。

ウルフ、ゴブリンライダーによる突撃を防ぐために設置型の柵が並べられ、地面には土魔法使いが細工をしてぬかるみを作る。石壁の上には投石具が置かれ、弓や魔法を扱うことのできる後衛職が配置についた。

魔物たちは北東を中心に進撃してくる可能性が高いために、北東方面には特に手厚く人員が配置されていた。

何年もここに住んでいるだけあってウンベルトの衛兵や冒険者は慣れているな。

指示や動きに無駄がない。

トールとソラが魔物たちの集結を確認して一時間半以上が経過している。

集結が終了し、魔物たちが街に押し寄せてくるのにそこまで多くの時間はないだろうな。

ぼんやりと防備が固められていく様子を眺めていると、東門の冒険者を取りまとめている男がやってきた。

「俺はCランク冒険者のサイラスってもんだ。少しいいか？」

「なんだ？」

「この場にもっとも最高位の冒険者はあんたになる。できれば、冒険者たちの指揮をと思うんだが……」

そういえば、東門に高位の冒険者はいないと言っていたな。

かつて所属していたS級ギルドでは掃いて捨てるほどいたBランクだが、ここでは貴重な戦力となるらしい。

「知っていると思うが俺はこの街で冒険者としての活動をしたことがなくてな。悪いが俺とネネは遊撃にしておいてくれないか？」

俺は主にソロでの活動や迷宮への遠征に鍛冶師として同行することが多かった。

最低限の連携くらいはできるものの、ここにいる奴らのように集団戦や防衛戦の心得などまったくない。ネネもひとりで旅をすることが多かったので似たり寄ったりだ。

いきなり外部からやってきた冒険者に仕切られるのは彼らも面白くないだろう。

たとえ、俺よりもランクは低くてもこの街の地理に詳しく、冒険者たちのことを熟知しているサイラスが指揮を執った方がいい。

俺がきっぱりと断ると、サイラスはどこか安心したような笑みを浮かべた。

「わかった。そういうことなら、俺たちでやらせてもらう」

「気遣いに感謝する」

サイラスも取りまとめる立場としての葛藤があったのだろうな。

「前線では活躍できるように努力する」

「ああ、めちゃくちゃ期待してるぜ」

サイラスが右拳を挙げたので応じるように俺は右拳をぶつけた。

36話　刀鍛冶は一撃目を決める

トールとソラを連れて東門に戻り、魔物暴走に備えること一時間後。

「北東方面に多数の魔物反応あり！」

石壁の上から風魔法で探索をしていた魔法使いが魔物の気配を捉えた。

冒険者たちは既に配置についており、戦意を漲らせながら各々が武器を構える。

石壁の上には投石、弓、魔法などの遠距離を得意とする者が配置についており、俺とネネをはじめとする近接戦闘を得意とする義勇兵、冒険者などは東門の前、内部には突き破られた魔物を食い止めるために多くの衛兵や傭兵が陣取っていた。

「遂に来ましたね」

「ネネ、お前は無理をするなよ？」

「はい！　腕と指だけは死守します！」

心配の声をかけると戦槌を右肩にかついでサムズアップするネネ。

単純に命を大事にって意味だったのだが……まあ、ネネなら大丈夫だろう。

俺たちがそんなやり取りをしている間に、前方では警戒を促す声があがった。

目を凝らすと木々の奥から魔物たちが湧き出す姿が見えた。

魔物たちは木々や枝葉を踏み倒し、地面を覆い尽くすように広がっていく。

主にゴブリン、ハイゴブリン、ゴブリンライダー、アッシュウルフ、オークといった魔物で構成されており、昆虫系の個体が時折交ざっている。

おおむねトールとソラが掴んでくれた情報の通りだ。

魔物たちは瞳をいつも以上にギラつかせながらこちらに爆進してくる。

互いの魔力が肉体を活性化させ、本能がいつも以上に引き出されているのだろう。

遠目に見るだけでも魔物たちの殺意の重圧が感じられた。

「来るぞ！　魔法準備！」

冒険者の指揮を執るサイラスが声をあげる。

それに合わせて石壁、城門の上に二列に並んでいた魔法使いが詠唱を開始する。

魔力を練り上げ、魔法言語を駆使して言霊を紡ぐ。

詠唱が完了すると、魔法使いたちの掲げる杖の先に魔法円が次々と展開された。

「まだだ。まだだぞ。よーく、狙え！」

魔物たちが土煙を上げながらこちらに向かってくるが、サイラスはまだ号令を出さない。

確実に魔法の射程範囲に入るように見極める。

「……撃てぇっ！」

号令が上がると同時に魔法が次々と放たれた。

火球、雷撃、水矢、氷槍、様々な属性の入り乱れた魔法は、先頭を走っていたゴブリンライダーの群れに着弾。轟音と共に次々と吹き飛ぶ。

しかし、後ろにいたゴブリンやアッシュウルフが死体を踏み越え、勢いを落とすことなく向かってくる。

「第二射、放てぇっ！」

サイラスの再びの号令。

魔法使いの後衛と前衛が入れ替わり、待機させていた魔法が放たれた。

今度はゴブリンやウルフの群れの元に魔法が着弾する。

なるほど。魔法使いを二列にすることで絶え間なく魔法を放つことができるのか。

防衛戦の経験があるだけあって賢い運用の仕方だな。

俺じゃこんなやり方はとても思いつかない。冒険者たちの指揮を彼に任せたのは正解だな。

「この調子なら魔法使いだけで殲滅《せんめつ》できるんじゃないか？」

「何を言っているんですか、親方。今ので大半の魔法使いは魔力切れですよ？」

「え？　早くないか？」

「ここにいる冒険者のほとんどは低位だと言われたじゃないですか」

視線を石壁の方に向ければ、魔法使いたちの多くが顔色を悪くさせてポーションを口に含んでいた。

低位の魔法使いは魔力を節約しながら五回の魔法を放てる程度。

威力を高めた魔法を放てば魔力の消耗は激しくなり、二、三回で魔力が枯渇する。

そうだった。忘れていた。ここはS級ギルドとは違うんだった。

バカみたいに高火力の魔法を連射する連中とつるんでいたせいで完全に感覚がずれていた。

「今だ！　打って出るぞ！」

「「ウオオオオオッ！」」

サイラスから号令がかかると、前衛組である冒険者や衛兵たちが野太い声をあげて駆け出した。

「親方！　一撃目《ファーストアタック》をやっちゃってください！」

「ええ？　俺がやるのか？」

「前衛の華ですよ⁉」

魔物に対して一番に攻撃を入れることは前衛職の誉れだと言われている。

一般的にそういうのは高位の冒険者が行うのだが、ここでは俺が最高位の冒険者となるので役目的には俺になるのか。

「しょうがない。やってみるか……」

「うひょー！　親方が刀を振るうところを見られる！」

妙に焚きつけるような言い方をしていると思ったらそれが目的か……。

トールとソラを助けた時は置いてけぼりにしてしまったからな。

それでもネネの言うことは一理ある。

一撃目の華が欲しいわけではないが、冒険者の士気を上げるために強力な一撃を見舞っておくことは有効だからな。

俺は身体強化を発動すると、前衛組よりも前へと躍り出た。

「オォオオオオォォォオオォッ！」

俺の前に立ちはだかったのは四メートルを超える豚頭を乗せた巨人、オークだ。

通常はゴブリンと同様に緑色の体表をしており、背丈も三メートルほどなのだが、この個体は赤銅色の肌をしている上に一回りほど背丈も大きい。

恐らくオークの上位種であるハイオークだろう。

ギルドの定めた討伐ランクはC。驚異的な膂力と再生力が厄介とされている魔物だ。

ハイオークは分厚い贅肉を震わせてこちらを威嚇してくる。

その臭気に思わず顔をしかめる。

ハイオークは棍棒を手にした腕を大きく振り上げて、こちらを叩き潰そうとしてくる。

つまり、今の状態は胴ががら空きだ。

俺はさらに加速して突っ込むと、その勢いを利用するように抜き打ちを放った。

俺の刀はハイオークの胴体をあっさりと分断。

上半身は臓物と血液を噴出させながら地面へと落下した。

Bランク冒険者の一撃目がたった一体目のハイオークを仕留めるだけではしょぼいな。

俺は刀に魔力を纏わせる。

刀を水平に振るうと、斬撃が扇状に広がって後続のオークを含めたゴブリン、アッシュウルフを十体ほど切り裂いた。

「うおおおおお！　すげえ！」

「あんな細い剣でハイオークを真っ二つにしやがった！　あの剣どうなってやがるんだ？」

「あれで鍛冶師ってマジかよ⁉」

「俺たちも負けてられねえな！」

周辺の魔物を斬殺すると、冒険者たちから沸き立つような声があがった。

士気の上がった前衛組の冒険者は俺を追い越し、次々と魔物たちに斬りかかっていく。

「親方！　さいっこーでした！」

刀身に付着した血液を布で拭っていると、興奮した様子のネネがやってくる。

戦闘中なのでやけに顔が上気しており、陶酔したような表情を浮かべている。

俺が振るう刀を見て、ひとりで興奮していたのだろうな。

「一撃目としては少し地味だったが役目は果たせただろう」

「いーえ、地味なんかじゃありません！　ハイオークが一刀両断される光景は圧巻でしたよ！」

周囲を見れば、確かに冒険者や衛兵たちが沸き立っているな。

魔力が枯渇してぐったりしているはずの魔法使いたちも、石壁や城門の上から目をキラキラと輝かせて覗き込んでいる。

「まあ、思った以上に反響があって何よりだ」

指揮をとらずに自由にやらせてもらっている分、これくらいは活躍しておかないとな。

「……なんだ？」

あまりにもネネが陶酔した視線を向けてくるので気になる。

「いやー、戦場で振るわれる刀を見るのはいいものだなと。ただ眺めているだけでも十分にエロいのですが、こうして実戦で振るわれることでより美しく、色気を感じ取ることができます。やっぱり、武器として作られた以上は使われている時にこそエロさの真価を発揮するのかも――」

ネネがいつも通り意味のわからない感想を述べていると、その後ろから大きな蜘蛛が襲い掛かってくる。

「ネネ、後ろだ！」

警告の声をかけると、ネネは即座に反応。

戦槌を担ぎながら大蜘蛛が繰り出してくる前脚をステップで回避。

さらに大蜘蛛が吐き出した糸を跳躍して回避。

上空で戦槌を振りかぶると、大蜘蛛の腹部へと叩きつけた。

「邪魔です！　今は親方と刀のエロさを語り合っているんですから！」

ネネの強烈な一撃により大蜘蛛の膨らんだ腹部は粉砕されており、大きな脚を痙攣させるようにピクピクと動かしていた。

刀のエロさについては一言も語り合っていないのだが、さすがはCランクだけあって見事な実力だな。これならネネの心配は不要みたいだ。

「グギャギャ！」

「ウォン！」

大蜘蛛を倒して一段落ついていると、今度はゴブリンとアッシュウルフの群れがこちらにやってくる。

「まったく魔物を倒さないとおちおちと語れませんね」

「今は魔物を殲滅するのを優先しよう」

「ですね！」

ネネの刀猥談を逸らす目的もあり、俺は黙々と魔物へと斬りかかるのだった。

37話　刀鍛冶は猛牛を斬る

ハイオークを斬った俺はネネと共に前衛組の援護に徹する。

ここにいる冒険者の多くはランクこそ低いが防衛戦に慣れており、連携が優秀だ。

厄介な魔物でも多対一で相手取り、しっかりと沈めてみせる。

その連携を崩されなければ、滅多なことでやられることはない。

だとすれば、遊撃である俺たちの役目は連携を崩す恐れのある魔物の排除だ。

後方でフードを纏ったゴブリンたちが杖を掲げて魔法陣を展開しようとしている。

それを目視した俺は即座に駆け出す。

進行を妨害するゴブリンたちの手足を斬り飛ばしながら駆け抜けると、ゴブリンメイジの喉へと突きを放つ。

切っ先がゴブリンメイジの喉を抉った。

もう一体のゴブリンメイジが慌てて杖をこちらに向けてくる。

杖の先端からは火球が生まれており、仲間ごと俺を焼き尽くすつもりなのだろう。

俺は刀身を引き抜くと、滑るように右側へ移動して撃ち出された火球を回避。

顔の左側を熱が通ったのを感じながら接近し、刀を水平に薙いで首を飛ばした。

「ていや！」

周囲を確認すると、ネネが横合いから出現したオークと対峙していた。

オークの振り下ろした棍棒をステップで回避し、相手の右膝に横殴りの戦槌を叩き込んだ。

膝を砕かれ堪らずに身体を曲げたところを、ネネの戦槌がオークの顎を強かに打った。

三メートルの巨体を誇るオークが倒れた。

急所への痛烈な一撃にさすがのオークもノックアウトのようだった。

「やるじゃないか」

「ありがとうございます。ですが、親方には敵いません」

「そうか？」

「倒れ伏している魔物を見れば、親方がどれほどの数を斬っているかわかりますから」

こっそりと魔物の戦力を削いでいたことはネネにはお見通しのようだ。

「この調子でいけば、東門は凌ぐことができそうだな」

相変わらず森からは魔物があふれてきているが、その数は徐々に減ってきており勢いも落ちている。

防衛している冒険者や衛兵は疲弊している者が多いが、壊滅的な被害は受けていない。

体力こそ疲弊しているが士気も高く、安定して魔物の数を削ぐことができている。

魔法使いの魔力が回復し、もう一度斉射することができれば、残っている魔物も一気に殲滅することができそうだ。

「唯一の懸念点は、未だに現れていない統率個体でしょうか」

「そうだな」

集結した魔物たちを統率する個体が未だに現れていない。

それだけが唯一の懸念だ。

魔物の中には討伐ランクCのハイオークが交ざっている。少なくともそれと同等、あるいはランクが上の魔物が君臨していると考えるべきだろう。

「できれば状況を悟って撤退とかしてくれると嬉しいんだけどな……」

なんてぼやいていると突如として森の奥から雄叫びが響いた。

「ヴオオオオオオオオオオオオオッ！」

俺、ネネだけでなく、東門一帯を防衛している冒険者、衛兵が戦闘中にもかかわらず行動を停止し、轟いた声の方に視線を向けてしまう。

薄暗い森の奥から姿を現したのは、三メートルを上回る体躯をした牛頭人体の魔物。

全身が発達した筋肉に覆われており、はちきれんばかりの胸元は皮鎧で覆われている。

腰には布を纏っており、石材を加工したのか手甲、脚甲が装備されていた。

片手で持ち上げているのは両刃の斧であり、その大きさはネネが所持している戦槌の二倍以上の大きさがあった。

「み、ミノタウロスだとッ!?」

冒険者の誰かが息を呑むように言った。

「ヴォオオオオオオオオオオオオオオッ！」

猛牛の咆哮。

サイラスをはじめとする東門の守備についている冒険者や衛兵たちの心が恐怖で縛り付けられる。

それは傍にいるネネも同様であり、戦槌を手にしながら顔を真っ青にして震えていた。

無理もない。

冒険者ギルドの定めたミノタウロスの討伐ランクはＢだ。

その威容や恐怖はハイオークやアッシュウルフ、大蜘蛛などとは比べるまでもない。

ミノタウロスは雄叫びと荒い鼻息を漏らしながら走り出す。

蹄の生えた二本の脚は力強く地面を蹴り、前衛集団へと突撃。

「ひ、ひいっ！」

前衛組は恐怖に顔を歪めながらそれでも何とか対峙しようと武器を構える。

しかし、できた行動はそれだけだ。

ミノタウロスの突撃は冒険者や衛兵たちを魔物ごと吹き飛ばした。

「どけ！　俺がやってやる！」

「ガドモンズさん！」

「いけ！　Ｃランクのあんたならなんとか！」

冒険者のひとりが大剣を持ってミノタウロスに向かっていく。

がたいがよく仲間から信頼されている様子から前衛組でもかなりの実力者なのだろう。

「うおおおおおお！　くたばれ！」

冒険者が勇猛に大剣を振りかぶって叩きつける。

それに対してミノタウロスは右手に所持していた両刃斧を乱雑に薙ぎ払った。

衝突した冒険者の大剣があっさりと砕かれる。

武器を砕かれ身体が横に流れた冒険者へ、ミノタウロスの握り締めた左拳が突き刺さる。

冒険者が必死に両腕を交差させてガードするが空しく、城門に弾き飛ばされた。

分厚い金属扉が大きく凹み、鐘のような甲高い音を立てた。

「Cランクが一瞬で⁉」

「あんな化け物に勝てるわけがねえ⁉」

信頼していた実力者が一撃で薙ぎ払われたことにより一団に恐慌が走る。

「一度、態勢を整える！　城門まで撤退だ！」

サイラスが必死に指示を飛ばすが、恐怖に囚われてしまった一団の耳には入っていない。

前衛たちが我先に逃げ出した。

しかし、背中を向ける獲物を見逃すほどにミノタウロスは優しくない。

ミノタウロスは猛然と前進すると逃げ惑うものたちに両刃斧を振るう。

それだけで数人の衛兵の身体が弾けた。

あのような大きな斧を叩きつけられれば人間などひとたまりもない。

圧倒的な膂力を持つミノタウロスにより低位の冒険者たちが血飛沫を上げて、紙切れのように吹き飛ぶ。

衛兵や冒険者たちの恐怖の声があちこちで響き渡り、ミノタウロスによって蹂躙されていく。

「ネネ、俺たちも撤退するぞ！」

戦おうにもこのような混乱の中で動き回るのは危険だ。

「親方、あたしもそうしたいのですが恐怖で足が……」

涙目を浮かべながら答えるネネの足は震えていた。

圧倒的な強さを誇るミノタウロスに完全に呑まれているようだ。

ミノタウロスの双眼が恐怖に怯えるネネを映した。

格好の獲物を見つけたとばかりにミノタウロスがこちらへと爆進してくる。

蹄の生えた二本脚が草花や魔物の遺骸を踏み潰し、あっという間に距離を食う。

今日の俺は遠征に同行している鍛治師ではない。刀鍛治であり、街を守るひとりの刀使いだ。

この場にいるもっとも高位の冒険者は俺なんだ。

「やるしかないな」

動けないネネを守るために俺は前に出る。

あっという間に距離はなくなりミノタウロスが斧を振りかぶり、叩きつけてくる。

ルサールカでセイアを救ったようにこの斧を切り裂いてやりたいが、さすがにこれだけの質量を誇る鉄塊を真正面から斬る自信はない。

仮に成功したとしても刀に尋常ではない負担がかかる上に得物を失うリスクもある。武器を斬ったところでミノタウロスは健在なのだ。そのようなリスクを冒すことはできない。

回避すると重厚な斧がすぐ左に落ち、地面がガラスのように派手に砕けた。

俺は右足から踏み込むと、刀を真横に一閃。

ミノタウロスの革鎧が切り裂かれ、薄く胸を切り裂いた。

「ブモオッ!?」

「浅いか」

致命傷を与えたつもりだったが、ミノタウロスが咄嗟の反応で体を引いたようだ。

さすがにBランクにもなると反応速度が並外れている上に勘もいい。

ミノタウロスが怒気をにじませながら斧を薙ぎ払う。

反射的に膝を落とすと、なびく紺色の髪を奪い去りながら巨大な鉄塊が通った。

回避と同時に前に進むと連続で刀を振るう。

一撃目で胸の傷口を抉り、二撃目で左の太腿を切り裂いた。

「筋肉が硬いな」

相手の攻撃を躱して潜りながらとはいえ、並の魔物であれば即座に両断できているはずだ。

それなのに軽傷で済んでいるのはミノタウロスの強靭な筋肉のお陰だろう。

分厚い繊維が幾重にも絡まり合っていて断ちにくい。

刀は刃筋だけでなく剣速も命だ。中途半端な一撃ではその肉体を斬ることはできない。

十分な剣速を発揮できる機会を窺うべきだ。

幸いにもこちらの攻撃は小さくはあるが通っている。

化け物染みた体力を保有する魔物であっても裂傷を刻み、血液を流せば体力は消耗する。

「ヴオオオオオオオオオオオオッ！」

などと考えていると、ミノタウロスが怒りの咆哮をあげた。

ちくちくと攻撃を加えられたのがよっぽど腹に据えたようだ。

ミノタウロスはフッフと鼻息を荒く鳴らすと、両刃斧を猛然と振るってきた。

これが普通の剣であれば、弾く、流すなどの選択肢が取れたのであろうが刀ではそうはいかない。

まともに打ち合えば刀が壊れ、獲物を失ってしまう。

戦場において得物を失うのは死と同義だ。

だから決して刀で受けるようなことはせず、足さばき、身体さばきだけで躱す。

上段からの振り下ろしを半身で躱し、すれ違い様に刀を滑らせる。

表皮を浅く切り裂いた。それでもミノタウロスの猛撃は止まらない。

「しんどいな！」

体力トレーニングは欠かしていなかったが、このような実戦は久しくこなしていなかった。

体力の消耗が激しい。

ここ数年はずっと工房に籠って鍛冶をしており、フォルカ村にやってきてからも刀作りばかりをしていたからな。

いや、そもそも俺は刀鍛冶だからそれが当たり前なのだが、実戦から離れていると思っている以上に身体が鈍っている。

このままではミノタウロスの体力が削れる前に、俺の体力がなくなってしまいそうだ。

だからといってへこたれたりはしない。

ここには弟子だけじゃなく、ガーランド、イブキといったお世話になった友人や、トール、ソラといった俺の作った製作物を買ってくれた冒険者、燻製品を買いにきてくれる美食家といった多くの知り合いがいるんだ。

ミノタウロスを通してしまえば、街に少なくない被害が出てしまう。

お世話になった人たちを守るためには俺が踏ん張るしかないだろう。

「親方あああぁぁッ！」

一か八かで勝負を決めようかと思っていると、後方からネネが跳躍してくる気配を感知した。

咄嗟に後方に下がると、ネネが入れ替わるようにして前に出て戦槌を振り下ろした。

闖入者を素早く察知したミノタウロスは両刃斧を掲げることで防御。

ミノタウロスの足が止まった。

ネネの援護によって一呼吸の間ができる。

それさえできれば、今の俺でも落ち着いてこいつを仕留めることができる。

一度、刀を鞘に収めて深呼吸。

吸い込んだ空気が喉を通り、肺へと送り込まれる。

新鮮な酸素が身体の隅々まで行き渡り、疲れ切った身体が少しだけ回復し、意識が鮮明になった。

胸いっぱいに空気を取り込むと、ゆっくりと息を吐き出して呼吸を整えた。

「ひぃい、親方！　あたしじゃもう無理かもです！」

俺が一呼吸整えている間に、ネネは鍔迫り合いをしていた。

ミノタウロスの怪力に押し込まれつつあり、今にも体勢が崩れそうだ。

このまま放置すれば、ネネは地面の染みと化してしまうだろう。

「ありがとう、ネネ。交代してくれ」

本当は怖くて堪らないはずなのに、俺のために勇気を出して飛び込んでくれた。

そのことに深く感謝しながら俺は再び駆け出した。

ネネを力で押し飛ばすと、ミノタウロスは意識をこちらへと向けてきた。

随分と警戒されているらしい。

ミノタウロスが力任せに斧を上段から振るってきた。

視界が鮮明なお陰か相手の筋肉の動きがよくわかる。

筋肉の動きが見えれば、相手の攻撃を予測することも難しくない。

俺は半身で斧を躱し、間合いの内側へと侵入。

振り下ろされて伸びきった右腕目掛けて抜き打ちを放った。

魔力を込めた全力での抜き打ちはミノタウロスの右腕を切断。

「――――――――――――――――ッ!?」

ミノタウロスから絶叫が迸り、右肩から血飛沫が迸った。

体勢を崩したミノタウロスに俺は連撃を繰り出す。

真っ向斬り、一文字斬り、左袈裟斬り、斬り上げ。

右腕を落とされ、バランスを崩してしまったミノタウロスに防ぐことはできない。

強靭な肉体に深い裂傷を次々と刻んでいく。

ミノタウロスが苦悶の声を漏らしながら仰け反る。

さらなる追撃を与えようと踏み込むと、ミノタウロスの瞳が強く輝いた。

あれはまだ命を諦めた目ではない。

蹄の生えた足で地面を強く踏みしめる。

そして、ミノタウロスが振るったのは両刃の斧ではなく頭部から雄々しく生えた角だった。

湾曲した二本の角が真紅の光を帯びながらこちらに迫ってくる。

ミノタウロスの必殺の一撃。

俺は刀を大上段に構えると、真正面から迎え撃った。

俺の刀がその角を斬るか。

ミノタウロスの角が俺の刀をへし折るか。

渾身の力を込めた上段からの振り下ろしがミノタウロスの魔力を帯びた角とぶつかり合う。

「お、おお……ッ！」

次の瞬間、破砕音が響き渡った。

鈍い音を立てて砕けたのはミノタウロスの角だった。

角を斬り裂き、刀を切り返すと、そのまま頭部へ。

脳天から股間に至るまで刀身があっさりと滑り落ち、臓物と血液を漏らしながらミノタウロスは絶命。

刀身に付着した血を布で拭って鞘に収めると、衛兵と冒険者による勝鬨の声が響き渡った。

38話　刀鍛冶はこれからも刀を打つ

ミノタウロスが討伐されると魔物たちは瞬く間に瓦解。

森へ逃げ帰っていくのを比較的元気のいい冒険者が追撃し、東門は魔物の進行を食い止めることができた。

こちらだけでなく各城門からは防衛完了を示す狼煙が上がっており、今回の魔物暴走による防衛戦は無事に終了だ。

東門の周りには勝利の余韻に浸る衛兵や、自身の武勇伝を語り合う冒険者が大勢いるが、俺とネネはどちらに所属してもいない義勇兵なので少し離れた石壁で休憩することにした。

「親方、お疲れ様でした」

「ああ、互いに無事で何よりだな」

「ええ、命あっての物種ですから」

俺は石壁にもたれかかり、ネネは重そうな戦槌を地面に置いて座り込む。

視線を巡らせれば、担架で運び込まれていく衛兵や冒険者の姿が見える。

一歩間違えれば、俺たちもああなる危険性があったのでふたりとも無事なのは幸運だ。

「シグさん、ネネさん！　無事ですか⁉」

互いの無事に安堵していると、東門の方からセイアが駆けつけてくる。

その後ろには冒険者のローズと衛兵長のガーランドがいた。

三人が守備についていたのは反対側の西門なのだが、俺たちを心配して駆けつけてくれたようだ。

「安心してくれ、俺たちは無事だ」

「あたしも親方もどこも怪我をしていません」

「よかったです」

俺とネネが五体満足であることを告げると、セイアは安堵するように胸に手を置いた。

「衛兵の報告によると、こっちでは統率個体がミノタウロスだったようだな？」

「ああ、そうだな」

「ええ⁉　ミノタウロスですか⁉」

ガーランドの問いかけにこくりと頷くと、セイアが驚きの声をあげた。

「他の方角からやってきた統率個体はミノタウロスじゃなかったのか？」

「ハイオーク、腐れ巨人、装甲兜ってところでCランク程度の魔物だったね」

「ってことは、あたしたちのところが一番ヤバかったってことじゃないですか⁉」

てっきり他の城門にもミノタウロス並の統率個体がいると思ったのだが、そうではなかったらしい。

「ガハハ！　そうなるな！　だが、ワシらの判断は間違っていなかった！　シグがいなければ間違いなく東門は食い破られており、東区画の住民はとんでもないことになっていた」

「……本当はこっちの門がヤバいってわかっていたんじゃないか？」

「いや、そのようなことは断じてないぞ！　当初の斥候の情報では西門が一番魔物が多く、厳しい戦いになると思われていた！」

「魔物たちの流れから反対側の門が一番安全だと予想して後輩たちを配置していたんだけど、結果としては外れてしまったね。あたしたちの落ち度だ」

思わず疑ってしまったが、あの状況では情報が十分に足りていなかったので仕方がないだろう。

魔物の動きを予測するのは難しく、暴走状態ともなればなおさらだ。

そういった事情もあれば、東門にやけに低位の冒険者が多かったのも納得だな。今回はそれが裏目に出てしまっただけだ。

「うちのバカ共を救ってくれて本当に感謝するよ」

「大事なお客様を失うわけにいかないからな」

自由市で販売して、初めて短刀を買ってくれたお客さんだ。

彼には今後成長してもらって短刀を使いこなせるようになってほしい。

叶うならば短刀以外の武器や刀も買ってもらって、手入れも俺に任せてもらいたいところだ。

「何かお礼をさせてくれないかい？」

「いや、そういうのは別にいいんだが……」

「そういうわけにはいかないさ。面倒みてる後輩が助けられたんだ」

断るがローズは退かない。

面倒見がいいのはわかっていたが押しも強いんだな。

「じゃあ、何か頼みたいことがあった時に頼み事をするっていうのはどうだ？」

S級ギルドで専属鍛冶師をやっていた時は、武具の製作に必要な素材があればそれをリストにして提出して、所属している高位冒険者に入手してもらうことができた。

しかし、ギルドを離脱して実家の工房を引き継いだ今の俺には、そのような伝手を持ち合わせていなかった。

そのためローズほどの実力を持った冒険者との繋がりは確保しておきたい。

刀の製作のために欲しい素材や魔石、鉱石などは色々とあるからな。

「悪くないね。それでいこう」

「ああ、その時がくれば頼む」

落としどころが決まるとローズはにかっと笑みを浮かべて、離れたところに座り込んでいるトールとソラに目をつけた。

「あいつらは無茶をしたが貴重な情報を持ち帰ってくれた。少しだけ手心を加えてやってくれ」

「考慮しよう」

ローズは神妙な顔で頷くと、トールとソラの元へと走っていく。

飄々《ひょうひょう》としているが後輩のことが心配で仕方がなかったんだろうな。

後輩思いの面倒見のいい冒険者だ。

「シグの活躍についてはワシからも領主に報告しておこう。かなりの報奨金が出るはずだ」

「助かる」

俺とネネは義勇兵として参加していることになっているが、これだけの死線を潜って無一文で働かされるのも空しいからな。

刀や戦槌の整備だってしなくちゃいけないし、それなりに貰えるものがあるとありがたい。

「ミノタウロスの素材についてはどうなる？」

冒険者としての一般的なルールは知っているが、この街でもそれが適用されるかわからない。

「魔物の素材については討伐に貢献した者に所有権がある。ミノタウロスとの戦闘についてはシグとネネしか関わっていないと聞いたのでふたりのものだ」

辺境独特のルールのようなものはなく、ルサールカと同じような取り決めのようだ。

「そうか。ありがとう」

ガーランドと別れると、俺はミノタウロスを回収することに。

近づいてマジックバッグの蓋を開けると遺骸が吸い込まれるようにして収納された。

ミノタウロスの角を素材にした刀を作りたいと思っていたので、素材を丸ごと貰えるのはかなり嬉しいものだ。

●

「聞いたで、君！　城門の防衛で一番の当たりを引いたんやってね？」

後処理を終えてセイアの宿に戻ると、なぜかイブキが待機していた。

「……まあな」

「ミノタウロスの統率個体なんて実質Aランクみたいなもんやん。四つの中から的確に当たりを引くなんて、やっぱり君は持ってるわ！」

こちらの苦労を知ってか腹を抱えて笑うイブキが苛立たしい。

こいつ斬ってもいいだろうか？

――カチャ。

「ちょっ――冗談やん！　そんな怒らんといてよ！」

鍔鳴りの音を響かせると、腹を抱えていたイブキがギョッとした表情を浮かべた。

さすがは極東人だけあってこれがどのような意味かをよくわかっているようだ。

「別に特別な意味はないぞ？　ただ何となく鍔の緩みを確認したくなっただけだ」

「今、確認する意味なんてないやん。鍔鳴りとか本当に怖いわー。こっちの国でも聞くことになるなんて」

「……あの、鍔鳴りというのは？」

セイアがおずおずと尋ねると、イブキが嬉々として答えた。

「鍔鳴りっていうのは刀を鞘に収める時に鍔が鯉口と打ち合って発する音や。意図的に音を鳴らすことで刀の存在感を示し、相手に心理的なプレッシャーを与えることができる」

――カチャ。

その音に反応し、咄嗟に刀を構えて鋭い睨みを飛ばす。

視線の先には柄に右手を添えて、涙目になっているセイアがいた。

「ご、ごめんなさい！　ただ試してみたかっただけでして……」

「親方、今のは怖いですよ！　傍で見ていたあたしも斬られるかと思いました！」

「す、すまん」

つい身体が反応して殺気を飛ばしてしまった。

「手本となるべき君がおふざけで使ったのが悪い」

まったくもってイブキの言う通りなのでぐうの音も出ない。

「こんな風に刀使いにやってしまうと洒落にならへんから注意しいや？　こっちで言ういきなり剣を突きつけるのと同じやから」

「もう絶対にいたしません」

まあ、威嚇する以外にも音に対する反応速度や警戒心の強さなどを推し量ることができるのだが、少なくとも騎士であるセイアが覚えてやるべきものでもないな。

「それにしてもふたりが活躍してくれたお陰で今後の商売がやりやすくなったわ」

微妙な空気を変えるためかイブキが明るい声音で話題を変えた。

「どうしてだ？」

「君らが刀を使って戦果を挙げたからや」

「ということはセイアさんも？」

「なんや？　ふたりとも聞いてないの？　セイア様は西門に現れた統率個体の鎧大猪の牙を刀でぶった斬ったんやで？」

「そうだったのか？」

「そんな活躍をしたのなら教えてくださいよ、セイア様！」

俺たちがミノタウロスと戦っていた一方でセイアもそのような活躍をしていたとは。

「私の活躍なんておふたりに比べればまだまだなので……」

「確かに彼の活躍に比べるとインパクトは薄れるけど十分にすごいことやで？」

「本当ですよ！　すごいです、セイア様！」

「ああ、刀を打った俺も鼻が高いってものだ」

「あ、ありがとうございます！」

俺たちが称賛の言葉をかけるとセイアは顔を真っ赤に染めて照れた。

「今まで物をよく知らなかった連中が今回の騒動で、刀はただの美術品ではなく実用品としても通用する武器だと理解するわけか」

これだけ派手に魔物を斬れれば、冒険者たちは嫌でも刀の有用さを理解するだろう。

そうなれば以前よりも刀が売れるかもしれない。

「そういうことや！　そんなわけでこれから刀の需要は高まるやろうし、また製作をお願いするで！　今のうちに刀をいっぱい売って大儲けするんや！」

「刀を注文してくれるのは嬉しいが程々で頼む」

また馬車馬のように働かされるのは懲り懲りだからな。

だけど、自身で刀を作り、刀が売れるのは嬉しいものだ。

なんていったってそのためにS級ギルドを離脱して実家の工房に戻ってきたんだからな。

セイア、ネネ、イブキをはじめとして俺の打った刀を気に入ってくれる人は少しずつ増えている。

まだまだ王国内では刀はマイナーで発注してくれる人は少なく、生活も安定しているとは言い難いが今の俺はやりたかったことができている。

まだまだ親父の打った刀には遠く及ばないが、いずれは超えられるような刀を打ってみせる。

――俺はこれからも刀を打って生きていく。

それが刀鍛冶である俺の生き甲斐であり、幸せなのだから。

39話　刀使いは刀鍛冶に焦がれる

白銀の体毛をした四足獣、ダイアウルフ。

そのダイアのような白銀の毛皮はとても美しいが、犬や狼とも違った狂暴な顔つきが品位を損なわせていた。

十体のダイアウルフが唸り声をあげながらにじり寄ってくる。

「ダイアウルフの毛皮は高く売れる。できるだけ傷つけずに仕留めるぞ。わかったな？　特にカエデ！」

「……わかっている」

ダイアウルフの毛皮は美しい上に耐寒性も高いので王族や貴族の衣装に拵えられることも多いらしい。それを気にせずに私が別の群れを斬りまくったのでダストが強く言ってくるのも仕方がない。

「ならいい。さっさと終わらせるぞ」

ダストの合図を聞くと、私は脇差の柄に手を触れながら地面を蹴った。

ダイアウルフたちも遠吠えをあげながら突っ込んでくる。

「ウォオンッ！」

先頭のダイアウルフがこちらに向かって飛び掛かってくる。

私は勢いを落とすことなく前進し、そのまま脇差を使った抜き打ちを放つ。

ダイアウルフの前脚と首が綺麗に落ちる。

一体目が崩れ落ちる様を確認することなく私は滑るように駆けていき、二体目、三体目の首を飛ばした。

脇差を振り下ろしたタイミングで横合いからダイアウルフが飛び掛かってくる。

脇差を戻す暇はないと判断し、左手の手甲を掲げる。

ダイアウルフの顎が大きく開かれ、鋭い牙が手甲ごと腕を貫かんとする。

その瞬間に手甲から展開された障壁がダイアウルフの牙を拒んだ。

「ギャンッ⁉」

私の左手に装備している手甲は魔道具だ。

大した魔法の使えない私でも、魔力を流すだけで即座に障壁を展開できるというのだから便利なものだ。

吹き飛ばされ空中で無防備な姿を晒しているダイアウルフへ脇差を振り落とす。

一刀両断。ダイアウルフの体を真っ二つに断ち切る。

「おい、こら！　カエデ！　毛皮を傷つけんなって言っただろ！」

すると、即座に飛んでくるダストからの怒声。

毛皮が高値になるからできるだけ傷つけるなと言われたばかりだった。

「すまない！」

より高い利益を追求するために素材をできるだけ傷つけないようにするという冒険者の考えは理解できるが、私はそれをするのが苦手だった。

魔物とはいえ、命を懸けた勝負。

とるか、とられるかという真剣勝負にそれ以外の雑事をあまり考えたくないからだ。

とはいえ、バカ正直にそれを言えば、ダストからお説教を食らうことは確実なので黙っておく。

私が五体目のダイアウルフを慎重に片付ける間に、ダストをはじめとする仲間が残りの五体を片付けてくれたようだ。

「よし、これでダイアウルフの群れは最後だ。討伐証明の牙と魔石、毛皮を剥ぎ取ったら撤収するぞ」

戦闘が終わると、ダストをはじめとする各々が解体作業に取り掛かる。

はじめは死骸を弄ぶような真似に嫌悪感を示してしまったが、冒険者として生きていくために必要なことなので割り切っている。

「か、カエデちゃん！　もっと剥ぎ取りは優しく……」

「む？　こうか？」

「あー！　それじゃあ、貴重な毛皮が傷んじゃう！　ごめん、代わるからカエデちゃんは警戒をお願い！」

素材の剥ぎ取りをしていたら仲間のひとりに交代させられてしまった。

どうもこういった細かい作業は苦手だ。

交代させられた私は警戒に当たる。

ダイアウルフの血の匂いに誘われて、他の魔物がやってこないとも限らないからな。

周囲を警戒しながら歩いていると、不意に上の方から殺気を感じた。

敵は大きいのが一体、それに小さな個体が数えきれないほどいる。

「敵だ！」

私が大きな声をあげると、ダストをはじめとする仲間たちが解体作業を中止。

直感に従ってその場を離れると、上空から巨大な何かが落下してきた。

真っ黒な体表には毒々しい斑模様が浮かんでおり、巨木のような脚が八本も生えている。

全長八メートルを超える巨体をした蜘蛛の魔物。

「女王蜘蛛か……ッ！」

「子蜘蛛も大量にいやがる！」

見上げると周囲の木々には大量の蜘蛛の巣が張り巡らされており、両腕で抱えるほどの大きさをした子蜘蛛が這い回っていた。

女王蜘蛛の腹部から白い塊が吐き出された。

地面にぼちゃりと落ちた塊からは大量の子蜘蛛が湧き出してくる。

さっさと女王蜘蛛を仕留めないと面倒なことになる。

「女王は私が斬る。皆は援護を頼む」

「おい！　指示を出すのは俺の役目だっつーのっ……て聞いてねえ！　あー、もう！　カエデの邪魔にならねえように俺たちで子蜘蛛を片付けるぞ！」

私が女王蜘蛛に向かって駆け出すと、ダストは苛立ちの声をあげながら指示を出す。

子蜘蛛を相手にせず、滑るような勢いで抜けると、女王蜘蛛の腹部がぷっくらと膨らんだ。

……また何かを吐き出すつもりか？

警戒していると女王蜘蛛が腹部からではなく、口から紫色の粘液を吐き出した。

跳躍して回避すると、地面がジュワアアッと音を立てて溶けた。

どうやら酸性分を含んでいる毒液らしい。

人間であれば当たればひとたまりもないだろうが、あのようなわかりやすい予備動作がある上に射出速度も遅いので当たることはない。

女王蜘蛛の左前脚によるストンピングを躱し、回転した身体の勢いを利用して脇差しを振るう。

刀身は硬質な脚の表皮を切り裂いたが、半ばで止まっていた。

「……いつもの刀であれば斬ることができていたというのに」

刃筋は整っていたし、剣速も十分にあった。

足りないのは刀身の長さと重さだった。

刀において重さとは重要な要素だ。

たとえ、刃筋が整い、剣速があっても重さがなければ叩き斬ることはできない。

ぎょろりといくつもの複眼がこちらを睨みつけ、痛烈な一撃を加えてきた私に女王蜘蛛が脚を振るってくる。

私はすぐに刀身を引き抜くと、身を投げ出すようにして薙ぎ払いを回避。

転がった先を狙うようにして粘着性のある白い糸を吐き出してくるが、柄を地面に突き刺して支点にすることで回避先を急変更。射出された糸は空しく空を抜けて後ろの大木に当たる。

女王蜘蛛の本来の勝ち筋は子蜘蛛で相手の足止めをし、糸によって動きを拘束し、致死性の高い毒液を浴びせることなのだろう。

それらを駆使して相手を追い詰める戦術は確かに脅威ではあるが、肝心の本体の動きが鈍重で戦闘能力は大したことがない。

あまりの遅さに欠伸が出そうだ。

討伐ランクはダイアウルフよりもひとつ上のBであるが、これならダイアウルフの方がマシなように思える。ギルドの定める討伐ランクの基準とやらがよくわからない。

女王蜘蛛の攻撃を躱し続けていると、ほどなくしてその動きが鈍り始めた。

左前脚からの出血に加え、怒涛の攻撃による疲労だろう。

付け入る隙を見つけた私は身体強化を発動して加速。

右足から踏み込み、腰の回転する力を利用し、左前脚目掛けて思いっきり脇差を振り抜いた。

半ばまで断ち切られていた左前脚は切断され、女王蜘蛛が苦悶の声をあげる。

「中途半端に痛みを与えることになってすまない。今、楽にしてやる」

私は跳躍し、無防備に晒している頭部に逆手に持った刀身を突き刺した。

重さが足りないのであれば、足してやればいい。

落下エネルギーを加えた私の脇差は女王蜘蛛の頭部を貫いた。

頭部から緑色の体液を漏らすと、女王蜘蛛は力を失ったように崩れ落ちる。

女王蜘蛛が倒れると、周囲にいた子蜘蛛たちは蜘蛛の子を散らすように逃げていくのだった。

●

ダイアウルフの討伐と乱入してきた女王蜘蛛を討伐し、素材の剥ぎ取りを終える。

「やっぱり、私には刀がないとダメだ。早くシグ殿に直してもらわないと……」

刀があれば、このような魔物を相手に時間をかけることもなかった。

今後も冒険者として活動し、魔物を相手取るのであれば刀が必要だ。

私の刀を直すことができるのはシグだけだ。

よし、決めた。今からシグを探しに行こう。

「おい、カエデ！　どこに行くんだよ？　これから領主様の歓待だぜ？」

その場を離れようとすると、ダストが声をかけてくる。

「悪いが私は行かない」

「はぁ？　行かないって相手は領主様であり、うちのギルドのスポンサーだぞ？」

「そのような無駄な行いに付き合っている暇はない。私はシグ殿に刀を直してもらいたいのだ」

指名依頼を果たし、ギルドマスターへの義理も果たした。

これ以上、付き合う義理はない。

「そうか。なら行ってこい」

「いいのか？」

やけにあっさりとダストが送り出してくれる。

てっきり怒鳴られたり、必死になって引き留めてくるかと思ったが。

「いいんですか、ダストさん？」

「大切な剣が壊れているってのに、いつまでも連れ回すのも可哀想だろ。というかメイン武器がねえのに指名依頼に行かせるギルドマスターがおかしい。お前らメインの武器が使えないのにダイアウルフの討伐に行けって言われて納得できるか？」

「できません。そんなの死にに行けって言ってるようなものですから」

「ああ、言われたらぶん殴るな」

私自身はそれほど無茶なことだとは思っていないが、一般的な感覚からすると結構な無茶をやらされていたようだ。

「カエデ、シグを探しに行くって言っていたけど当てはあるのか？」

「シグ殿はフォルカ村にいるはずだ」

ダストの問いかけに私はきっぱりと答えた。

「いつの間に調べたんだ？　本当にシグはそこにいるのかよ？」

「確証はない。だが、前に工房で話した時に言っていたのだ。故郷の工房でゆっくりと刀を打ちたいと」

あれほど刀が大好きだったシグが、刀から離れた生活をおくっているはずがない。

「まあ、こういう時のカエデの勘はよく当たるからな。当てがあるんならさっさと行ってこい。領主には俺が適当にとりなしておいてやる」

「感謝する！　ダスト殿！」

ダストをはじめとするギルドの仲間に頭を下げると、私はそのまま領内の森を抜けてフォルカ村に向かうことにした。

1巻　END

あとがき

はじめまして、こんにちは。またはお久しぶりです。

錬金王です。

今回はグラストNOVELSで二作目となる作品を書かせていただきました。

『S級ギルドを離脱した刀鍛冶の自由な辺境スローライフ』です。

本作品は刀鍛冶の青年シグが思う存分に刀作りをしながらスローライフをおくる話です。

一作目の『解雇された宮廷錬金術師は辺境で大農園を作り上げる』よりも、より物作りに焦点を当てさせたスローライフになります。

今回の見どころは刀鍛冶。読者の皆様が想像しやすいよう、伝わりやすいように刀鍛冶のシーンについては資料とにらめっこしながら張り切って執筆させていただきました。

刀の製作シーンを執筆するにあたって、いくつもの資料を読み漁り、動画で確認したり、刀剣博物館を見学させていただきましたが、私もまだまだ刀に対する理解が浅く、間違っているところもあるかもしれません。

その時はこっそりと僕に教えていただくか、編集部に手紙を送ってくださると幸いです。

執筆の糧にさせていただきます。

ちなみに本作の刀についての設定ですが、おおよその工程については資料を元になぞらせていただいておりますが、一部の製作工程などについては虚構を織り交ぜております。

（本来であればベルトハンマーを使用するシーンや、折り返し鍛錬については魔力による身体強化による鍛錬をすることでひとつの工程にかかる時間を大幅に短縮したりなど）

主人公のシグは一人で作刀をしていますが、実際にはひとりで刀を打つことは少ないです。

刀身を作ってからもシグはひとりで研ぎをしたり、鞘を作ったり、柄を巻いたりしていますが、実際には研ぎ師、鞘職人、柄巻職人といった多くの専門分野の職人が関わって完成させることになります。それらのすべての工程をたったひとりで行ってしまうシグは紛れもなく規格外というわけです。

あくまで本作品は剣と魔法のある異世界の刀鍛冶のお話なので、そこの虚構も含めて楽しんでいただけると嬉しいです。

さて、本作品の解説（私の長い言い訳）はここまでにするとしましょう。

本書の出版に関わってくださったすべての人に、厚くお礼を申し上げます。

担当編集をはじめとする編集部の皆さんには、またしても膨大な文字数によりご迷惑をおかけしました。

イラストを担当してくださったｓｙｏｗ様、中世ヨーロッパ風の異世界でありながら、和を表現するという私の無茶ぶりに見事答えてくださり、ありがとうございます。

このシリーズがどこまでいけるかはわかりませんが、刀のようにいくつもの層を重ねて硬く、芯のある作品にできればと思います。

それではまた会える日を楽しみにしています。

錬金王《れんきんおう》

S級ギルドを離脱した刀鍛冶の自由な辺境スローライフ１
～ブラックギルドから解放されて気ままに鍛冶してたら、伝説の魔刀が生まれていました～

2024年11月22日　初版第１刷発行

著　者　錬金王

発行人　菊地修一

発行所　スターツ出版株式会社

〒104-0031　東京都中央区京橋1-3-1　八重洲口大栄ビル７Ｆ
TEL　03-6202-0386（出版マーケティンググループ）
TEL　050-5538-5679（書店様向けご注文専用ダイヤル）
URL　https://starts-pub.jp/

印刷所　大日本印刷株式会社

ISBN　978-4-8137-9384-7　C0093　Printed in Japan

［錬金王先生へのファンレター宛先］
〒104-0031　東京都中央区京橋1-3-1　八重洲口大栄ビル７Ｆ
スターツ出版（株）　書籍編集部気付　錬金王先生

話題作続々！異世界ファンタジーレーベル

グラストNOVELS

著・フクフク　　イラスト・中林ずん

定価:1320円(本体1200円+税10%)　ISBN 978-4-8137-9132-4